Neue Rundschau

Begründet von S. Fischer
im Jahre 1890
S. Fischer Verlag

Dieser Ausgabe liegt ein Prospekt bei:
Fink Verlag, München

Herausgeber und Redaktion:
Günther Busch, Elisabeth Ruge und Uwe Wittstock

Die Neue Rundschau erscheint viermal jährlich
Preis des Einzelheftes: 15,– DM
Bezugspreis jährlich: 56,– DM (inkl. Porto)
Berechnung jährlich bei Auslieferung des ersten Heftes
Das Abonnement verlängert sich automatisch, wenn die Kündigung nicht bis zum 15. 11. erfolgt

Alle Zusendungen für die Redaktion erbeten an:
S. Fischer Verlag GmbH, Neue Rundschau
Hedderichstraße 114, Postfach 70 03 35
6000 Frankfurt am Main 70
Telefax 069/6062-319

Anzeigenverwaltung:
Runze & Casper Verlagsservice OHG
Schöneberger Ufer 65, 1000 Berlin 30
Telefon 030/25008341, Telefax 030/25008349

Heft 2/1993 104. Jahrgang
Veröffentlicht im S. Fischer Verlag GmbH, Frankfurt am Main

Typographie: Konrad Boch, Frankfurt am Main
Umschlagentwurf: Manfred Walch, Frankfurt am Main
Satz: Fotosatz Otto Gutfreund GmbH, Darmstadt
Druck und Bindung: Clausen & Bosse, Leck
Printed in Germany 1993
ISSN 0028-3347 ISBN 3-10-809013-5

Inhalt

EINSPRÜCHE UND NACHREDEN

Editorial

»In einigen Zeitungen war das Photo des sterbenden, von einer Polizeikugel in den Kopf getroffenen Benno Ohnesorg zu sehen gewesen ... in den Augen der Studenten gab es mit einem Mal einen einzigen, großen Zusammenhang, in dem alles seinen Platz fand: industrielle Interessen, herrschender Wissenschaftsbegriff, Nazivergangenheit und politische Gegenwart, autoritäre Erziehung und Polizeiwillkür, Berlin und Vietnam, Intellektuelle und Proletariat – jeder glaubte fest, jeder sah ganz deutlich, jeder redete entschieden, alle waren empört und dazu jung, demokratisch, scharfsinnig, siegesgewiß. Es war wie ein neues Pfingsten, der Geist kam über die Menschen, und die Vorlesungen fielen aus.«

Sten Nadolny, *Selim*

Die Geschichte, so heißt es, neige dazu, sich gelegentlich in einzelnen Menschen zu verkörpern. Manchmal scheint sie sich auch auf einzelne Jahre zu konzentrieren. 1989 war so ein Jahr: in den Monaten zwischen Juni und Dezember, zwischen dem Blutbad auf dem Platz des Himmlischen Friedens und der Erschießung Ceauşescus hat sich die Welt gründlicher verändert als sonst in Jahrzehnten. Ein anderer, historisch ähnlich hoch verdichteter Zeitraum war 1968. Was damals zwischen Mai und August geschah – zwischen dem Höhepunkt linker Euphorien im Westen und der gewaltsamen Beendigung des Traumes von einem reformierten Sozialismus im Osten –, hat in vielfacher Hinsicht das Jahr 1989 vorbereitet und ermöglicht.

Zumal für die alte Bundesrepublik war, wie sich heute zeigt, 1968 das Anfangssignal eines kräftigen Modernisierungsschubs, der die Bindung an den – sich ebenfalls entschlossen modernisierenden Westen – vollendete. Auch wenn die Demonstranten von damals ganz anderes im Sinn gehabt haben mochten, die von ihnen erzeugte Aufbruchstimmung beförderte neben der Liberalisierung der Denk- und Verhaltensformen auch die Liberalisierung des Wirtschaftslebens.

Im Osten aber waren, nach dem Scheitern der – im nachhinein betrachtet: bescheidenen – Reformversuche in Prag, die Chancen des Wandels endgültig verspielt. Die greisen Führungskader waren zwar noch fähig, eine letzte Eiszeit über ihre Völker zu verhängen, doch ihre Uhr lief nun unaufhaltsam ab. Gerade zwanzig Jahre blieben ihnen noch, in denen sie sich auf energisches Nichtstun beschränkten und so den Anschluß an die Wirklichkeit mehr und mehr verloren.

Eine Eigenheit historischer Bruchstellen wie 1968 scheint zu sein, daß sie – wie große Bücher – von jeder Generation neu entdeckt und interpretiert werden müssen. Sie rumoren im Gedächtnis. Vielleicht werden sie deshalb so gern auf handliche Klischees reduziert, weil diese der Erinnerung ihre Brisanz nehmen. Anlaß genug, die Ereignisse und die Nachgeschichte des Jahres 1968 kritisch zu durchleuchten.

Günther Busch, Elisabeth Ruge, Uwe Wittstock

1968 revisited
Erfahrungen mit einem Umbruch

Helmut Dahmer
Der Tabu-Bruch

Alexander Kluge
Auftritt und Abschied

Reinhard Mohr
Dienstjubiläum einer Revolte

Klaus Laermann
Narziß gegen Ödipus

Foto Barbara Klemm

1969: Taheri-Prozeß in Frankfurt am Main.
Studenten protestieren vor dem Gerichtsgebäude.

Peter Bürger
Letzte Reise

Klaus Theweleit
Berührungen, Schnitte, Befunde

Robert Gernhardt
Schuld und Scham – und wie es dazu kam

Christian Meier
Brief über die Kinder der Rebellion

Hartmut Zwahr
Nur noch Pausenzeichen von Radio Prag

Viktor Jerofejew
Staatsmacht mit vollen Hosen

Irina Griwnina
Erinnerungen an Jan Palach

Jessica Benjamin
Nachdenken über 1968

Christopher Hope
No Flowers, No Power

HELMUT DAHMER

Der Tabu-Bruch

Rückblick auf einen politischen Lernprozeß

Die internationale Studentenbewegung der sechziger Jahre revoltierte gegen die Nachkriegs-»Ordnung«, gegen das System der feindlichen Koexistenz eines kapitalistischen und eines nicht-kapitalistischen Länder-Blocks, in dessen Rahmen jede radikale Binnen-Opposition (also jeder Versuch zur Realisierung alternativer gesellschaftlicher Entwicklungsmöglichkeiten) zum Scheitern verurteilt war. Durch Wettrüsten wurden in der Ära des »Kalten Krieges« in steigendem Maße Produktivkräfte in Destruktivkräfte verwandelt, was die Stagnation der »zweiten« und die Pauperisierung der »dritten« Welt besiegelte. Das durch Krieg, Wiederaufbau und Wettrüsten stimulierte, langfristige Wirtschaftswachstum, das einer Reihe von hochentwikkelten westlichen Industrienationen Vollbeschäftigung und steigenden Lebensstandard beschert hatte, begann zu wanken; Rezessionen und Krisen machten sich wieder geltend. Der Wettkampf der »Systeme« und die anlaufende dritte technologische Revolution trieben die Jahrgangsquoten von Gymnasiasten und Studenten in die Höhe. Millionen von jungen Intellektuellen, von Krieg, Diktatur und Elend nicht versehrt, im pädagogischen Schutzraum der Schulen und Hochschulen situiert, der familialen Kontrolle entronnen und der in Betrieb und Büro noch nicht unterworfen, bildeten in der spezifischen Situation der sechziger Jahre einen exquisiten Resonanzboden für die internationale und nationale Politik. Sie fungierten als Seismographen der Krisen, die die Berufspolitiker für sich ausbeuten und zugleich verleugnen und die die große Mehrheit der Bevölkerung zu ignorieren sucht. Die in Gruppen, Klubs und nationalen Verbänden nur locker organisierte, politisch aktive Minderheit der Studenten und Schüler bildete im Protest gegen die Indolenz der älteren Generation und die unheilvolle, leerlaufende Geschäftigkeit ihrer politischen Repräsentanten ein neuartiges Sensorium für die Risiken des ruinösen Fortschritts aus, der alle Alternativen auslöscht und das »Ende der Geschichte« befördert. Ein halbes Jahrhundert nach der Ermordung Rosa Luxemburgs, nach dem Scheitern der deutschen und europäischen Revolution gegen den imperialistischen Krieg, trugen westdeutsche Studenten tausendfach das Bild der verhaßten Spartakistin durch die Straßen der zweiten Republik, jener Marx-Schülerin, die gelehrt hatte, »die normale Daseinsform« des Kapitals sei die »Katastrophe«.

Die studentische Avantgarde suchte nach theoretischer Orientierung und erweckte in ihren Diskussionszirkeln und Raubdruckereien das verpönte und vergessene literarische Erbe der Revolutionäre des 19. und des frühen 20. Jahrhunderts zu neuem Leben. So kam es zu einer Renaissance der nicht-orthodoxen, nicht zu Weltanschauung und Staatsreligion gefrorenen marxistischen Theorien (von Korsch und Gramsci zu Horkheimer, Trotzki und »Che« Guevara), zur Auferstehung des libertären Sozialismus (von Bakunin über Nestor Machno und »Kronstadt« bis zur FAI-CNT) und zur Wiederentdekkung der psychoanalytischen Kulturkritik (zuerst in den Schriften von Reich und Fenichel, dann bei Herbert Marcuse und schließlich bei Freud selbst). Nicht wenige der alten kritischen Theoretiker hatten zu ihrer Zeit tauben Ohren gepredigt, hatten jahrzehntelang auf ein Publikum warten müssen, dem ihre häretischen Wahrheiten einleuchteten, auf Leser, die sich als von ihnen gemeint verstanden. Erst seit den sechziger Jahren wird Freud in Deutschland von vielen Tausenden gelesen, wird Marx an Universitäten studiert, und erst seit den Tagen der Studentenrevolte ist die »Frankfurter Schule« ein durchaus vertrauter Begriff.

Das für die Studentenbewegung der sechziger Jahre ausschlaggebende Ereignis in der internationalen Arena war der im Sommer 1964 begonnene Vernichtungskrieg der USA gegen die Vietcong-Guerilla in Süd-Vietnam und deren nordvietnamesisches Hinterland (und das Scheitern dieser Intervention). Die Parteinahme in diesem Kolonialkrieg – für den Sieg des Vietcong, für den Rückzug der US-Truppen – bildete den gemeinsamen Nenner des internationalen Studentenprotests, dessen Themen und Ziele (in Westdeutschland vor allem der Kampf gegen Notstandsgesetze und »Formierte Demokratie«, gegen die Springer-Presse und für die Demokratisierung der Hochschulen) im übrigen natürlich von Land zu Land differierten. Die politisch aktivierten studentischen Vertreter einer privilegierten Generation, die auf der westdeutschen, von Kriegen freien, gegen das stalinistisch beherrschte Osteuropa und die DDR durch den »Eisernen Vorhang« abgeschirmten Wohlstandsinsel aufgewachsen war, maßen nun die Regierung der Vereinigten Staaten an eben den demokratischen Normen, die eine andere US-Regierung zwei Jahrzehnte zuvor mit Waffengewalt gegen Hitlerdeutschland durchgesetzt hatte.

Die Mitglieder der studentischen Protestbewegung haben nicht für bornierte, »akademische« Sonderbelange gekämpft, sondern sich enthusiastisch für allgemeine, menschheitliche Interessen engagiert. Auf der internationalen Bühne galten ihnen vor allem die sozialistisch orientierten nationalen Befreiungsbewegungen und die noch nicht diskreditierten Revolutionen (wie die kubanische) als potentielle Bündnispartner, in Osteuropa die antibürokratisch-reformkommunistischen Strömungen (vor allem die des »Prager Frühlings«), im kapitalistischen Europa die unabhängigen sozialistischen Gruppen und Parteien, die sich zwischen oder jenseits von Sozialdemokratie und Stalinismus herausbildeten (wie die französische PSU und die »Ligue communiste«, in Italien »Il Manifesto«, in Spanien die »Arbeiterkommissionen«, etc.). Nach dem 20. Parteitag und der Niederschlagung des Ungarn-Aufstands (1956), nach dem sino-sowjetischen Konflikt (1962) und dem Chruschtschow-Sturz (1964) spielte der »Sowjet-Mythos« für die Studentenbewegung kaum mehr eine Rolle. Gleichwohl fungierte die Sowjetunion im Bewußtsein aller Kapitalismus-Kritiker – wegen der auf Staatseigentum gegründeten Planwirtschaft, deren Stagnation in den sechziger Jahren einsetzte, und trotz der diese nicht-kapitalistische Struktur überwölbenden bürokratischen Despotie – bis zu ihrer Auflösung und Wiedereingliederung in die kapitalistische Weltwirtschaft, aus der Rußland 1917 ausgeschert war, als Platzhalter einer Alternative in einer noch nicht vollends »eindimensional« gewordenen Welt. Die stalinistischen Organisationen und ihre Ideologen stellten sich instinktiv gegen eine internationale Jugend-Protestbewegung, die sich ihrer ideologisch-organisatorischen Kontrolle von vornherein entzog.

Foto Barbara Klemm

1969: Buchmesse. Hans Jürgen Krahl debattiert mit Besuchern.

Wie jede radikaloppositionelle Bewegung zitierte auch die studentische unabgegoltene Vergangenheiten, liebte Maskeraden und hing an Schimären. So wie linke Intellektuelle der dreißiger und vierziger Jahre (die Bloch und Lukács, Brecht und Feuchtwanger) Stalins Mangel- und Terror-Regime mit einer »Neuen Zivilisation« (Sidney und Beatrice Webb) verwechselten, so begeisterte sich ein großer Teil gerade der deutschen Studenten-Rebellen für die chinesische »Kulturrevolution«, von deren repressivem Charakter sie nichts ahnten. Das China der sechziger Jahre, in dessen Führung sich noch einmal der dichtende Bauern-Revolutionär und Stalin-Schüler Mao Zedong, der Held des »Langen Marsches« und des Sieges über die Guomindang, mit Hilfe des Terrors der »Roten« (Schüler-)»Garden« gegen seine Rivalen durchsetzte, erschien ihnen als das Gelobte Land der Revolution. Diese Fata Morgana gewann an Leuchtkraft im gleichen Maße, wie sich abzeichnete, daß es in der Bundesrepublik keinen »Pariser Mai« (1968) mit Millionen von streikenden Arbeitern und einer tief verunsicherten Regierung geben würde, daß die Studenten-Rebellen hier keinen sozialen Rückhalt gewannen und darum ihr Traum von der Rätedemokratie und der Enteignung der Konzerne eine Utopie blieb.

Die radikaloppositionellen Studenten von Berlin und Frankfurt teilten mit denen von Kyoto, Berkeley, London, Paris oder Prag die Gegnerschaft gegen den Vietnamkrieg und den repressiven Staat ebenso wie die Sehnsucht nach einer freieren Lebensform. Die Organisationen der Arbeiterbewegung im »eigenen« Land aber standen den neuen Sozialisten, die den 1949 im Grundgesetz festgeschriebenen Klassenkompromiß in Frage stellten, mißtrauisch gegenüber – abgesehen von der kurzfristigen Zusammenarbeit von Teilen der Gewerkschaftsbewegung und Teilen der Studentenbewegung im Kampf gegen die Notstandsgesetze. Auch bei nicht wenigen Linkssozialisten der älteren Generation und bei den Philosophen der »Frankfurter Schule« (Marcuse ausgenommen) überwogen Argwohn und Skepsis.[1] Seit 1848 hatte es keine linke Studentenbewegung mehr gegeben. Die neue aber sagte dem »Liberalismus« (und seiner »repressiven Toleranz«) ebenso den Kampf an, wie sie die in Deutschland mühsam durchgesetzte parlamentarische Demokratie als eine »nur formelle« verurteilte. War sie nicht »illiberal«, tendierte sie letztlich nicht doch zum roten oder braunen Totalitarismus? Die Kritiker der »Scheinrevolution« sahen voraus, daß die neue Jugendbewegung die bestehenden Machtverhältnisse nicht würde ändern können. So hellsichtig sie für die regressiven Züge des Protests waren – für die partielle Wiederkehr des Bekämpften in der Praxis derer, die es bekämpfen –, so blind waren die Kritiker für das Neue, das die Protestgeneration im Vorfeld der »Weltveränderung«, nämlich bei der Änderung ihres eigenen Lebens, tatsächlich zustande brachte.

Auf der politischen Bühne der Bundesrepublik blieb die anarchistische Jugendbewegung, die das »ganz andere« Leben wollte und darum gegen die Lebensweise der »nivellierten Mittelstandsgesellschaft« (Schelsky) samt ihrer Nazi-Vergangenheit aufbegehrte, mit sich allein. In den frühen siebziger Jahren suchte derjenige Teil der Bewegung, der sich mit einer politisch relevanten Lebensweise nicht bescheiden wollte, verzweifelt nach einem politischen Ausweg aus seiner gesellschaftlichen Isolierung.[2] Doch die forcierten Versuche, »ins Volk« (sprich: in die Fabriken) zu gehen, sich als Elite von Berufsrevolutionären (unter »maoistischer« Flagge) abzukapseln oder als »Stadt-Guerilla« die Apathie der Mehrheit durch »Propaganda der Tat« (mit Bombe und Revolver) zu brechen, führten nur in noch tiefere Isolation, ins soziale Abseits. Ohnmächtig, die gesellschaftlichen Verhältnisse aus eigener Kraft zu ändern, verfielen die Ausläufer der anti-autoritären Bewegung dem, woran ihr Protest sich entzündet hatte: dem autoritären Sozialverhalten, dem politischen Aberglauben, der »loyalen Denkhemmung« (Freud) und der »Stellvertreter-Politik«.

Heute wird die Studentenbewegung der sechziger Jahre von interessierter Seite gern für die Attentate und Geiselnahmen der (aus dem politischen Scheitern der Studentenbewegung erwachsenen) »Rote Armee Fraktion« und verwandter Gruppen der siebziger Jahre verantwortlich gemacht und dann – unter dem Etikett »Extremismus« – den xenophoben Mordbrennern unserer Tage amalgamiert. Demgegenüber ist daran zu erinnern, daß die Protestbewegung Gewalt gegen Personen verpönte und daß ihre Aktionen im wesentlichen symbolischer Art waren. Orte der Revolte waren damals die Universitäten (Seminare, Institute, »Campus« und Studentenhäuser); von dort aus zog man auf Straßen und Plätze, demonstrierte vor Botschaften und Konsulaten (meist denen der USA oder Franco-Spaniens). Andere Demonstrationsziele waren Polizeipräsidien und Untersuchungsgefängnisse, im Frühsommer 1968 auch die Druckereien der Springer-Presse (um die Auslieferung der *Bild-Zeitung* zu verhindern). Parlamente und Ministerien, Banken und Konzernverwaltungen, Kasernen, Nato-Kommandozentralen und Rüstungsbetriebe wurden hingegen nicht von Demonstrationen behelligt. Die »Waffen« der Protestbewegung waren Rede, Flugblatt, Pamphlet und Happening; nur selten wurden Steine gegen Polizeiketten geworfen. Abgesehen von der Erschießung Benno Ohnesorgs durch den Polizisten Kurras (1967), von dem unaufgeklärt gebliebenen Tod eines Journalisten, der im Getümmel von einer Holzbohle getroffen worden war, und von dem Attentat auf Rudi Dutschke (1968), forderte die Protestbewegung keine Opfer. Bei Hunderten von Demonstrationen kam kein Mensch zu Schaden (abgesehen von denen, die von der Polizei verprügelt wurden). Verbrannt wurden allenfalls Flaggen und Puppen; einmal wurde in einem Kaufhaus gezündelt (um gegen »Konsumterror« und politische Indolenz ein Zeichen zu setzen).

Der Versuch der Studentenbewegung der sechziger Jahre, im prosperierenden Westdeutschland eine politisch-soziale Revolution in Gang zu bringen, scheiterte. Als »Kulturrevolution« aber errang sie einen folgenreichen Sieg. Das Spezifikum der Jugendrevolte in der Bundesrepublik war der kompromißlose Bruch mit der verstockten Generation (»Trau' keinem über dreißig!«), die sich zwischen 1933 und 1945 mit Führerstaat, Volksgemeinschaft und Krieg identifiziert hatte, ehe sie, mit dem militärischen Zusammenbruch des Nazi-Regimes und der »Endsieg«-Illusion konfrontiert, das Heil in der Flucht in eine kollektive Amnesie suchte. Die »Achtundsechziger« kamen aus Familien, in denen das Leben der Eltern (und Großeltern) während der Hitlerzeit und des Zweiten Weltkriegs verbissen beschwiegen oder verlogen beschönigt wurde. Alte Nazis, die nichts bereuten und sich oberflächlich den Spielregeln der von den Westalliierten oktroyierten Nachkriegs-Demokratie angepaßt hatten, hatten unangefochten führende Positionen im politischen Apparat und an den Hochschulen inne. Der Jerusalemer Prozeß gegen Eichmann und die Frankfurter Auschwitzprozesse aber hatten die junge Generation einen Blick auf den Schindanger werfen lassen, über dem ihre Väter die Konsumkathedrale des deutschen Wirtschaftswunders errichtet hatten. Der Großen Koalition der Jahre 1966–1969, in der der ehedem linkssozialistische Widerständler und Emigrant Brandt den Ex-Nazi Kiesinger stützte, setzte die Protestgeneration ihre »Außerparlamentarische Opposition« entgegen. Die ApO war überzeugt, daß in der zweiten Hälfte unseres Jahrhunderts einzig noch eine »Politik« akzeptabel sei, an der alle teilhaben und die beharrlich das Ziel verfolgt, die Weltgesellschaft so einzurichten, daß Workuta, Auschwitz und Hiroshima sich nie wiederholen können. Angst, Haß und Abscheu schlugen der Jugendrevolte entgegen, die ihrerseits die Lebensform der älteren Generation verabscheute. »Schaut euch diese Typen an!« schrillte es aus Westberlin; »Werwölfe des Kapitalismus!« respondierte das Ostberliner *Neue Deutschland*.

Erst bei den Studenten und Schülern der sechziger Jahre begann etwas, das den Namen einer »Aufarbeitung« der (Nazi-)Vergangenheit verdiente. Erst diese Generation vollzog wirklich den Bruch mit den nationalen Traditionen, denen der Alptraum des »Dritten Reiches« entsprungen war, wollte anders sein, anders leben als ihre Eltern und Lehrer – und konnte sie die »Welt« nicht ändern, so doch wenigstens das eigene Leben.

Aus den großen sozialpsychologischen Studien der aus Deutschland verjagten Soziologen des Frankfurter »Instituts für Sozialforschung« – aus den Untersuchungen über »Autorität und Familie« und den »Studien über den autoritären Charakter» – zog diese Generation lebenspraktische Konsequenzen. Sie verpönte die autoritären Dispositionen und »Ideale«, mit denen die ältere Generation gelebt und die sie ihnen sozialisatorisch vermacht hatte. In »Kommunen« und Wohngemeinschaften wurden neuartige Umgangsformen zwischen Männern und Frauen und Eltern und Kindern ausprobiert, in antiautoritären »Kinderläden« sollte der Folge-Generation eine von »Repressionen« freie, selbstregulierte Entwicklung ermöglicht werden. Die Protestbewegung provozierte die verstockt schweigende ältere Generation, die auf keine ihrer Fragen eine Antwort wußte, mit immer neuen Tabubrüchen und Regelverletzungen. Sie suchte – in Politik und Moral, Musik und Mode – den größtmöglichen Abstand zu all dem, was der Generation ihrer Eltern »lieb und wert« gewesen war.

Die Jugendrevolte der sechziger Jahre hat in der westdeutschen Nachkriegsgesellschaft neue »Werte« kreiert und einen Wandel der Mentalität und Lebensweise durchgesetzt. Sie hat dadurch den (Bildungs- und Rechts-)Reformen und den neuen »sozialen Bewegungen« der siebziger und achtziger Jahre (der feministischen, der pazifistischen und der »grünen«) den Weg bereitet. In der nach-68er Bundesrepublik ließ es sich freier atmen, der Horizont der Gesellschaft schien bedeutend erweitert, es gab einen neuen Toleranz-Spielraum für »abweichende« Denk- und Verhaltensstile.

Foto Barbara Klemm

1968: Straßenszene. Diskussion zwischen Bürgern und Studenten.

Die DDR-Gesellschaft hat an der internationalen Jugendrevolte der sechziger Jahre nicht partizipiert. Fast sechs Jahrzehnte hindurch hat im Osten Generation um Generation unter autoritären Regimen gelebt. Die Differenz zwischen den »alten« und den »neuen« Bundesländern, an der das wiedervereinigte Deutschland laboriert, ist nicht nur eine der Arbeitsproduktivität, sondern auch eine der Mentalitäten. Die »schöpferische Zerstörung« (Schumpeter) der vormaligen DDR-Staatswirtschaft ist in vollem Gange. Bis die strukturelle Assimilation der »neuen Länder« abgeschlossen und der deutsche Kapitalismus zu einem neuen großen Sprung vorwärts imstande ist, werden Millionen von Menschen in Ost- und Westdeutschland ihre Arbeitsplätze verlieren und in »neue Armut« fallen. Zu Beginn der neunziger Jahre hat sich das moralisch-politische Klima in der erweiterten Bundesrepublik jäh negativ verändert. Faschistische Sekten, die lange schon von einer homogenisierten völkischen Gemeinschaft und von einer Renaissance des Führer-Staats träumten, finden nun bei Modernisierungs-Verlierern Anklang. Der ruinöse Fortschritt macht angst, und die Furcht vor Entfremdung gebiert den Haß auf die Fremden. Deutschland ist wieder zu einem Land der Pogrome geworden, in dem keiner, der als »anders« gilt, seines Lebens sicher sein kann. »Das Ergebnis der SDS-Bewegung in ihrer heutigen Phase führt notwendig zu einer Beschleunigung des Neonazismus«, meinte Horkheimer 1968.[3] Seine Prognose hat sich bestätigt, freilich in ganz anderer Weise, als es ihm vorschweben mochte. Auf das Scheitern des Revolutions-Projekts der Studenten der sechziger Jahre folgt nun die Jugend-Konterrevolution der neunziger, die den 1968 erfochtenen politischen Wandel rückgängig machen will. Der weltbürgerlichen Orientierung der »68er« werden Antisemitismus und Xenophobie entgegengesetzt; statt »Hoch die internationale Solidarität!« heißt es nun »Deutschland den Deutschen!«, an die Stelle von »Flower-Power« tritt das Pogrom, und die Jagd auf Minderheiten, das Morden und Brennen sind das Gegenstück zu »Gewalt nur gegen Sachen!«

Noch ist freilich nichts verloren. Findet die Minderheit, der das Leben in einem Pogrom-Land unerträglich ist, praktische Unterstützung bei den Hunderttausenden, die in den letzten Wochen mit Lichterketten gegen Fremdenfeindschaft und Menschenjagden demonstriert haben, kann der Aufzug der Ressentiments eingedämmt werden. Wehe aber denen, die 1968 nicht von 1992 unterscheiden wollen, die hinter 1968 nicht 1918 und hinter 1993 nicht 1923 zu sehen vermögen und glauben, mit der Absage an jedweden »Extremismus« sei die Demokratie am ehesten zu verteidigen. Will diese Republik den neuen Nazis mehr entgegenstellen als das Verbot ihrer Organisationen, will sie den Migrationsströmen aus den Armutszonen in Süd und Ost anders begegnen als mit

Sperrgittern, Grenztruppen und Deportationen, so wird sie auf unabgegoltene Ideen von 1968 zurückkommen müssen.

1 Vgl. dazu die – von Friedrich Pollock aufgezeichneten – Äußerungen Max Horkheimers aus dem Jahre 1968, in: Horkheimer, »Späne«, *Gesammelte Schriften*, Bd. 14 (Frankfurt 1988), S. 458–509.

2 »Will man die ApO [die »Außerparlamentarische Opposition"] vor der eskalierten Polizeigewalt und dem angedrehten ›Volkszorn‹ bewahren, fürchtet man, daß sie sich in eine ultralinke Sackgasse verrennt, dann muß man daran arbeiten, ihr in den traditionellen Organisationen der Arbeiterbewegung eine politisch-soziale Rückendeckung zu verschaffen, eine Brücke herzustellen zwischen den Hunderten und Tausenden von gutwilligen und kritischen Basis-Mitgliedern der großen Organisationen und den isolierten avantgardistischen Vortrupps der ApO.« H. Dahmer, »Die ApO und die sozialdemokratische Linke« (11. 1. 1969); in: ders., *Politische Orientierungen*, Frankfurt 1973, S. 194.

3 »Das Ziel des SDS« [Sozialistischer Deutscher Studentenbund] (Februar 1968), in: »Späne«, a.a.O., S. 472.

ALEXANDER KLUGE

Auftritt und Abschied

Zwei Konstellationen

1.

Der Termin war telefonisch verabredet. Müller rückte »feldmarschmäßig« an, wunderte sich dann, daß er »friedensmäßigen« englischen Tee erhielt, dem Studentenführer in einem Traditionssessel aus dem 19. Jahrhundert gegenübersaß. Der selber hockte in einem Ohrensessel. Müller hatte wohl angenommen, es müßten Holzhocker oder klappbare Eisenstühle sein, auf denen er zu sitzen käme.

»Einer Bewegung sich anschließen«, das kannte er aus der Kriegszeit: wie man den Ballast abwirft, die Zivilkleider zurückschickt, als Soldat oder Marinespezialist mit dem, was einer an sich tragen kann, sich bewaffnet, der Natur oder dem Gegner so gegenübertritt. Er hatte die Erfahrung gemacht, daß im Gefahrenmoment, im Augenblick des Ernstes, wenig Umhüllungen, praktisch Erstausstattung, nötig sind, um weitermachen zu können. Dieser Augenblick des Ernstes bestand für den Aufbruch der Studenten durch die revolutionäre Situation. Daher die Verwunderung, daß hier im Zentrum der Bewegung durchaus friedensgemäße Bedingungen herrschten.

Er beobachtete den Studentenführer, der jetzt noch nicht in Stimmung war für das Interview, in der Teekanne rührte, Anstalten machte, sich günstiger zu setzen. Müller, der durchaus entschlossen war anzunehmen, *daß sich von nun an alles wendet*, war auch bereit, jegliche geschichtlichen Vergleiche zu unterlassen. Aber Gesicht, Sitzart des Studentenführers erinnerten ihn doch an die jungen Männer, die nach 1810 die Umgebung des Grafen Hardenberg bildeten, als dieser sich den Anstrich zu geben versuchte, die Reformen des Freiherrn v. Stein (und was war davon Reform, was war wirklich anzufangen?) fortzuführen. Mit diesem feinknochigen Offiziersgesicht, der scharf-leisen Sprache war dies einer jener historischen Jünglinge, die dann rasch ins Lager der Heiligen Allianz hinüberwechseln: erstklassiger Beamtennachwuchs.

Müller hatte 7 Fragen vorbereitet, die von der Warte des Februar 1968 die Arbeitsphase der Kritischen Universität (KU), des Springer-Tribunals vom

Sommer und Herbst 1967 zurückspiegelten. Jetzt schienen ihm aber angesichts der Tatsache, daß der Studentenführer im Plauderton, verschärfend und glättend, aber immer mühelos redete, wie ein preußischer Pfarrer bei Fontane, die Fragen pedantisch, zu flach. Das lag auch daran, daß die Antworten, die der Studentenführer auf das Tonband sprach, sämtlich ahistorisch ausgefiltert schienen. So läuft das nicht, meinte Müller. Er war ruhig. In seinen Marsch-Klamotten, meinte er, konnte L. ihn schon unterschätzen, ihn für eine Art romantischen Wandervogel halten. Müllers zurückhaltende, nicht-aggressive Augen, seine langsame Sprechweise täuschten.

M: Sie sprechen vom Juni. Als läge das schon Jahrzehnte zurück. Es sind aber nur ein paar Monate. Ich möchte das mal rückblickend von der Zehn-Jahres-Feier der Studentenbewegung sehen. Das wäre 1977.

L: (der immer schneller verstand, als Müller redete, d. h. meist irgend etwas anderes als die Frage beantwortete) Sie meinen, daß wir die Entwicklung überhetzen?

M: Nicht hetzen. Sie sitzen ja ganz ruhig da. Aber Sie schneiden recht rasch.

Es war ganz gleich, was Müller an Worten sagte, L. »verstand« viel zu rasch, hatte die Frage längst so umgeformt, daß aus dem zum Teil fertigen Antwortschatz etwas darauf paßte. Damit glättete er aber den Widerstand, den Müller in den Ton seiner Sätze legte.

L: Es geht ja gar nichts schnell vor sich, und wir lehnen es ab, wie Sie wissen, Projektionen auf die Zukunft zu machen. Also 1977 schon gar nicht. Der Widerstand, also die Verlangsamung, ist in der Selbstentfaltung der Bewegung inbegriffen. Das sagen wir ja ständig.

Müller war sicher, daß in dieser Überdeckung seiner Frage durch passende Worte überhaupt nicht Widerstand inbegriffen war. Er schwieg beharrlich.

L: Das kann uns selbstverständlich nicht hindern, Irrtümer von vor 4 Wochen, wie Sie es nennen, abzuschneiden, nach praktischer Diskussion aufzugeben. Das ist das, was wir analytisch leisten, während wir uns weigern, einen Plan zu machen. Jeden Plan, den wir machen, stürzt übermorgen die reale Entwicklung um. Wir, praktisch eine »verschwindende Minderheit«, haben, einfacher gesagt, Angst, und wohin diese Angst hinausschießt, die natürlich auf dem Gegenpol etwas wagt, das können wir nicht wissen. Was wir wissen, analytisch bestimmen, sind die Fehler der vorigen Woche, höchstens mal die des letzten

Monats. Für mehr ist da nicht Zeit. Nun kommt aber etwas hinzu. Diese internationale Isolierinsel Berlin ist gar kein realer Boden. Das ist freilich die besondere Chance. Stellen Sie sich vor: 3000 Studenten sperren die Zugänge dieser Stadt, es sind ja nur ein paar. Nur unter diesen künstlichen Verhältnissen können wir überhaupt Politik machen. Es ist nur konsequent, wenn da auch unsere Entscheidungen oder analytischen Urteile oder Bestimmungen oder Vorschläge oder Kampfmaßnahmen, sei es theoretisch oder praktisch, diesen ahistorischen Unterton haben. Anders passen sie nicht. Noch Tee?

M: Bitte.

Er überlegte, weil er doch auch meinte, daß sich in diesem Jahr alles entscheide oder alles wieder zurückrollte, falls sich nichts entschied, insofern war die Situation tatsächlich »ein Schurkenstreich gegen die schurkische Geschichte«, wie er auf diesen Denke-Kopf so einwirken könnte, daß dieses raffinierte Ohr, das gewissermaßen um des Reims willen sprach, etwas mehr »Knochen« verarbeitete. Er hatte Hunger. Er dachte an eine kräftige Kalbsbrühe, aus wirklichen Knochen gemacht. Dazu gehörte doch ein wenig Plan. Es lag nicht an der Umverteilung von Worten, sondern ging um Arbeitsprozesse. Das ging dann noch langsamer.

L: Sie kennen mein kleines Büchlein über die Universität. Jetzt geht es aber um etwas ganz anderes inzwischen: die Rekonstruktion von Wissenschaft aus der Denk- und Ausdrucksweise der erdrückenden Mehrheit der Bevölkerung. Deren Köpfe sind durch Rias, Presse, SFB uns manipulativ entgegengestellt, und wenn das auch keine absolute Aporie ist, so ist es doch relativ schwierig.

M: Es ist schwierig.

L: Genau. Daher Exodus aus der Universität

a) in die Basisgruppen, was sicher zwei Seiten hat, aber doch das entscheidend Positive, daß Wissenschaftsarbeiter überhaupt einmal in Kontakt mit der arbeitenden Klasse geraten,

b) zu dem, was im emphatischen Sinne *Weltöffentlichkeit* ist.

Das war Müller zu ungeschichtlich. Exodus aus Universitäten war bisher nicht das bloße Hinausgehen, sondern immer wieder Gründung neuer Universitäten. Er hätte gern gewußt, wie das geht, und auch, wie es geht, wenn gar nicht eine neue Universität an die Stelle der alten tritt, also *informelle Wissenschaftskader*. L. war ungeduldig. Er sah mit festem Blick in die zweifelnden Augen Müllers.

L: Ich weiß wirklich nicht, was es da zu bremsen gibt.

M: Meine Frage heißt: Geht die Bewegung dahin, daß arbeitende Menschen in die KU …

L: Als Volksuniversität.

M: Ja, hinkommen. Wie werden die aber von der Handarbeit freigestellt? Haben die Zeit für Bildungsprozesse?

L: Richtig. Unter Aufrechterhaltung des kapitalistischen Leistungsprinzips geht das nicht.

M: Ich will ja nicht bremsen.

L: Tun Sie aber.

M: Ich kann in einem Gespräch mit Ihnen doch gar nicht bremsen. Die Bewegung richtet sich doch nicht nach diesem Gespräch.

L: Also?

M: Wir waren dabei stehengeblieben, daß Sie erst die Zeit dafür produzieren müssen oder wenigstens Angaben, wie irgendwer in der Gesellschaft diese Zeit produziert, und erst dann können Sie sich an die Umproduktion von Menschen machen.

L: Richtig. Denn nur so können wir die Kraft zusammenbekommen, das Leistungsprinzip zu brechen. Wir müssen da einige Schritte überspringen, haben wir aber schon oft gemacht.

M: Oder bewegt sich umgekehrt der gesamte Universitätsapparat zur Basis hin?

L: Das ist die andere Seite.

M: Wie machen Sie das z. B. bei den Kliniken?

L: Gerade die Kliniken …

M: Durch Ausbau der Notarztdienste?

L: Genau.

M: Genau. Und die Naturwissenschaftler?

L: Brauchen nicht so sehr die Labors, die sicher ortsgebunden sind, sondern Fragestellungen. Ob ich z. B. Stroh, auf dem Kühe liegen müssen, oder Stroh für Florentiner Hüte produziere, ist an die Forschung eine ganz verschiedene Frage.

M: Sicher.

Wenn ihn nicht die Art, in der L. das sagte, so sehr an die Überläufer Hardenbergs erinnert hätte, hätte Müller jetzt ein wenig gläubiger geblickt. »Irgendwie vorstellbar, daß doch wie durch ein Wunder genügend Arbeitskraft hinter diese Schritte rückt.« Müller war im Grunde gläubig. Ich muß mir, sagte er sich, das Wort »irgendwie« abgewöhnen. Ich muß auch davon absehen, daß mir die Brillanz dieses Kopfes nicht gefällt, und ich darf drittens nicht mehr in den Kategorien der Organisation Todt denken, die von außen Beton und Arbeitskraft zusammenhäufte, sondern ich muß in den himmelstürmenden, gut ausgeschlafenen Hirnen der Studenten denken lernen. Er fühlt sich plötzlich alt.

L. hielt Müllers innere Vorwärtsbewegung, die sich in seiner Miene spiegelte, für erneutes Zögern. Er unterdrückte seine Ungeduld mit dem Interviewer, saß bewußt gelassen da.

Müller war Multiplikator. L. war darauf angewiesen, rasche Multiplikatorenwirkung zu erhoffen, wenn er Zeit in solche Interviews investierte, ein Grauen, wenn L. an die unmittelbar Arbeitenden dachte, die, langsamer als Müller, in ihrer Einzelarbeitskraft, Mensch für Mensch, erst noch zu gewinnen waren. Diese Aussicht war ein weiterer Grund, keine Pläne zu machen. Ein Zehn-Jahres-Fahrplan würde den Kopf zweifellos mit Ungelöstheit erfüllen. Es wäre wie der Gegner, der in den Kopf eindringt.

Foto Barbara Klemm

1971: Ein besetztes Haus wird von der Polizei geräumt.

2.

Zu leben ein angenehmer Tag. Es gießt. Nach den heißen Juli-Tagen ein Genuß. B. könnte also einen seiner schweren Anzüge tragen und damit gepanzert in den Büros erscheinen. Das muß er sich allerdings versagen. Der Anzug paßt aber auch für die Trauerfeier für den Genossen Dr. Fritz Bauer*, zu der B. jetzt gefahren wird.

Der Sarg steht in der kleinen Friedhofskapelle in einem Gebüsch von dickblättrigen Ölpflanzen. Vorn große Blumensträuße. Die Musikauswahl für die Feier hat der Philosoph Adorno ohne jede Fremdkontrolle übernommen. Er läßt auf Regierungskosten drei komplette späte Streichquartette von Beethoven spielen, die drei mittleren: Nr. 13 B-Dur, Op. 130, Nr. 14 Cis-Moll, Op. 131, Nr. 15 A-Moll, Op. 132.

Er, der von den Anwesenden diese Musik vermutlich als einziger dechiffriert, wiegt seinen Kopf zu den Tönen, in der inneren Bewegung der Musik, also nicht so, daß ein Laie dies für musikalisch gehalten hätte, nicht wie ein Metronom, das die Takte skandiert.

Eine Ansprache hat sich der Tote testamentarisch verbeten. Die Gruppe der Trauergäste besteht aus der kleinen Regierungsschicht des Landes, die nach 1945 angetreten ist, einen antifaschistischen Kurs durchzuhalten. Da die Musikdarbietung ungebührlich lange dauert, keine Ansprachen stören, tritt tatsächlich eine intensive Beschäftigung mit dem Toten ein. Der Kultusminister hat in ihm seinen besten Freund verloren.

B. sieht jetzt den Toten, wie er im Zuchthaus Butzbach alle Zellen aufschließen läßt, die Gefangenen mit »Kameraden« anspricht. Die Justizverwaltung hielt diese Ausdrucksweise für die eines Narren. Sie hat versucht, ihn einzugrenzen, indem sie erzürnte Oberstaatsanwälte um ihn herum gruppierte, die ihm nach und nach Zuständigkeiten entwendeten. Aber der Narren-Anschein war notwendige Tarnung. Bauer hatte immer Akten parat, mit denen er die aus dem alten Regime übernommenen Kriminalisten in Frankfurt und Wiesbaden in Schach hielt. Für jede Fehlleistung gab er eine der belastenden Akten in den Geschäftsgang.

Es steht übrigens nicht fest, was ihn dazu trieb, sich in seiner einsamen Badewanne die Pulsadern zu öffnen. B. will dem nachgehen. Nach Musikschluß erheben sich die Trauergäste. Sie wissen nicht recht, was sie jetzt tun sollen. Es ist keine Führerpersönlichkeit da, die eine Haltung vorgibt. Die Gefängnis-

* Fritz Bauer (1903–1968) war Hessischer Generalstaatsanwalt. Er hat 1963 den Frankfurter Auschwitz-Prozeß durchgesetzt. *Anm. d. Red.*

direktorin E., die das Herumstehen nicht verträgt, geht rasch davon. Ministerialrat F. zu Adorno: »Wir müssen einmal miteinander sprechen.« Oberlandesgerichtspräsident zu B.: »Wir sind, glaube ich, Stallgefährten bei Goverts.« »Ja.«

Die Frau des Philosophen Adorno zieht ihn, der noch an den Klängen in der kleinen Kapelle hängt und gern die Veranstaltung wiederholt sähe, rasch weg. Sie will jede Verwechslung mit dem Schicksal des Toten vermeiden, drängt fort von diesem Friedhof.

Frau S. hat im Frankfurter Hof den Salon 15 gemietet, für eine Nachfeier. Dorthin begibt sich die Mehrzahl der Trauergäste. Man versucht, insbesondere für Verwandte des Toten aus Schweden, etwas von dessen lebendiger Erscheinung zu rekonstruieren. Die Verwandten kennen den Toten praktisch gar nicht. Der Kultusminister ahmt mit Handbewegung Gesten des Toten nach. Er beschreibt einen Vorfall in Kassel. Ein Kind wollte dort schon mit 5 Jahren in die Schule. Lief immer wieder hin. Der Rektor erteilte dem Kind Hausverbot. Das Kind ist doch noch nicht eingeschult. Jetzt kommt der heute Beerdigte, hält eine Fragestunde ab, die sich allerdings nicht auf das Schulwesen bezieht, für das er ja nicht zuständig ist. Er hört die Mutter des Kindes an. Wendet sich an den Regierungspräsidenten: Na, warum kann man das Kind denn da nicht drin lassen? Regierungspräsident: Es ist gegen den Erlaß. Der heute Beerdigte: Das Kind bleibt, wo es ist, und wenn es in der Schule sitzt, dann muß man es in der Schule sitzen lassen. Die Frau wollte nicht glauben, daß das Problem so einfach zu lösen war. Der Regierungspräsident sagte auch gleich: Ja, der Minister hat aber verfügt, daß nur die aufgerufenen Jahrgänge zur Schule dürfen. Der Beerdigte: Ich wüßte nicht, wer Sie deswegen anklagen sollte, wenn Sie von dem Erlaß abweichen. Die Erlasse sind von Vernünftigen im Interesse von Vernünftigen gemacht. Das Interesse des Landes spricht nicht gegen den ausdrücklichen Wunsch dieses Kindes. Sagen Sie das dem Rektor. Ungeklärt blieb, warum das Kind so gerne in diese Schule wollte. Vielleicht hatte es Freunde dort.

Zuletzt saßen bis 17 Uhr 7 Männer und 2 Frauen um den kleinen Tisch. Getränke wurden gereicht. Der Minister wurde an verschiedenen Stellen des Landes dringend gesucht. Man wußte im Ministerium nicht, wo B. und der Minister steckten, nämlich im Salon 15. Sie wollten sich von dem Toten nicht trennen. Solange sie hier zusammensaßen, war noch etwas von ihm zu fassen. Wenn sie sich trennten, war der gütige Mann endgültig fort. Niemand aus dem Nachwuchs des Landes ersetzte ihn.

REINHARD MOHR

Ausgeträumt?

Eine Revolte feiert 25jähriges Dienstjubiläum

»Nous l'avons tant aimée, la révolution.«
Daniel Cohn-Bendit, 1986

Ein Dezemberabend 1992 in Frankfurt am Main. Am Tisch eines Restaurants sitzt eine buntgemischte Gruppe von Mittvierzigern. Bei Bier, Wein und Ochsenbrust erholen sie sich von der gut zweistündigen Diskussion über eine partei- und milieuübergreifende Kampagne mit dem Arbeitstitel »Zivilcourage jetzt!«, die die bürgerliche »Mitte« der bundesdeutschen Gesellschaft gegen den neu aufgeflammten Rassismus und Antisemitismus mobilisieren soll. Der Vertreter hessischer Unternehmerverbände erkundigt sich nach dem Beruf seines Tischnachbarn, der zu den Initiatoren gehört. Er leite seit zehn Jahren eine Monatsschrift namens *Kommune*, gibt dieser zurück. »Kenne ich leider nicht«, antwortet der Unternehmervertreter. »Müssen Sie auch nicht. Wir verkaufen nur etwa 5000 Exemplare, die meisten an Abonnenten.« »Und wie finanzieren Sie das?« »Na ja, wir gehören zur Kühl KG, und in diesem Rahmen ist die *Kommune* finanztechnisch eher ein Abschreibungsprojekt.« Der Unternehmervertreter versteht. »Gehörte die Kühl KG früher nicht einer dieser K-Gruppen, KPD, KB oder so...?« »Nein, das war der KBW, Kommunistischer Bund Westdeutschland, eine maoistische Partei.« »Ach ja, und wer war das eigentlich, ich meine, wer war der Kopf, der Chef – hieß der nicht Schmierer oder so ähnlich?« »Ja, das bin ich«, sagt Joscha Schmierer, dessen politische Karriere vom Heidelberger SDS in den SDS-Bundesvorstand und schließlich an die Spitze des ZK des KBW führte. »Na, da bin ich aber erfreut, Sie mal persönlich kennenzulernen«, sagt der Unternehmervertreter und nimmt noch einen Schluck aus dem Bierglas.

Im Jahre 1993 ist das ominöse Datum 1968, sind seine HeroInnen, die 68er, endgültig Teil der Geschichte dieses Jahrhunderts geworden, ebenso nah und fern wie die beiden Weltkriege, die Weimarer Republik, Auschwitz und der Bau der Berliner Mauer. Noch zum zehnten Jahrestag der Revolte diskutierten Professor Kurt Sontheimer und der konservative Publizist Mathias Walden im österreichischen »Club 2« mit Rudi Dutschke und Daniel Cohn-Bendit erregt und stundenlang über Gewalt, Staat und Sozialismus. Gebannt saßen ein paar

Millionen Zuschauer vor dem Bildschirm und verfolgten das Polit-Match, in dem sich die historischen Kontrahenten gegenseitig für Terrorismus, Faschismus und alle möglichen gesellschaftlichen Fehlentwicklungen jüngerer Zeit verantwortlich machten. Die Szene wirkte wie eine aktualisierte Nachstellung der Schlachtordnung von 1968, ein rhetorischer Kampf um die Vergangenheit, gleichzeitig um Realitätsbeschreibungen, Begriffsdefinitionen und Zukunftsperspektiven.

Nachdem weitere zehn Jahre ins Land gegangen waren, wurde das Ereignis bereits historisch-kritisch gewürdigt, zuweilen selbst von jenen nostalgisch verklärt, die entweder gar nicht dabei waren oder eher auf der anderen Seite der Barrikade gestanden hatten. Erstaunlich viele Zeitgenossen wollten jetzt, im Frühjahr 1988, irgendwie »68er« sein, dazugehören und Vergangenheit haben. Die frisch geschriebenen Erinnerungsbücher der Wortführer von 1968 dokumentierten dagegen vor allem ihren gewachsenen Abstand zu den Ereignissen und die Schwierigkeiten, jenes Bündel aus objektiven Bedingungen, Anlässen, Motiven und Zufällen zu analysieren, das sie ehedem mit Verve in die Revolte getrieben hatte. Vieles erschien im Rückblick unerklärlicher denn je. Was sie damals im Eifer des Gefechts selbst nicht ganz verstanden, war ihnen inzwischen auf andere Weise fremd geworden.

Die lange Jahre vorherrschende ideologische Schärfe der politischen Auseinandersetzung war einem breiten Konsens über die Tatsache gewichen, daß der zwanzig Jahre zurückliegende Aufruhr wegen *und* trotz seiner Radikalität und Irrwege der Lebensqualität und demokratischen Reife in der Bundesrepublik insgesamt zugute gekommen war. Die gescheiterten Revolutionäre hatten ihren Katzenjammer hinter sich, und die Konservativ-Liberalen, als halbe Sieger der Geschichte in Ehren ergraut, urteilten über die längst anekdotisch gewordenen antibürgerlichen Exzesse der »Neuen Linken« im milden Licht einer Vergangenheit, die auch ihnen Erfahrungen, Erlebnisse und (Selbst-)Erkenntnisse gebracht hatte, die sie keinesfalls missen mochten.

Das imaginäre Vektogramm der politischen und kulturellen Kampflinien seit 1968 glich so zum Ende der achtziger Jahre einem strukturellen Patt, fußballerisch: einem Unentschieden nach Verlängerung, bei dem aus zunächst unerfindlichen Gründen, dann aber erkennbar als Ergebnis höherer Gewalt aufs Elfmeterschießen verzichtet wurde. Inmitten aller Auseinandersetzungen über links und rechts, Holocaust und Gulag, rot-grün und christsozial, Apokalypse und Wohlstandswachstum hatte sich ein gesellschaftliches Spielfeld etabliert, auf dem weder Helmut Kohls »geistig-moralische Erneuerung« noch ein radikalökologisches Feuchtbiotop-Konzept Platz oder gar die ideologische Richtlinienkompetenz beanspruchen konnten. Ex post und klammheimlich hatten die

Jahresringe von 1968 einen Puffer zwischen Vernunft und Wahnsinn gelegt, an dem alle Versuche, die real existierende Bundesrepublik – natürlich, wie stets, in bester Absicht – zu »überwinden« oder auf den endgültig richtigen Weg zu führen, abprallen mußten.

Wer heute 25jährige, um das Jahr 1968 herum geborene Bankangestellte, Werbetexter oder Großmarkt-Kassiererinnen nach den Protagonisten, den Ideen und Ereignissen der späten sechziger Jahre fragt, wird in der Regel dieselbe Qualität von Antworten erhalten wie derjenige, der nach dem Bekanntheitsgrad von Philipp Scheidemann, Karl Liebknecht, Heinrich Himmler oder Walter Ulbricht forscht.

Die 68er, die Anfang der siebziger Jahre als frischgebackene Lehrer für Deutsch und Sozialkunde in die Schulen strömten, um vor allem die jüngste Vergangenheit Deutschlands zwischen 1914 und 1945 zu »thematisieren« und die »kapitalistische Restauration« der Nachkriegszeit radikal zu »hinterfragen«, sind nun selbst ein bereits fadenscheiniger Gegenstand des Geschichtsunterrichts geworden. Waren sie vor wenigen Jahren immerhin noch mit satisfaktionsfähigen Beschimpfungen konfrontiert, »alternde Ex-Hippies«, »angepaßte Renegaten« oder ihren Idealen treu gebliebene »Dauerrevoluzzer« zu sein, die auf jeden neuen Bewegungszug aufsprangen, so sind sie heute mitten im (Berufs-)Leben stehende, nicht besonders auffällige Endvierziger, loyale Staats-

Foto Barbara Klemm

1967: Beratung im besetzten Rektorat der Johann Wolfgang Goethe-Universität.

bürger, bei denen kaum noch jemand auf die Idee kommt zu fragen, wie es *damals* eigentlich war und was denn aus alledem geworden sei.

Jenseits der ehernen Gesetze des Älterwerdens ist dies ein untrügliches Zeichen dafür, daß die gleichwohl bis heute wirksamen Folgen, *intended and unintended effects* der Revolte von 1968 durch die Gesellschaft absorbiert, tatsächlich »vergesellschaftet« worden sind. Die Bundesrepublik bis zum Fall der Mauer – das war vor allem anderen ein soziales Mittelschicht-Laboratorium, ein Endlos-Tatort namens *Lindenstraße*: Mutter Beimer als Mutter Courage im Volkskrieg zwischen Ozonloch und Pershing II, Einbauküche und Tengelmann.

Seit der neuen historischen Zäsur des Jahres 1989 steht die Belastungsfähigkeit dieser offiziell nie ratifizierten, unausgesprochenen Vereinbarung, der Konsens von aufgeklärtem Spießertum, leberpastetengefütterter Linksliberalität und weißweingestützter Weltoffenheit auf dem Prüfstand.

Wie ein Prisma bündeln und zerstreuen die Umwälzungen der letzten drei Jahre alles, was bis dahin in Westdeutschland als gesellschaftlicher und politischer »Stand der Dinge« gegolten hatte. Vor allem der wie ein anachronistischer Einbruch der Nazizeit aufgeflammte Rechtsterror gegen alles »Fremde« erschüttert den schon sicher geglaubten Mindeststandard einer zivilen Gesellschaft in der Bundesrepublik. Die Energie, die eben noch die feinsinnige Debatte über die Frage anfeuerte, ob die »Postmoderne« eher den Bruch oder die Kontinuität der Moderne repräsentiere und unter welchen normativen Diskursbedingungen verbindlich von einer demokratischen »Streitkultur« gesprochen werden könne, gilt nun den entsetzten öffentlichen Bekenntnissen der aufgestörten Demokraten, daß die Würde des Menschen gemäß Artikel 1 Grundgesetz uneingeschränkt auch für libanesische Kleinkinder, vietnamesische Zigarettenverkäufer und türkische Hausfrauen Gültigkeit besitze.

Selbst der linksradikale Ex-Terrorist Bommi Baumann, der im Berliner *Blues* der Jahre nach 1968 das Bombenlegen gelernt und in der »Bewegung 2. Juni« reichlich praktiziert hat, reiht sich ein in die bürgerlich-demokratische Einheitsfront gegen rechts, in der schon der Vorstand der Opel AG, Boris Becker, Thomas Gottschalk, der Deutsche Industrie- und Handelstag (DIHT), Arbeitgeber, Kirchen und Gewerkschaften, die Kreuzberger Autonomen und die deutsche Reisebranche, der Verein »Weintrinker gegen Ausländerfeindlichkeit« und die Herrenausstatter der Moderatoren von RTL plus marschieren.

Mit einer zeitlichen Verzögerung von zwei Jahren zeigten die pogromartigen Ausschreitungen von Hoyerswerda und Rostock, die Mordanschläge in Mölln, Eberswalde und an hundert anderen Orten, daß die scheinbar zur bundesdeutschen Normalität zählende Hegemonie einer linksliberalen Kultur, die Selbstverständlichkeit eines grundsätzlich gewaltfreien Meinungsstreits jedenfalls streckenweise ein merkwürdiges Trugbild, eine Phantasmagorie eigener Prägung geworden war.

Es dauerte aller Empörung und verbalen Proteste zum Trotz Monate, bis sich die »Mitte« der Gesellschaft auf die neue Situation intellektuell einzustellen begann. Daß ganze Teile der Bevölkerung – Asylbewerber, ausländische Staatsbürger, Behinderte, Homosexuelle und politisch Andersdenkende – von oft schwerbewaffneten Hooligans, Skinheads und Neonazis für Freiwild genommen wurden und die Organe des demokratischen Rechtsstaates sehr zögerlich und halbherzig reagierten, war selbst von denen nicht wirklich erwartet worden, die die antifaschistische Wachsamkeit in Deutschland ein für allemal verinnerlicht zu haben glaubten.

Nach den epochalen Umwälzungen von 1989 waren die regelrecht explodierenden rechtsradikalen Attacken im Herbst 1992 der zweite Klimaschock gerade für jene Teile der Gesellschaft, in deren Biographie getreu der Tradition von 1968 der besondere Blick für soziale Konflikte und die politische Dynamik untergründiger, tendenziell *subversiver* Bewegungen fest eingebaut schien. Jetzt gerieten sie selbst in die ungewohnte Rolle der Verteidiger des rechtsstaatlichen Gewaltmonopols gegen außerparlamentarische Extremisten, die das Chaos herbeibrennen und -morden wollen, um die 1945 untergegangene deutsche Zucht und Ordnung wiederherzustellen.

Obwohl die achtziger Jahre, erst recht mit Beginn der Kanzlerschaft Helmut Kohls, immer schon vom Lamento über eine stete Entpolitisierung, über »Rollback« und Rechtsruck, über das »Schweigen der Intellektuellen« und das Verblassen ökosozialistischer Visionen durchzogen waren, war doch zwischen den Slogans des postmodernen *Lifestyle*-Zeitgeistes ein tendenziell vernünftiges Arrangement der Gesellschaft mit sich selbst erkennbar geworden, das sich, wie so oft, eher hinter dem Rücken der Beteiligten entwickelte, als daß es zielgerichtet und bewußt herbeigeführt worden wäre.

Die großen utopischen Entwürfe waren geplatzt oder hatten sich – idealtypisch am Beispiel des Niedergangs der Grünen – Stück für Stück, quälend *und* befreiend zugleich, abgewetzt und selbst erledigt. Ein neuer pluralistischer, kritisch und ökopazifistisch grundierter Realismus schien sich herauszuschälen, der einige Irrtümer von 1968 – radikaler Antiparlamentarismus, Geringschätzung der »formalen« Bürgerrechte und Bekämpfung des staatlichen Gewaltmonopols – korrigierte; gleichzeitig jedoch profitierte er von den Demonstrationserfahrungen der radikalen Straßenöffentlichkeit, des außerparlamentarischen

Protests und der »neuen sozialen Bewegungen« in den siebziger und achtziger Jahren, vom libertären Impuls der Revolte, die von den patriarchalisch geprägten Geschlechterbeziehungen bis zur institutionellen Begründungslosigkeit autoritärer Vorrechte nahezu alles in Frage stellte, was den Status quo der Gesellschaft ausmachte.

Doch die Bewegung von 1968 selbst war höchst ambivalent gewesen. Sie war »libertär und antiautoritär – und sprach martialisch und autoritär; sie war auf der Höhe der Zeit – und wähnte sich in Kämpfe verwickelt, die schon längst der Vergangenheit angehörten; sie war in extremer Weise auf Freiheit aus – und ging oft fast verächtlich mit den Werten der Bürgerfreiheit um; sie war Praxis der zivilen Gesellschaft – und suchte ihre Ahnen jedoch kaum in Schottland und Amerika, sondern in Trier und Petersburg; sie wollte, gegen eine rückständige Welt, modern sein – und beförderte eine Modernisierung, die sie nie wollte«. (Thomas Schmid, in: *Die Früchte der Revolte*, Berlin 1988)

Diese Doppeldeutigkeit der Revolte prägte auch ihre Wirkungsgeschichte vor allem in den siebziger Jahren. Sie riß fremde Welten auf, entdeckte neue Kontinente aus sehnsüchtiger Hoffnung und philosophischen Ideen, fühlte sich überall zu Hause – nur nicht zu Hause – und baute doch unermüdlich an ihrer eigenen, gut möblierten Inneneinrichtung, einer Art zweiter Heimat, die mit riesigen Mengen politischer Überzeugung und einer allgegenwärtigen Moral ausstaffiert war.

Die 68er attackierten massiv alles, was sie als »bürgerliche Ideologie« entlarvten – von der »wertneutralen«, objektiven Wissenschaft über das freie Unternehmertum bis zur glücklichen Kleinfamilie –, und produzierten im Gegenzug selbst hochgradig gefestigte Ideologien, die später in mühseliger, jahrelanger Kleinarbeit wieder eigenhändig dekonstruiert werden mußten.

Radikalität, anfänglich wie ein Messer, das »falsche« gesellschaftliche Spinnennetze zerschneidet und ideologische Vorhänge zerreißt, wurde zum zählebigen Werkzeug einer Vorstellungswelt, in der auf jeweils spezifische Weise alles mit allem zusammenhing und es für sämtliche Übel stets *eine* Wurzel gab. Die siebziger Jahre kultivierten diese Radikalität bis zu einer Dogmatik, die später nicht zufällig auf »Kirchentagen von unten«, alternativen Gegenbuchmessen und schwäbischen Friedenscamps ihre Höhepunkte des kollektiven Selbstbekenntnisses erreichte: Der endgültig gute Mensch war radikal, indem er ohnmächtig, aber kompromißlos die endgültige Verbesserung der Welt forderte. Und dies Tag für Tag, da sie schlechter und schlechter wurde.

Die eigene Radikalität war stets zugleich die Kritik am Reformismus und Opportunismus der anderen, die den klaren Bruch mit der Wirklichkeit

Foto Barbara Klemm

1968: Ouvertüre einer studentischen Vollversammlung.

scheuten. Natürlich waren diese vermeintlichen Realisten politisch blind, weil sie kurzfristig dachten. Denn langfristig, das wußten alle Radikalen, würde *diese* Gegenwart ohnehin keine Zukunft haben. Radikalität war deshalb klug und sauber, vorausschauend und verantwortungsvoll, der antibürgerliche, fortschrittliche Wert schlechthin. Er transzendierte mühelos jede krude Evidenz der komplizierten Wirklichkeit und bestimmte in unzähligen Variationen große Bereiche jener »politischen Kultur«, die in den achtziger Jahren immer wieder ihre eigene Komplizenschaft mit dem *System*, das Verpuffen und die Integration ihrer auch ästhetisch radikalen Kritik anprangerte, ohne an der unvermeidlichen Bigotterie dieser Position sichtbaren Schaden zu nehmen.

Radikalität bestätigte sich jenseits aller gesellschaftlichen und charakterlichen Brüche immer wieder als sich selbst zeugender, bleibender Wert. Er hatte sich von seinem sozialen und politischen Ursprung gelöst, historisch verselbständigt und verdinglicht. Viele trugen ihn wie ein Abzeichen oder Schmuckstück, ein *badget* der unbeugsamen Seele, auch wenn Körper und Geist längst schon schwach geworden waren.

Von der ewig jungen Radikalität war es nur ein Katzensprung zur endemischen *Moral* der 68er, die sich in Restbeständen bis heute gehalten hat und bei passender Gelegenheit immer wieder zum Einsatz kommt. Im Kampf gegen die Verdrängung des nationalsozialistischen Terrors durch die Eltern- und Wiederaufbaugeneration und die Kriegsverbrechen der USA in Vietnam entstanden, repräsentiert sie seitdem das epigonale Bedürfnis nach intrapsychischer Ordnung, einer Ethik der konsequenten Übersichtlichkeit.

Was 1966/67 als äußerste Anspannung der Reflexion und ethischer Kategorien begonnen hatte, um die Widersprüche zwischen den selbstformulierten Ansprüchen der bürgerlichen Demokratie und ihrer Wirklichkeit zu begreifen und am Ende aufzuheben, degenerierte im Laufe der siebziger Jahre zur Frage des richtigen Standpunkts und schließlich zur nahezu beliebigen Münze im Kampf um das eigene Seelenheil, das gegen die Zumutungen der auch moralisch unübersichtlichen Realität abgeschottet werden mußte.

Das altertümliche deutsche Wort von der »Weltanschauung« erfuhr in der Permanenz einer moralischen Haltung neue Bestätigung, die sich ohne Anstrengung des Gedankens längst a priori und stets aufs neue im Recht wähnte. Was einmal klar war, war immer klar. Was damals richtig war, mußte es auch heute sein.

Die Sprengkraft von 1968, der empörte Protest gegen offensichtliches Unrecht und die Lügen, um es zu verschleiern, die Verbindung von individuellem, innerem Aufruhr und einem zuweilen fanatischen Erkenntnisinteresse an der »objektiven Welt«, war einem bräsigen Philistertum gewichen, das es sich auf seinem Katechismus bequem machte.

Nur diese tautologische Selbstauslöser-Automatik des Guten – *Wir* gegen das Böse – erklärt auch das Phänomen der terroristischen »Rote Armee Fraktion« von Andreas Baader, Gudrun Ensslin, Jan-Carl Raspe und Ulrike Meinhof, die aus hochmoralischen Gründen Menschen töteten – »Natürlich kann geschossen werden« – und dies wie ihre Nachfolger der zweiten und dritten Generation mit immer absurderen Pamphleten zu »begründen« suchten, bis die letzten Stadtguerillas im Sommer 1992 öffentlich dem bewaffneten Kampf abschworen.

Daß *Gewalt* gegen das System und seine Repräsentanten gerechtfertigt war, glaubten indes nicht nur die bewaffneten Epigonen von 1968, sondern viele tausend Sympathisanten eines radikalen Bruchs mit einer Gesellschaft, die sie für Unterdrückung und Elend auf der ganzen Welt haftbar machten.

Gewalt war Mittel zum Zweck, der radikal, eindeutig und moralisch geboten schien. Doch sie war auch ein Faszinosum, Fluidum der radikalen Existenz im Hier und Jetzt, ein existentialistisches Vademecum, das heute nur noch die »Autonomen« für sich reklamieren. Die Auseinandersetzung über legitime (Gegen-)Gewalt, über das Recht auf physischen Widerstand gegen die Staatsgewalt und parlamentarische Mehrheitsentscheidungen wurde ab Mitte der siebziger Jahre ambulant-ambivalent geführt: Hier und da aufkommende klammheimliche Freude über staatsfeindliche Anschläge koexistierte mit einem sukzessive vollführten Rückzug aus der – auch persönlichen – Frontstellung gegen das staatliche Gewaltmonopol.

Mit der rasanten Entropie revolutionärer Identität zu Beginn der achtziger Jahre schwanden auch das ideologische Barrikaden-Denken, die »strukturelle« Systemableitung jedweder Gewalt und die politische Spannkraft zwischen heute und übermorgen, die manchem Mord die politische Brücke baute.

Die zivile Gesellschaft zog herauf und mit ihr die dämmernde Erkenntnis, die im Herbst 1992 nicht nur jenen 68ern zur Gewißheit wurde, die immer noch ihre schwarze Lederjacke und den zerkratzten Motorradhelm im Schrank aufbewahren: Es gibt keine Alternative zum demokratisch kontrollierten Gewaltmonopol des Rechtsstaats. Der historische Augenblick, in dem der Ruf »Deutsche Polizisten schützen die Faschisten« nicht nur falsch klingt, sondern falsch ist, bezeichnet auch das notariell hinterlegte Ende jener Utopie, die von einer autonomen Gegengesellschaft mit Gegenöffentlichkeit, Gegengewalt und Gegenkultur träumte.

Die Generation von 1968 stellt heute selbst die Repräsentanten des einst bekämpften Staates und verteidigt die Rechtsordnung der Republik gegen die neonazistischen Gewalttäter, die Chaoten von rechts. Die Erinnerung an ihren utopischen Aufbruch trifft so, 25 Jahre später, auf die antiutopische Revolte einer Generation, die nicht mehr neue Horizonte erobern, sondern den eigenen Laden verbarrikadieren, nicht mehr Fesseln sprengen, sondern Mauern errichten will, um von allen möglichen Entdeckungen und Herausforderungen verschont zu bleiben. Ihr Abenteuer des Lebens ist der Haß auf das Leben selbst, die Angst und die Unfähigkeit, es überhaupt zu suchen.

»Es lebe der Tod!« heißt konsequent die implizite Parole der späten, unrechtmäßigen Kinder von 1968, der dummen und nach rechts gekippten Volksausgabe jener Punkkultur der achtziger Jahre, die noch aus einer Mischung von Reflex und Reflexion auf den linksliberalen Zeitgeist der »Alt-68er« entstanden war.

»What's left?« fragte die *FAZ* monatelang und ergebnislos auf den Spalten ihres Feuilletons, um die versprengten Reste der Linken und ihrer Ideen ausfindig zu machen. Doch zwischen all den hilflosen Zeilen, die sich bis dahin als linksradikale Zukunftssucher nicht sonderlich hervorgetretene Intellektuelle wie Ernst Nolte, Ralf Dahrendorf und Konrad Adam abrangen, schimmerte immer wieder das mythische Licht von 1968 durch, das die Konservativen zu brauchen scheinen wie die Fliegen den Wandstrahler. Denn gerade die unaufhebbare Doppeldeutigkeit des historischen Ereignisses macht seine philosophische wie emotionale, »lebensweltliche« (Habermas) Anziehungskraft aus. Heute besteht seine legitime Erbschaft im Engagement für eine offene und zivile Gesellschaft, die ohne Hoffnung auf Vernunft nicht leben will und weiß, daß, bei aller Liebe zu Adorno, das Glück nur im einzig wahren falschen Leben zu erlangen ist. Der Umstand, daß zahlreiche 68er heute, mit Zitaten von Montaigne, Jefferson, Tocqueville, Jaspers und Hannah Arendt bewaffnet, zu den glühendsten Apologeten der Demokratie gehören, ohne auf dem Zusatz »radikal«, »direkt« oder gar »revolutionär« zu bestehen, ist das beste Beispiel für eine geschichtliche Erfahrung, die im zwanzigsten Jahrhundert offenkundig von Generation zu Generation immer wieder neu gewonnen werden muß.

KLAUS LAERMANN

Narziß gegen Ödipus

Die Studentenbewegung als ästhetischer Protest

Lange vor dem Höhepunkt der Studentenbewegung hat Herbert Marcuse die antike Figur des Narziß als einen Kulturheros gefeiert. In seinem Buch *Triebstruktur und Gesellschaft*, das 1957 (immerhin bereits zwei Jahre nach seiner Veröffentlichung in den USA) auf deutsch erschien, lieferte er eine problematische Interpretation dieser Figur, die sich als außerordentlich folgenreich erweisen sollte. Denn Marcuse sah nur die hellen Seiten des Narziß, ja, er stilisierte ihn förmlich zur Lichtgestalt. Sie diente ihm als Eideshelfer für seine Theorie einer kulturrevolutionären »Großen Verweigerung«. Die Strategie Marcuses, der sich schon 1955 durchaus als Philosoph einer kommenden Gegenkultur begriff, forderte die Flucht aus einer Welt der entfremdenden Arbeit, den Rückzug und die Befreiung aus den Zwängen der väterlichen Leistungswelt sowie einen Verzicht auf jenes kulturelle Erbe, das angeblich nur um den Preis fortdauernden Aufschubs einer letztlich doch nie eintreffenden Befriedigung zu haben war. Narziß sollte als Leitfigur an die Stelle des Ödipus treten. Bei diesem Paradigmenwechsel ging es um mehr als nur um eine veränderte mythologische Referenz. Denn hinter ihm verbarg sich der Protest gegen überflüssig gewordene Autoritäten und deren Repressionen. An die Stelle der inzestuös getönten Auseinandersetzung mit einem geschwächten, zunehmend abwesenden Vater und seinen internalisierten Geboten sowie Verboten sollte die strahlende Selbstbemächtigung eines Ich treten, das sich ebenso spielerisch wie ungezwungen in seine imaginären Entwürfe verliebt. Narziß sollte als Antiheld zeigen, wie sich gegen Leistungszwang und Triebunterdrükkung, gegen Bewußtseinszensur und Sensibilitätsverlust protestieren ließ. Denn er verwarf den heterosexuellen wie den homosexuellen Eros nicht um eines asketischen, sondern um eines noch erfüllteren Eros willen. Seine Selbstliebe bedeutete in Marcuses Darstellung eine antiautoritäre Abkehr vom Realitätsprinzip zugunsten einer libidinösen Besetzung des eigenen Ich und zugunsten einer neuen Hinwendung zur Dingwelt. Damit nahm Marcuse vorweg, was die Studentenbewegung später unter Berufung auf ihn praktizierte: eine Verkehrung des politischen Protests in einen ästhetischen.

Im Rückblick zeigt sich heute, daß die Studentenbewegung dort besonders folgenreich war, wo sie selbst es am wenigsten erwartet hatte. Ein Vierteljahrhundert nach 1968 ist unübersehbar, daß sie sich in mehr als einer Hinsicht verschätzt hat. Eine ihrer größten Fehleinschätzungen bestand gewiß darin, daß sie ihren Protest politisch meinte begründen zu müssen, während er mittel- und langfristig viel eher ästhetisch wirkte. Und die ästhetische Wirkung ihres Protests hing offenbar direkt mit einem von ihr ebenso innovativ wie provozierend vorgelebten Narzißmus zusammen.

Dieser Narzißmus der 68er war mehr als bloß eine Mode. Und doch hatte er zweifellos auch etwas Modisches. Seine oft aufdringlich zur Schau gestellte Lockerheit wandte sich gegen alles Schwere und Steife, gegen alles Förmliche und Altbackene. Die 68er gaben sich selbstbezogen, »cool« and »easy«, begannen jeden zweiten Satz mit einem sanften »Du, ich ...« und kleideten sich lässig bis nachlässig. Ihre Abkehr von der Welt der Erwachsenen setzte an bei deren Kleiderordnungen. Gerade diese ästhetische Selbstbemächtigung erwies sich als große Provokation. Es gab auf einmal keine feinen Anzüge und Krawatten mehr und auch nicht mehr das »kleine Schwarze« mit dem Perlenkettchen und den Stöckelschuhen, sondern eher schmuddelige und meist zu weite Pullover. Die Kleidungsunterschiede zwischen den Geschlechtern wurden zudem so weitgehend verwischt, daß sich eine Art modischer Hermaphroditismus abzuzeichnen begann. Noch wenige Jahre zuvor wäre es nicht nur unerlaubt, sondern unvorstellbar gewesen, daß Mädchen keine Röcke mehr trugen, sondern Hosen oder gar Jeans. Besondere Bedeutung gewann die veränderte Haartracht. Männer hatten kürzere und Frauen längere Haare zu tragen – das jedenfalls schien in den Jahren vor 1968 unverrückbar festzustehen. Der damals aufsehenerregende Haarschnitt der Beatles galt als öffentliches Ärgernis; Studenten, die ihn kopierten, wurden als »langhaarige Affen« beschimpft. Doch die, die damals schimpften, tragen heute selbst lange Haare und reden, als wäre das nichts, statt von ihren »Freundinnen« und »Freunden« von ihren »Partnerinnen« und »Partnern«. Denn mittlerweile scheint sich eine gewisse Tendenz zur Homosexualisierung des Heterosexuellen, also zur Herabsetzung der Geschlechterspannung und zur Angleichung der Geschlechter in Kleidung und Habitus, allgemein durchgesetzt zu haben. Sie ist gewiß nicht als direkte Folge der Studentenbewegung anzusehen, wäre aber ohne sie in dieser Form gewiß nicht eingetreten. Der Narzißmus des modischen Partnerlooks ist in einem 1968 nicht vorhersehbaren Ausmaß geschmacksbestimmend geworden.

Das Protestpotential in Kleidung und Haartracht, das die Studentenbewegung erschlossen hat, scheint sich inzwischen erschöpft zu haben. Nur extreme, ja schrille Formen der Marginalisierung, die einhergehen mit einer offensiv bekundeten Selbstbeschädigung und einer Beeinträchtigung des körperlichen Erscheinungsbildes erregen noch ephemere Aufmerksamkeit. Sie gehen weit hinaus über das, was die 68er sich zugemutet hätten; denn die präsentierten ostentativ gerade die sinnliche, ja die blühende Unversehrtheit ihres Körpers. Immerhin aber scheinen sie erreicht zu haben, daß abweichendem Verhalten und extravaganten Formen der Selbststilisierung heute in der Öffentlichkeit mit erheblich mehr Toleranz begegnet wird. Denn wer hätte vor einem Vierteljahrhundert vorherzusagen gewagt, daß bald kaum jemand daran Anstoß nehmen würde, wenn Jugendliche sich Ringe durchs Ohrläppchen oder durch die Nasenflügel ziehen? Inzwischen scheint es unglaublich, daß selbst Bärte, mittlerweile oft nur Zeichen einer gewissen männlichen Bequemlichkeit, in den Jahren vor 1968 als Provokation wirkten und Argwohn erregten.

Stärker als in seinen modischen Aspekten brachte sich der Narzißmus der 68er in psychosozialen Entwicklungen zur Geltung. Und gerade darin war er alles andere als strahlend. Denn dieser Narzißmus war (im Gegensatz zur Darstellung Marcuses) keine sanfte Selbstliebe, die die paternalistischen Konflikte des Ödipus gar nicht erst durchstand, sondern umging. Er erwies sich vielmehr als eine Unfähigkeit zur Liebe aus Angst, keine Antwort zu finden, oder aus dem Unvermögen, sich andern zu öffnen. Die Generation der 68er ist nicht ohne Grund eine von Singles. Sie war die erste Generation, in der fast

Foto Barbara Klemm

1973: Exemplarisches Verlaufsbild einer Konfrontation.

niemand ohne Liebesverrat, ohne die Erfahrung einer tiefen erotischen Trennungsbeschädigung (zumindest aber nicht ohne die Angst vor ihr) durchgekommen ist. Sie fühlte sich prinzipiell bedroht von der Aussicht, verlassen zu werden oder verlassen zu müssen. Daraus hat sich bei ihr eine latente Trennungsangst und starke Bindungsfurcht, ja fast eine generationsspezifische Bindungsunfähigkeit entwickelt. Die narzißtische Verdopplung des Ich sollte ihr Halt bieten gegen Selbstverlust und Schutz gewähren vor erotischen Bindungen, die ihr unverläßlich erschienen und zu entgleiten drohten. Gerade weil sie getrieben war von der doppelten Angst vor Selbst- und Bindungsverlust, suchte sie in Ästhetisierungen eine verläßliche Stütze. Die stellten sich bei manchen als ostensible Liebesunbedürftigkeit zur Schau, bei anderen dagegen als übersteigerte Sexualisierung. Wieder andere erwiesen sich als unfähig, die Liebe anderer anders anzunehmen, als sie zur Steigerung der eigenen Selbstwertempfindungen zu verwenden. Sie verfielen immer erneut einer süchtig zum Spiegel schielenden Liebe, die sich ihres Veranstaltungscharakters bewußt blieb und deren Ausstellungsgewinn höher war als ihr Erlebnisertrag. Die mit der Pille möglich gewordene sexuelle Freizügigkeit brachte jedenfalls kaum eine Befreiung, sondern eher eine auf Dauer gestellte Krise der Liebesbeziehungen. (Nicht umsonst fand man für sie den häßlichen Namen »Beziehungskisten«.) Deren einziger Zusammenhalt bestand oft genug darin, sich wechselseitig mit unausgesetzten Trennungsdrohungen zu überziehen.

Wo die Liebe zur Sucht wurde, da konnten umgekehrt auch die Süchte geliebt werden. Die 68er waren die erste deutsche Jugendbewegung, die ein enges Verhältnis zu Narkotika hatte, sie nicht als der Welt der Väter zugehörig verachtete und mied. Anders als die Jugendbewegung vor dem Ersten Weltkrieg wandten sie sich nicht gegen ihre Eltern mit dem Argument, sie seien drogenabhängig. Sie nahmen vielmehr selbst Drogen, um sich Zugang zu einer eigenen und anderen Welt zu verschaffen. Sie wollten von vornherein die eigene Begeisterungsfähigkeit über die Grenzen der Alltagswahrnehmung hinaus steigern, um sich aus dieser Begeisterung heraus gegen die Welt der Erwachsenen abzusetzen. Auch das war Teil ihrer Narzißmus-Problematik. Denn Drogen verleihen die Macht, durch Betäubung und Rausch die Grenzen des Ich scheinbar beliebig zu erweitern, dessen Allmachtsgefühle scheinbar unendlich zu steigern, Defekte im Selbst imaginär zu beseitigen sowie Unsicherheits- und Minderwertigkeitsgefühle abzuwehren.

Dies Ineinander von Gefühlen der Allmacht und Ohnmacht, das die Halluzinogene vermittelten, wurde abgefangen und verstärkt durch die Tendenz der 68er zur Gruppenbildung. Wenn jeder Narzißmus dazu neigt, das eigene Ich übermäßig zu idealisieren, dann läuft er auch immer Gefahr, diese Idealisierung angesichts realer Schwächen des Ich nicht durchhalten zu können. Wer eine zu große Diskrepanz wahrnimmt zwischen dem, was er idealerweise (also insbesondere vor anderen) zu sein beansprucht, und dem, was er real (vor sich selbst) sein muß, der bedarf einer fortlaufenden Bestätigung seiner Selbstentwürfe. Daraus entwickelt sich gelegentlich die schlimme Angst vor einer Nichtbestätigung des eigenen idealen Selbst, und die wiederum kann dessen Pseudobestätigung durch eine Gruppe nötig werden lassen. Die Gruppe vermag dem Einzelnen narzißtische Zufuhr zu verschaffen, indem sie ihm Gelegenheit bietet, sich unbewußt mit ihr zu verwechseln, sein Ich durch ein Gemeinschaftserlebnis imaginär anwachsen zu lassen zu einem Wir, das er als ein geheimes Gruppen-Ich empfindet, welches ihn trägt und hält. Die Selbstdarstellung vor den Spiegeln einer kleinen, vom Ich kontrollierbaren Öffentlichkeit, die Inszenierung der eigenen Person im Binnenraum einer Gruppe gewährt eine spezifische »Wärme«. Doch Gruppen dienten in der Studentenbewegung nicht nur (wie überall sonst) dazu, Einsamkeitsängste auszugleichen und ein nach außen abgeschottetes Binnenklima zu erzeugen. Sie hatten in ihr noch spezifischere narzißtische Funktionen. Ihre Mitglieder spiegelten sich oft so sehr ineinander, daß sie in Gefahr gerieten, sich durch wechselseitige Akklamation ihrer Selbstentwürfe den Blick auf die Welt zu verstellen.

Das galt nicht zuletzt für ihre Weigerung, sich ein differenziertes Bild von der Gesellschaft zu verschaffen. Trotz ihrer zuweilen hohen soziologischen Ansprüche gab es für die meisten von ihnen nur die eigene Generation, das Proletariat und den Rest der Welt. Dabei nahmen sie sich nicht nur als prinzipiell gleichgesinnt, sondern auch als im wesentlichen gleich alt wahr. Wer älter war, galt als abgeschrieben, und wer jünger war, zählte entweder dazu oder er zählte nicht. Von Beginn an gab es für die 68er kein Nachher. Manche von ihnen haben sich eine Verlängerung ihres psychosozialen Moratoriums bis zum 50. Lebensjahr gestattet. Sie sind (zumindest in ihrer Selbstwahrnehmung) auch heute noch Jugendliche und glauben allen Ernstes, nicht altern zu können. Bestätigt hat sie in dieser narzißtischen Illusion die Erfahrung, sich nicht der Herausforderung durch eine nachwachsende Generation stellen zu müssen. Nach ihnen ist nichts Nennenswertes gekommen. Denn die heute Dreißigjährigen scheinen oft wie gelähmt und leiden an erheblichen Motivationseinbußen.

Aber schon zu ihrer Zeit erwies sich das Selbstbestätigungsverlangen der 68er in ihren Gruppen und Grüppchen als steigerungsfähig und vor allem als steigerungsbedürftig. Es führte zu allerlei Größenphantasien, die für ihre narzißtische Struktur kennzeichnend waren. Aus diesen Phantasien entstand ein überdehntes Wir-Gefühl, das als Kompensation für die psychische Schwäche der Einzelnen ihnen Stärke mehr suggerierte als garantierte. Denn der Narzißmus war hier ein Kult der Selbstbespiegelung und der Weltflucht nicht so sehr aus Selbstverliebtheit, sondern eher aus Angst und Verzweiflung über die traurige Verfassung von Selbst und Welt.

Die Studentenbewegung war fasziniert von den scheinbar grenzenlosen Möglichkeiten subkultureller Gruppenbildungen. Gruppen dienten ihrer narzißtischen Demarkation in einem sonst als konturenlos, fremd oder kalt erfahrenen sozialen Raum. Daß es eine Vielzahl von spontan gebildeten Gruppen und Untergruppen Gleichgesinnter gab, wurde als großartig empfunden. Denn ein narzißtisches Ich konnte sich scheinbar unbegrenzt in ihnen spiegeln und diese Spiegelungen unbewußt als seine eigene Grenzenlosigkeit wahrnehmen. Das Ich rechnete sich darüber hinaus die Freiheit seiner Entscheidung, sich gerade dieser (und nicht einer anderen) Gruppe anzuschließen, als eine besondere Leistung zu. Denn unbewußt verschaffte ihm diese Freiheit das Gefühl, Herr zu sein über die Gruppe. Es konnte sich ihr nicht nur anschließen, sondern sie auch jederzeit wieder verlassen. Damit entstand unversehens die Illusion, es selbst sei die Gruppe, weil es sich in ihr spiegeln und sie scheinbar »machen« konnte. Diese negative Freiheit war geradezu die Bedingung seines narzißtischen Größenselbst. Zur vollen Blüte gelangte sie während und nach der Studentenbewegung in den schier endlosen Spaltungsprozessen der Linken. In ihnen vollzog sich nicht allein deren Verfall, sondern an ihnen offenbarte sich ihre wahre Größe, nämlich die ihres Narzißmus. Und der war zweifellos auch deshalb so enorm, weil es außerhalb der Linken nichts zu geben schien. Jedenfalls stand damals (anders als heute) der linken keine rechte Subkultur gegenüber, die sie bekämpft und ihr einen Widerpart geboten hätte.

Gestützt wurde der Narzißmus der 68er zudem durch den naiven Stolz auf einen gemeinsamen, dem Rest der Welt nicht vertrauten Theoriebesitz. In ihm spielte für viele von ihnen (unter relativ privilegierten Sozialisationsbedingungen) die Idee, die bundesrepublikanische Gesellschaft durch eine Revolution verändern zu können, die bestimmende Rolle. Diese Idee aber hatte durchaus etwas Wahnhaftes; denn sie war fraglos jedem politischen Handeln voraus und hielt unerbittlich das Wünschbare für das Machbare. Das wurde nicht zuletzt dann deutlich, wenn sie zum Vorwand für immer neue Spaltungstendenzen genommen wurde. Denn nur durch fortgesetzte Spaltungen konnte die Revolutionsidee eine scheinhafte Konkretion gewinnen. Nur durch sie waren Abweichler namhaft zu machen, denen die Verantwortung für das Ausbleiben eines Umsturzes anzukreiden war. In dem gegen Einwände weitgehend immunisierten Glauben an eine Revolution haben damals manche 68er das Proletariat behandelt wie Narziß das Wasser jener Quelle, an der er sich in sein Bild verliebte: Sie nahmen es so wenig wahr, und es schien ihnen letzten Endes so gleichgültig, daß sie in ihm kaum mehr sahen als ein Medium der Inszenierung ihrer selbst. Viel spricht dafür, daß es sich bei ihrer übersteigerten Revolutionsbegeisterung um eine jener für Narzißten typischen Größenideen handelte, die sich aus einer wahnhaften Überschätzung ihrer eher begrenzten politischen Handlungsmöglichkeiten entwickelten. (Daher dann auch die Leichtigkeit, mit der nicht wenige 68er nach dem Scheitern ihrer Revolutionsträume eingeschwenkt sind ins Lager ihrer Gegner. Rasch führt eben ein großsprecherischer, nur nöliger oder motzender Protest direkt in den Biedersinn. Andere freilich zahlten für ihre Träume mit jahrelangen Depressionen und schweren Lernprozessen.)

Eine kaum zu überschätzende Bedeutung besaß für den Narzißmus der 68er die späte Frankfurter Schule. Von ihr lernten sie die resolute Attitüde jener vornehmeren Weltnegierung, die sie wissenschaftlich kultivierten. Sie bot in einer elitären, ihrerseits stark ästhetisierten Sprache gute (und wohl auch einige weniger gute) Begründungen für eine zwar politisch getönte, oft aber nur narzißtisch motivierte Weltflucht. Charakteristisch für sie war das Ineinander von globalisierter Enttäuschung und »schlechter« Utopie. Beides kam dem Negativismus entgegen, mit dem sich Teile der Studentenbewegung von allem und jedem distanzierten. Sie protestierten gegen das Ganze und suchten das ganz Andere. Manche von ihnen stellten fast schon paranoid die gegebene

Foto Barbara Klemm

1970: Daniel Cohn-Bendit spricht zu Studenten.

Gesellschaftsordnung als widerspruchsfrei, als alles vereinnahmend und als prinzipiell gewalttätig hin. Das ganz Andere dagegen sollte in einer Sphäre gefunden werden, die rigoros vom Bestehenden, seinen gesellschaftlichen Kräften oder Gewalten und von seinen Machtstrukturen getrennt zu bleiben hatte. Diese Ablehnung des Gesellschaftsganzen als eines gewalttätigen Systems weckte dann bei einer radikalisierten Minderheit *innerhalb* dieser Minderheit eine zunächst geheime, später offene Bereitschaft zur (vorgeblichen) Gegengewalt, die im Terrorismus letzten Halt zu finden hoffte. Doch diese höchst explosive Flucht aus der Politik aus Angst vor deren Gewalt stellte nur eine Spielart der eigenartig selbstverliebten Machtflucht dar, die für viele 68er charakteristisch war. Die Ablehnung vorgegebener Strukturen und Konturen ging bei ihnen einher mit der Weigerung, eigene Gestaltungsrisiken zu übernehmen, aus Angst vor der dann nur zu oft drohenden Konturenlosigkeit oder aus Angst vor einer offenen Komplizenschaft mit der angeblich allgegenwärtigen Gewalt.

Für ihren Narzißmus wie für fast jeden modernen war nicht die Selbstliebe bestimmend, sondern eine idealisierte Selbstverkennung. Sie erstreckte sich trotz aller offensiv zur Schau getragenen Politisierung auch auf die Art ihres Umgangs mit der Politik. Die 68er glaubten nur zu oft und viel zu lange, politisch zu handeln, während sie sich in Wirklichkeit nur narzißtisch gerierten. Sie meinten, ganz anders zu leben, als sie faktisch lebten. Sie proklamierten Ideale, die ihr Leben politisch selbst dort noch zusammenhalten sollten, wo es schier unmöglich gewesen wäre, ihnen politisch zu folgen. Vor allem in ihrer öffentlich geforderten Spontaneität waren sie zuweilen weiter von sich entfernt, als sie sich eingestehen mochten. Sie glaubten, spontan zu sein, dem Ideal einer vollständigen Offenheit zu gehorchen, und merkten nicht, daß sie bald bloß noch mitmachten.

An wohl keinem Punkt ihrer Entwicklung hat sich die Generation der 68er stärker blamiert als 1989. Denn im Jahr der Wende in der DDR büßte sie den Anspruch auf eine politische Führungsrolle in der Bundesrepublik, den sie bis dahin, zumindest indirekt, noch immer erhoben hatte, vollends ein. Den 68ern kam diese Wende durchaus nicht gelegen. Und sie haben sie politisch verschlafen. Schon als längst erkennbar war, wohin die Entwicklung drängte, wollten sie sich das bequeme Bild erhalten, das der andere deutsche Staat ihnen bot. Er war für sie ein ästhetisches Gegenbild ihrer selbst, gerade weil es in ihm keine Studentenbewegung gegeben hatte. In westlichen Augen (und vor allem in den Augen der 68er) besaß jener Staat eine graue Stumpfheit und autoritäre Antiquiertheit, die ihn hinter einer sozialistischen Fassade in weiten Teilen noch immer so aussehen ließ wie die alte Bundesrepublik vor 1968. Die DDR war ein

Land der Moral, nicht der Ästhetik. Sie kannte weder den für den Westen typischen Oberflächenglanz der Warenwelt noch den intellektuellen Narzißmus, noch die oft mit ihm zusammen auftretende Ironie. Sie war ein durch und durch ästhetisch plattes, moralisch hochgerüstetes Gemeinwesen. Und gewiß ist die DDR auch daran zugrunde gegangen, daß ihre Bewohner es leid waren, mit der alten Bundesrepublik nur moralisch konkurrieren zu sollen, aber ästhetisch nicht konkurrieren zu können. Für die 68er aber bot sie so etwas wie eine Negativfolie oder einen Spiegel, vor dem sie selbst sich narzißtisch in Szene setzen konnten. Viele von ihnen brauchten den Staat des Proletariats, gerade weil er so ganz anders (und das hieß: ästhetisch stumpf) war. Sie kamen durch ihn besser zur Geltung. Zudem konnten sie auf diese Weise einen Rest an politischer Nostalgie unverbindlich über die Jahre retten.

Trotz allem aber sind die von der Studentenbewegeung ausgelösten Veränderungen im Alltag der alten Bundesrepublik offenkundig und von nicht zu unterschätzender Bedeutung. Schon bald nach 1968 war dieses Land vor allem in ästhetischer Hinsicht nicht mehr dasselbe. Es war offener, unverkrampfter und toleranter geworden. Doch eine Veränderung seines politischen Systems hat die Studentenbewegung selbst dann nicht herbeigeführt, wenn man die Ablösung der CDU-Regierung 1969 als eine ihrer mittelbaren Folgen ansieht.

Die 68er, die ihre Welt und die Gesellschaft durch eine Revolution meinten verändern zu müssen, lösten fast nebenbei einen entscheidenderen Wandel in den westdeutschen Lebensverhältnissen aus. Denn indem sie die alltäglichen Verhaltensmuster zunächst am Rande der Gesellschaft und in kleinen Gruppen änderten, surften sie gleichsam auf der Welle einer gesamtgesellschaftlichen Entwicklung. Der Kapitalismus, den sie als ihren Feind begriffen, den sie abschaffen wollten, wandelte sich mit ihnen, aber gewiß nicht ausschließlich durch sie. Immerhin ist zu erwägen, ob er nicht ihnen einen Teil seiner ästhetischen Innovation verdankt, die lackierte und gestylte, faszinierend glitzernde Oberfläche, mit der er seither arbeitet und lockt. Umgekehrt wäre aber auch zu erwägen, ob nicht die Studentenbewegung aufzufassen ist als Symptom eines umfassenderen Umbaus des bundesdeutschen Kapitalismus. Auffallend sind jedenfalls Parallelen hier wie dort. Denn die 68er waren, rückblickend betrachtet, nur ein Teil jener Avantgarde der Lockeren und Leichten, die das Erscheinungsbild der Bundesrepublik in den letzten 25 Jahren entscheidend geprägt haben. Viel spricht dafür, daß sie gerade durch ihren ostensiblen Narzißmus zum Vorreiter einer Entwicklung geworden sind, die seit 1968 die gesamte Gesellschaft der alten Bundesrepublik erfaßt hat. Nach anfänglichen Widerständen, die sich vor allem gegen ihre äußere Erscheinung und ihren Habitus richteten, wirkte ihr Narzißmus alles andere als deviant. Er fand vielmehr in relativ kurzer Zeit ein hohes Maß an Billigung, ja an Entgegenkommen. Das Schwanken zwischen gestörtem Selbstwert-Erleben und hedonistischer Gratifikation durch den Schein der schönen Oberfläche ist jedenfalls nicht mehr nur das Problem einer Subkultur. Die äußeren Bedingungen eines gesamtgesellschaftlichen Wandels zu stärker narzißtisch betonten Selbstdarstellungsweisen und Umgangsformen waren ein wachsender Wohlstand mit entsprechend gestiegenen Konsumbedürfnissen, die Ausweitung der Freizeit und eine verstärkte Mobilität. Hinzu kam das allgemein akzeptierte Ideal schicker Jugendlichkeit und die fraglos geltende Zumutung der Werbung, jeder könne und solle sich paradiesische Zustände schaffen.

Daß jedoch die mythische Entgegensetzung des Narziß gegen den Ödipus keineswegs zu einem dauerhaften Sieg des einen über den anderen geführt hat, wird heute deutlich. Denn unter der Oberfläche der von den 68ern entscheidend geprägten ästhetischen Alltagskultur machen sich in gefährlichem Ausmaß erneut autoritär organisierte Bestrebungen von rechts bemerkbar, die das Bild dieser Republik in ganz anderer Weise zu bestimmen drohen, als dies im letzten Vierteljahrhundert denkbar erschien.

PETER BÜRGER

Letzte Reise

Ein fiktives Protokoll aus gegebenem Anlaß

Adorno als „Sinnerzählung" – und warum keine Namen, wenn diese schon so klar vor Augen stehen

Die Theorie hatte versagt, doppelt versagt. Nicht nur vermochte sie kein Subjekt gesellschaftlicher Veränderung mehr auszumachen, ein falsches, verblendetes Subjekt hatte sich an die leer gewordene Stelle des wahren gesetzt, die eigene Ohnmacht durch Begeisterung betäubend. Sicher, diese Begeisterung hatte etwas Anrührendes, man konnte sich ihr nicht gänzlich verweigern. Er hatte versucht, auf das stürmische Begehren nach hier und jetzt zu verwirklichender Veränderung einzugehen, nicht indem er dem Begehren nachgab, sondern indem er es auf den Begriff zu bringen suchte. Theorie und Praxis – ihre vielberufene Einheit hatte die Tendenz, in die Vorherrschaft von Praxis überzugehen. Er hätte nicht derart schnell nach dem Ende des Semesters aufbrechen sollen. Es war eine Art Fluchtversuch. Doch was blieb ihm nach dem, was geschehen war, denn übrig? Exilgedanken. Nochmals auswandern? Wie immer hatte G. alles für die Reise vorbereitet. Jetzt saßen sie im Zug von Basel nach Brig. Müdigkeit stieg in ihm auf. Von der vorbeigleitenden Landschaft sah er wenig. War das schon der Thuner See? Der Zug schlängelte sich am Ufer entlang, folgte dem Profil der Hügel. Das wird es bald nicht mehr geben, Bahntrassen, die sich der Landschaft anpassen. Die Moderne ist ruchlos, sie muß alles begradigen. War die Theorie vielleicht auch noch bei ihren kritischen Vertretern einer fatalen Gleichsetzung von Technik und humanem Fortschritt erlegen? Das Glitzern des Sees tat seinen Augen weh. Er haßte Sonnenbrillen, also versuchte er, die Augenlider fest zu schließen. Warum hatte er in der Hektik der Abreise die ihm wichtigsten Manuskripte in seine viel zu schwere Aktentasche getan, zusammen mit einem Konvolut unveröffentlichter Texte des Freundes? Dr. S. hatte gesagt, er brauche dringend Ruhe. Kleine, nicht zu anstrengende Wanderungen, vor allem aber Ruhe. Er war nicht ruhig, zu vieles ging ihm durch den Kopf. Wie hatte es nur dazu kommen können? Er mußte die Sache mit G. ausführlich bereden, nicht jetzt, nicht während der Fahrt. Der Schaffner rief »Spie-ä-tz«. Bald mußte der Tunnel kommen. Er kannte die Strecke gut. Er hätte gegenüber G. nicht auf einem Luxushotel beharren sollen. Unsinniges Verlangen nach grand-seigneurialem Lebensstil. Er dachte an das Leben des Freundes im Paris der dreißiger Jahre, dem das Geld fehlte, um seine Jahreskarte der Bibliothèque Nationale zu erneuern. Er überschlug die Kosten der Übernachtung in Brig, sie dürften dem entsprechen, wovon der Freund in Paris einen Monat lang hatte leben müssen. Was fixierte ihn an derart belanglose Dinge? Wollte er sich seines Erfolgs versichern? Einen kleinen Triumph über den Freund auskosten, der nicht hatte leben können – buchstäblich? Tunnelgedanken, atavistisch Anales kam da hoch, der Theorie unzugänglich. Er versuchte, an das Buch zu denken, das unfertig in seiner Aktentasche steckte, 800 Seiten diktierter Text. Vielleicht war es überhaupt ein Irrtum gewesen, daß er sich zum Diktieren entschlossen hatte, ganz gegen seine gewohnte Arbeitsweise. Ein Buch mußte man schreiben, nicht diktieren. Aber dann war da plötzlich die Angst in ihm hochgekommen, die Zeit möchte nicht mehr reichen für das geplante große Werk, und er hatte mit dem Diktieren begonnen, sich so zu erhöhter Produktivität zwingend. Es war ein Fehler, dachte er. Alles ist von vorn zu beginnen, ohne einen Blick in das Konvolut, sondern mit der Feder in der Hand im Anblick der Gletscher. Ein guter Entschluß. Der Zug fuhr in den Tunnel ein. Er spürte einen Stich in der Herzgegend. Vielleicht reichte die Zeit doch nicht. Plötzlich hereinbrechender Zweifel: Warum sich noch mit Ästhetik beschäftigen? War sein Versuch, idealistische Ästhetik und moderne Kunst zusammenzudenken, nicht längst obsolet? Die aufrechterhaltene Unterscheidung zwischen Kunst und Kulturindustrie, war sie nicht schon durch Duchamp überholt, der das serienmäßig fabrizierte Massenprodukt zum avanciertesten Kunstwerk erklärt hatte? Er wußte es: Dada und Surrealismus waren die Schwachstellen seiner Theorie. Der Freund hatte dazu einen anderen Zugang gehabt, im Grunde einen untheoretisch direkten. *Bullrichsalz*, unüberbietbar dieses Vertrauen worauf? Auf die Übereinstimmung von Ich und Welt? Auf die schöpferische Kraft des Zufalls? Unüberbietbar! Also wollte er den Freund überbieten. Deshalb der Ton der Überlegenheit, den er in seinen großen Briefen an ihn angeschlagen hatte, den Ton des Wissens, von dem er jetzt wußte, daß es der falsche war. In allen Beziehungen steckte dieses furchtbare Konkurrenzmotiv. Auch sein Verhältnis zu M., obwohl nie eingestanden, hatte etwas Strategisches an sich. Damals, in der Emigration, hatten sie es beide zu überspielen vermocht durch gemeinsame Produktivität. Aber jetzt: was verlangte ihm die Rücksicht auf M. nicht alles ab. M. war nicht nur schwerhörig geworden, er verstand ihn nicht mehr. Der Tunnel schien ihm endlos. Er hatte plötzlich den Eindruck, die Fahrt ginge gar nicht in den Süden, in die Berge, sondern anderswohin. G., ihm gegenübersitzend, war eingenickt. Die Winkel ihres Mundes hingen herab, sie sah verhärmt aus. War es seine Schuld? Wessen sonst? Nicht nur in Italien überlebten Züge der patriarchalischen Ordnung des Lebens, der Unterordnung der Frauen unter den männlichen Willen. Auch hier hatte er etwas verfehlt und dafür eine

Formel gefunden, die jede Verfehlung entschuldigte, jedenfalls zu entschuldigen schien. Goppenstein. Das Ende des Tunnels, oder war es erst dessen Anfang? Der Zug hielt unmittelbar neben einer Mauer. Er hatte das Gefühl, rückwärts zu fahren. Alles noch einmal beginnen zu können, war es das, wonach er sich sehnte? Nein, das war es nicht. Seine tastenden ersten Versuche in den zwanziger Jahren. Der noch ganz leere Wille zum Werk und eine freischweifende Gescheitheit. Nein, es ging um etwas anderes. Er suchte nach dem treffenden Wort. Zeugenschaft, sagte er leise vor sich hin. Aber eine Zeugenschaft, die die Umrisse der Gegenwart so scharf konturiert zu zeichnen vermochte, daß sich die Fluchtlinien in die Zukunft verlängern ließen. Fluchtlinien – er kritzelte das Wort in sein Notizheft und unterstrich es doppelt. Vielleicht war das schon der Neuanfang. Gab es das, Fluchtlinien für das bürgerliche Subjekt? Nicht solche, wie sie sein Schüler H. entwarf. Falscher Optimismus der Nachkriegsgeneration. War H. überhaupt sein Schüler? Irgend etwas mißfiel ihm an seiner Sprache. Sie war präzise und unscharf zugleich. Manchmal fühlte er sich H. unterlegen, dessen Intelligenz sich alles einzuverleiben wußte. Alles hing am Begriff der Entfremdung. Das war der Angelpunkt der bürgerlichen Geschichtsphilosophie und selbstverständlich auch der sozialistischen. Aufhebung der Entfremdung als utopische Perspektive. Das ganz Andere mußte zumindest gedacht werden. Sind die Türen verrammelt, so darf der Gedanke erst recht nicht abbrechen. Aber sind sie überhaupt verrammelt? War nicht vielmehr die Entfremdungskritik überschwenglich, mußte sie nicht auf ein vernünftiges Maß zurückgebracht werden? Das waren H.s Fragen. Deshalb seine Kritik am Praxisbegriff von Marx, seine Unterscheidung zwischen Arbeit und Interaktion. Die Arbeit gehorchte dem Prinzip der Zweckrationalität, war also notwendig entfremdet; die Interaktion aber hatte ihre eigene Logik, eine Logik der Verständigung. Der Zug hielt immer noch in Goppenstein. Aus dem Fenster blickend konnte er nur die Buchstaben »oppen« lesen. War der Ansatz von H. der Zukunft gewachsen, oder führte er ungewollt zurück in die Illusionen der Aufklärung? Die dunkle Seite der menschlichen Psyche war da ausgeblendet, letztlich alles in Verständigung auflösbar. Die Grenzen des Verstehens nicht bedacht. Er dachte an seinen Versuch – es war 1936 in Horneburg –, mit einem Nazi zu reden. Die Wut in den Augen seines Gegenüber hatte ihm angst gemacht. Noch am selben Tage hatte er Deutschland verlassen. Verständigung ist die Ausnahme, dachte er. G. wachte auf. Ja, sie hatte geschlafen. Bald würden sie in Brig sein. Er sah die endlose Schlange von Autos auf dem Nebengleis. Urlauber auf der Fahrt nach Italien. Man kann nicht mehr nach Italien reisen. Das Glück der Massen hatte die Möglichkeit des Glücks zerstört. Nein, widersprach er sich, die Massen sind nicht glücklich, sie sind allenfalls satt. Und satt vollzogen sie die Befehle der Tourismusindustrie. Totale

Vernutzung der Natur; das Ende war absehbar: mit der Natur würde auch das Bild eines guten Lebens verschwinden und damit die Möglichkeit von Kritik. Die Massen waren nicht glücklich, aber auch nicht entfremdet; sie waren leidlich zufrieden. Vielleicht war ja dies das Ziel der Geschichte: leidliches Wohlsein. Der Gedanke hätte B. B. durchaus zugesagt, ihn stieß er ab. Er verabscheute B.s Realismus, den Kompromiß mit der falsch verwirklichten Utopie. Aber das war vermutlich nur eine Fußnote zur Geschichte der modernen bürgerlichen Gesellschaft. Was zählte, war der Terror des »enjoy your life«, das absolute Verbot, traurig zu sein. Er dachte an den Schock seiner Ankunft »drüben«, die Ängste von M., die, so begründet sie waren, zunehmend pathologische Züge annahmen. Amerika ist unsere Zukunft – er versuchte den Gedanken abzuschütteln, aber es wollte ihm nicht gelingen. Unfreiheit des Denkens. Kant, der seinen langjährigen Diener Lampe entlassen hatte, notierte sich: nicht an Lampe denken. Gegenstrategie: so lange an Amerika denken, bis daraus Einsicht entsprang in das Bewegungsgesetz der Gesellschaft. Radikal denken heute, das hieße eingestehen, daß der Kapitalismus das Paradies verwirklicht hatte – als Hölle. Kein Höllenfeuer, keine Teufel mit Dreizack, die es schüren, nein, ein ganz gewöhnliches Leben, nur ohne Sinn. Nicht etwa ein abwesender Sinn, das wäre immer noch eine Art von Sinn, die Bezeichnung des Orts, wo dieser einmal gefunden werden konnte, das Bewußtsein eines Mangels, sondern das Streichen des Worts und einiger anderer kleiner Wörter. Das war die Bedingung des Pakts, den die Menschen eingegangen sind, ohne es zu wissen. Alle müssen immer hier und jetzt in Freude leben von morgens bis abends, ohne Unterbrechung: enjoy your breakfast, enjoy your stay, enjoy your flight! Die Subjekte als Anhängsel der Waren, die sie zu konsumieren verdammt sind. Keiner genießt, denn Genuß setzt Freiheit voraus, und er will gelernt sein. Konsum ist Verzehr ohne Genuß unter der Vorspiegelung desselben. Der Imperativ des *enjoy* hat die Pike der Teufel ersetzt, doch so, daß jeder den Teufel des andern spielt, ohne es zu bemerken. Die Subjekte sind gebannt an die ins Unendliche sich erstreckende Gegenwart des Verzehrs. Sie haben weder Vergangenheit noch Zukunft, die sich an der Erfahrung der Entfremdung bildeten. Diese aber hat die total verwirklichte kapitalistische Gesellschaft zum Verschwinden gebracht. Sie verzehrt alles, auch die Subjektivität der Subjekte, die, getragen vom Selbstlauf der Produktion, aufhören, das Zugrundeliegende zu sein. Der Zug hatte sich wieder in Bewegung gesetzt. Er hätte nicht sagen können, wann es geschehen war. Tunnelstücke wechselten ab mit jähen Helligkeiten, die Blicke freigaben auf verschneite Höhen und Schluchten mit Gebirgsbächen. Er hatte das unerklärliche Gefühl, sich beeilen zu müssen. Nichts von den vorbeihuschenden Eindrücken ließ sich festhalten. Aber vielleicht war das Festhaltenwollen das Falsche, uralter Angstreflex. Unwahrscheinlich, daß es einem gelingen würde, sich davon freizumachen. Der Zug fuhr jetzt an den Hängen des Rhônetals hinab nach Brig. Der Gedanke, daß sie bald am Ziel ihrer Reise angekommen sein würden, hatte etwas fast Beängstigendes für ihn. War Kunst überhaupt noch möglich in einer Gesellschaft ohne Subjekte? Nicht daß die Theorie der Kulturindustrie die Unterhaltungskunst unerbittlich verurteilte, war ihr vorzuhalten, sondern daß sie der Illusion das Wort redete, es könnte in der Gesellschaft der Zukunft noch etwas anderes geben. Die Theorie war nicht radikal genug, war dem Gedanken vom Ende der Kunst ausgewichen. Dabei war das Ende abzusehen. Selbstverständlich würde weiter etwas hervorgebracht werden, das den Anspruch erhob, Kunstwerk zu sein. Aber dieser Anspruch war leer, diente einzig dazu, einen besonderen Bereich von Spekulation zu ermöglichen. Der Abstand zwischen ästhetischem Wert und Tauschwert war seit langem geschrumpft. Bald würde der Tauschwert den ästhetischen Wert aufgezehrt haben. Es würde weiterhin Ausstellungen geben, und es würde über Kunstwerke geredet werden. Aber alle würden wissen, daß man es auch sein lassen könnte, daß die Werke ebensowenig Notwendigkeit hatten wie das Reden über sie. Das wäre das Ende der Kunst unter dem Schein ihres Fortlebens, ein Ende, das ihr noch die Möglichkeit ihres Sterbens nahm. Der Zug lief in den Bahnhof ein und hielt mit einem kleinen Ruck an. Er empfand dieses Anhalten wie ein Urteil, gegen das es keinen Einspruch gab. Er nahm sich vor, die unterbrochene Reflexion später

Foto Barbara Klemm

1969: Studenten haben das Institut für Sozialforschung besetzt.
Th. W. Adorno während der Räumung des Instituts durch die Polizei.

fortzusetzen. Er sprach den Gepäckträger auf französisch an, aber dieser antwortete ihm lächelnd auf deutsch. Sein Französisch war also doch weniger gut, als er angenommen hatte. Das Hotel lag an der Hauptstraße, aber die Zimmer mit Blick auf das Stockalper-Palais erwiesen sich als ruhig. Ein zierlicher Schreibtisch gefiel ihm besonders. Hier würde er nach dem Mittagsschlaf einiges von dem aufschreiben können, was ihn während der Fahrt beschäftigt hatte. Der kurze Weg zum Stockalper-Palais strengte ihn an. Es war schwül. Der Verkehr störte in der Enge der Kleinstadt mehr als in Frankfurt. Mehrmals mußten sie sich an eine Hauswand drängen, um Autos vorbeizulassen. Einen Augenblick überlegte er, ob er seine Erschöpfung als Anzeichen seines Alters werten sollte, erinnerte sich dann aber, daß er körperlichen Anstrengungen nie recht gewachsen gewesen war, und beruhigte sich bei dem Gedanken, manche seiner Schüler seien im Grunde älter als er, weil bei ihnen sich nichts mehr bewegte. Ils ont fait leur trou. »Nihil solidum, nisi solum.« Die stolze Inschrift über dem bescheidenen Portal des Palais regte ihn an. Da war es, das bürgerliche Subjekt, von dem Hegel gesagt hat: es ist sich selbst alles, alles andere ist ihm nichts. Das aber der anderen bedarf, um seine egoistischen Ziele verwirklichen zu können. So erfährt es eine doppelte Entfremdung: an den Dingen, die es bearbeiten muß, um sie verzehren zu können, und an den anderen, die ihre Ziele verfolgen. So stehen ihm Dinge und Menschen entgegen und sind doch erst in dieser Entgegenstellung die Bedingung dafür, daß das bürgerliche Individuum sich am Ende einen solchen Palast errichten kann, dabei der Täuschung erliegend, es verdanke das nur sich selbst. Dieses Subjekt gehörte der Vergangenheit an, allenfalls seine Spuren waren hier und da noch zu besichtigen. Die Produktion war im Begriff, sich zu verselbständigen, sie bedurfte der Individuen nur noch, um ihre Produkte zu verzehren. Sie waren Anhängsel des Apparats. Verschwinden der Entfremdung, Verwirklichung des Paradieses als Hölle. Er war ins Dozieren gekommen. Sie gingen im Garten des Stockalper-Palais auf und ab, Schatten unter den Bäumen suchend. Die Türme des Palais veränderten ihre Position, verschwanden und kamen wieder in den Blick. An G.s Augen erkannte er, daß er auf dem richtigen Weg war, im Begriffe, die Theorie so zu radikalisieren, daß die Zukunft in all ihrer Finsternis strahlend sich vor ihm auftat. Was heißt das für die Kunst? fragte er. Das bürgerliche Subjekt hatte sie als den Bereich gedacht, in dem es den ihm entgleitenden metaphysischen Sinn seines Daseins hervorbringen und aneignen konnte, freilich nur in der Gestalt des Scheins. Am Schein hing alles. Er verdeckte das Luziferische, das darin liegt, ein Absolutes hervorbringen zu wollen. Großartig und frevelhaft zugleich, diese Selbstermächtigung des bürgerlichen Subjekts, das als Genie in seinem Tun alle Gegensätze aufhebt. Mit höchster Bewußtheit plant es sein Werk und ist doch zugleich über alle Bewußtheit hinaus. Das Werk, höchstes Produkt der Kultur, erscheint zugleich als Natur. Sie hatten den Rückweg zum Hotel angetreten. Noch einmal blickte er auf die lateinische Inschrift, während seine Füße Halt suchten auf dem Kopfsteinpflaster. Abschied vom bürgerlichen Subjekt, Abschied von einer Gestalt des Weltgeistes, wie Hegel gesagt hätte – das war nicht gleichbedeutend mit Verabschiedung, kein »was fällt, das soll man stoßen«, sondern Trauer. Die Abschüssigkeit des Weges erleichterte ihm das Reden. Was geschah mit der Kunst, wenn das sie tragende Subjekt seiner Subjektivität verlustig ging, wenn es nicht länger dem Produkt seine Form aufprägte, sondern umgekehrt sein Selbst die Form des Produkts übernahm? Wenn der Apparat die Menschen hervorbrachte, deren er bedurfte? Dann, er zögerte, dann würde die Sinn-Frage hinfällig, ein theologischer Restposten, der sich nicht einmal mehr vermarkten ließ. Das bürgerliche Subjekt bedurfte der Kunst, um seinem Dasein den Sinn zu verleihen, den es in der Rastlosigkeit des Tuns vermißte. Sinn – das war nichts anderes als ein Eröffnen von Zeithorizonten. Das Kunstwerk vergegenwärtigte die Vergangenheit, machte aus dieser mehr als den toten Überrest abgetanen Produzierens, und es verwies auf eine mögliche bessere Zukunft. Das vom Zwang des Produzierens befreite Subjekt dagegen würde ganz und ausschließlich in der Gegenwart leben. Seine Mühe wäre die des Konsumierens, dessen einzige Zeitdimension die Gegenwart ist. Der Gedanke einer Philosophie der Zeit war wiederaufzunehmen, gegen den großen Wurf des Rivalen, aber als Philosophie der erfahrenen Zeit. Nach dem Mittagsschlaf hatte er sich an den Rokoko-Schreibtisch gesetzt, der ihm gefiel, obwohl er vermutlich nicht echt war, und begonnen, einiges aufzuschreiben. Nicht die symbolische Kunst, Einheit von Sinnlichkeit und Geist, deren Umrisse die idealistische Ästhetik entworfen hatte, entsprach dem konsumierenden Subjekt, sondern eine, die diese Einheit auflösen würde in gesondert zu produzierende Teile. Da der Produktionsapparat alles hervorzubringen imstande ist, wird er auch Sinnlichkeit produzieren als das äußere Kleid der Waren und als Verlangen der Konsumenten nach ihnen. Und er wird Geist produzieren als Wortspiel und Bildmontage. Beide jedoch müssen im Augenblick sich verzehren lassen ohne Rest, ohne Überschuß. Denn ein solcher würde auf die Zukunft verweisen und damit das Kontinuum der sich ins Unendliche dehnenden Gegenwart aufreißen, das die Bedingung des Glücks in der Hölle ist. Die Kunst der Zukunft wird sinnlich sein, und sie wird geistreich sein, doch beide Elemente werden sich nicht mehr verbinden, so tabuiert sie den Sinn, der als abwesender in der Kunst der Moderne immer noch anwesend war. Lächelnd gestattete er sich diesen Anklang an das Denken des großen Rivalen. Er sah eine Kunstausstellung vor sich von unvorstellbaren

Dimensionen. Das Publikum, junge Leute in abenteuerlicher Aufmachung, bewegte sich schlendernd durch die Räume, hier und da belustigt stehenbleibend. Von überall her drangen Geräusche auf ihn ein, von denen er nicht zu sagen wußte, ob sie mit den Objekten in Beziehung standen. Das Ganze erinnerte ihn an die Parodie einer dadaistischen Veranstaltung: durch einen der Räume mußte man sich durchboxen, er war ganz mit *punching-balls* angefüllt. Plötzlich war er in einer Bar, von der er nicht gleich ausmachen konnte, ob sie zur Ausstellung gehörte oder nicht. Er blickte auf die Herumsitzenden: das Publikum selbst waren hier die Exponate, die Ausstellung nur Anlaß dafür, daß es sich sehen konnte. Das ist wirklich das Ende der Kunst, dachte er. Sie wird aufgehen im Design. In diesem Augenblick spürte er wieder einen scharfen Schmerz, den er eigentümlicherweise nicht zu lokalisieren wußte. Vielleicht sollte er sich eine Pause gönnen. Den Abend verbrachten sie in einer Weinstube bei einem Dôle. Sie sprachen von früheren Zeiten, vermieden die Frankfurter Ereignisse. Der Wein beruhigte ihn, er verspürte eine angenehme Müdigkeit. Kaum aber hatte er sich hingelegt, stand ihm das Problem wieder vor Augen, mit dem er seine Aufzeichnungen unterbrochen hatte. Das Design durfte nicht das letzte Wort über die Kunst sein. Es mußte eine Möglichkeit des Widerstands dagegen geben. Mußte? Kam er nicht auf voluntaristische Abwege? Das Vertrackte an der zukünftigen Situation der Kunst, die er mit einem Mal anschaulich vor sich zu sehen glaubte – es gab also doch so etwas wie intellektuelle Anschauung –, das Vertrackte war, daß dem Anschein nach alles so bleiben würde wie zu den Zeiten der Moderne. Es würde gegenstandslose Malerei geben und Zwölftonmusik, aber den Gebilden würde etwas fehlen, wofür ihm nur das altmodische Wort Seele einfiel. Es war plötzlich gleichgültig geworden, wie man malte und wie man komponierte, das Pathos der Moderne klang so leer wie das von Festrednern. Nichts mehr war anstößig an ihr, sie war konsumierbar geworden, Duchamp witzig, man konnte Spaß daran haben, aber ebenso an Makart. Die Kunst hatte die Differenz zum Bestehenden verloren, und deshalb war sie tot, all ihrer Lebendigkeit zum Trotz. Die Klarheit seines Denkens erschreckte ihn. Vielleicht war es der Einfluß des Monds, der groß und rund ins Zimmer schien. Der Einfall belustigte ihn. Obwohl das Stechen jetzt häufiger wurde und er zu ahnen begann, daß dies seine letzte Nacht sein könnte, verspürte er keine Angst. Nein, er würde den Todesphilosophen auch jetzt nicht auf den Leim gehen. Einzig der Gedanke, daß die Zeit nicht reichen könnte, um an die Rettung der Kunst zu denken, beunruhigte ihn. Er fühlte eine seltsame Leichtigkeit. Nichts war unmöglich, man mußte nur die Logik der Verkehrung zu Ende denken, ohne Angst.

KLAUS THEWELEIT

Berührungen, Schnitte, Befunde

*Notizen aus dem Jahre 1989**

Geschichtlichkeit heißt, daß etwas Vergangenes in einer verwandelten, aber spürbaren, bearbeiteten und wirksamen Form in einem Gegenwärtigen vorliegt. Erinnerung, heißt das, ist nicht unbedingt eine Form des Geschichtlichseins. Oft ist sie sogar die Verhinderung des Geschichtlichen, indem sie die Körperzeit des Sprechenden nicht enthält. Alles Gewesene liegt in verwandelter Form im Jetzigen vor oder es liegt *überhaupt* nicht vor. Man kann zwar »über« Geschichte sprechen oder schreiben von irgendeinem Standpunkt oder Standort aus, Interessenstandpunkt, Klassenstandpunkt, Wissensdurststandpunkt; das ergibt (gleichgültig, ob man sich als bürgerlich, als marxistisch, als objektiv oder sonstwas definiert) diese Aufreihung oder Interpretation von »Geschichtsfakten«, die von geschichtlichen Leuten immer als belanglose oder beliebige Reihung von Irrsinn bezeichnet worden ist. »Auschwitz« in meinen Sätzen bedeutet nur etwas in dem Maße, wie es meine jetzigen Sätze berührt, wie es an ihnen mitschreibt. Das ist nicht anders mit 1968 und nicht anders mit der Geschichte Roms.

Geschichtlichkeit ist eine *Verwandlungsform* des Gewesenen, ist etwas Zusammengeschnittenes aus mindestens Zweierlei, meist aber Mehrerem.

Ein Gedanke Bergsons: Um zu dem zu finden, was geschichtlich dauert, brauchen wir uns nicht aus »unserer Zeit« zu *begeben*, »wir sind schon immer außerhalb ihrer«, in einer Zeitenmischung, deren Realitätsgrad von der Besonderheit und Dichte dieser Mischung in uns abhängt.

Immer und zu jeder Zeit geschehen Dinge, die fast allen entgehen. Sie sind nicht *da* für ihre Zeit. Später werden sie wahrgenommen. Dann gehören sie, retrospektiv, sowohl zu jener als auch zu unserer Zeit. Sie können sogar für uns zum »Wesentlichen« jener Zeit avancieren. Vieles, sagt Bergson, gehört nur retrospektiv zur ehemaligen Gegenwart, also zur Vergangenheit und hatte in

* Aus Anlaß des 15jährigen Bestehens der Buchhandlung Jos Fritz in Freiburg i. Br. ist 1990 der Text *... ein Aspirin von der Größe der Sonne* von Klaus Theweleit als Sonderdruck erschienen. Aus diesem Text haben wir im Einvernehmen mit dem Autor die folgenden Notizen, die 1989 geschrieben worden sind, ausgewählt. *Anm. d. Red.*

jener, als sie noch gegenwärtig war, nicht mehr Realität, als für uns im Moment die Musik zukünftiger Musiker hat.

Wir haben die Möglichkeit, nicht nur den jetzigen Moment, sondern auch das Vergangene realer zu machen, indem unsere Sinne, unsere Einfühlung, unsere erweiterten Kenntnisse Züge an ihr wahrnehmen, die den Augen, Ohren, den Nerven der damaligen Zeitgenossen (und seien diese Zeitgenossen wir selbst) entgingen. Das heißt, zugespitzt gesprochen, wir »interpretieren« Geschichte nicht etwa bloß, wir *verwandeln* sie wirklich. Das Geschehene ist keineswegs lediglich »geschehen«, manchmal entsteht es erst durch uns.

Ein ungewohnter, aber nicht wirklich schwieriger Gedanke. Es ist zum Beispiel evident, daß kein einziger Römer ein Verständnis vom römischen Imperialismus haben konnte, wie wir, zweitausend weitere Imperialismen und Kolonialismen im Sinn, es selbstverständlich haben. Und nur ein Sprechen, das eine Wahrnehmung dieser Kolonialismen enthält, wird auch zu Rom exakt sprechen können. »Wenn es nicht einen Rousseau, einen Chateaubriand, einen Vigny, einen Victor Hugo gegeben hätte, dann hätte man nicht allein niemals etwas von Romantik bei den Klassikern wahrgenommen, sondern es hätte auch wirklich keine Romantik bei den Klassikern gegeben.« (Bergson)

Nicht wahr? Die romantischen Züge bei Racine sind ein Produkt Victor Hugos. Das heißt: Dinge existieren nicht für sich und in Zeiten, sie existieren in Beziehungen, sie existieren in Belebungen, die jemand an ihnen unternimmt, sie existieren in Wahrnehmungsweisen, Aufzeichnungsvorgängen, Verdichtungsverfahren, die etwas an ihnen entdecken. Die Geschichte hört nicht auf, sich unaufhörlich zu verändern im Maße unseres Umgangs mit ihr, und zwar *wirklich* zu verändern; sie hört nicht auf, wirklicher zu *werden*; ein Teil der Geschichte von 1968, heißt das auch, wird erst jetzt *gemacht*, entsteht durch jetzigen Umgang oder verschwindet.

*

Ein paar Züge des *Geschichtlichen*:

Hitchcock erzählte gern, eine der Quellen seiner Angstobsessionen sei die Bestrafung durch seinen Vater gewesen, der den sechsjährigen Alfred auf ein Polizeirevier geschickt habe mit einem Zettel für die Polizisten, auf dem stand, der (dem Vater befreundete) Revierbulle solle den Kleinen in eine Zelle sperren zur Strafe für eine begangene Untat; der Polizist tat dies und entließ den kleinen Alfred später mit dem Satz: »Das ist's, was wir mit kleinen unartigen Jungen machen ...« Der Spannungsbogen der »Angst vor der Polizei« zieht sich durch fünfzig Hitchcockfilme, und der alte Hitchcock antwortete auf die Frage, was er gern auf seinem Grabstein geschrieben sähe: *Das ist's, was wir mit kleinen unartigen Jungen machen*. Er ließ aber auch durchblicken, daß er die Geschichte vom Vater und dem Revierbullen erfunden hatte als schöne Geschichte für die Journalisten. »Passiert« oder »nicht passiert« spielt erstens keine Rolle dafür, ob etwas in einer Lebensgeschichte wirkt oder nicht wirkt, und die Geschichte selbst wird, da sie ständig verwandelt, umgeschrieben, umgefilmt, umgeschnitten wird, nie zu einer Anekdote, sondern, in einer Art sich steigernder Spirale, zu einem Spannungsbogen in Hitchcocks *life*, wird von etwas Biographischem zu etwas Artographischem, einer Lebenskunst-Aufschreibespirale, einem andauernd *gegenwärtigen* Spannungsverhältnis zur »Geschichte der Angst« (nicht nur Hitchcocks Geschichte) und damit zu etwas Geschichtlichem. Das Geschichtliche ist etwas Produktives, heißt das; es produziert jeweils neue Verwandlungsstufen und Einschnitte zum Komplex »Angst« und *berührt* dadurch andere Angst-Geschichtlichkeiten, unsere, im Kino.

Der Grad der Geschichtlichkeit in einem Körper (man kann ihn auch beschreiben als das Verhältnis von Verdrängtem zu Durchgearbeitetem: das Durchgearbeitete drängt zu Verwandlungen, zu Spiralen – etwas, das trägt und federt –, die Verdrängung führt zu Wiederholungen, zu konzentrischen Kreisen – etwas, das einengt und abstumpft), die Wirklichkeitskompresse aus Geschichtlichkeiten bestimmt den Blick, die Wahrnehmung, die Schnitte, die Eingriffe, die Verfahrensweisen der Einzelnen im Umgang mit den Dingen, den

Foto Barbara Klemm

1968: Einspruch gegen die Verleihung des Friedenspreises des Deutschen Buchhandels an Léopold Sédar Senghor.

Sätzen, den Tönen, den Leuten, den Bildern, den Erinnerungen, dem Alltag. Ein geschichtlicher Blick auf ein Haus sieht die Architekturschichten, die sich in ihm überlagern oder die aus ihm verdrängt sind; besetzte Satzformeln, die unverwendbar sind, das Hemd, das man nicht anzieht, die Begrüßungsgeste, die einen (verläßlich und nachhaltig) abstößt oder anzieht (all das kann auch ein Gewebe aus Vorurteilen und Projektionen sein); der Auswahlblick: *wo man ansetzt* am Gemisch aus Künstlichem, Naturhaftem, Menschlichem und Technischem, das uns umgibt, um es zu verwandeln zu etwas Individuellem, er zeigt vielleicht am genauesten diesen Grad von Geschichtlichkeit im Körper, die Zeitenmischung, in der er lebt, die Vermischung mit anderen, in der er lebt, die Mischung von Orten, die in ihm ist und die alle zusammen diese spezifische Haltung herstellen (so charakteristisch und unverwechselbar für jede/n Einzelne/n), die Vielzahl der Ohren, mit denen jemand hört, die Anzahl der Münder, die aus einem sprechen, wahrnehmbar, zugänglich, verbindungsoffen und immer bereit, etwas herzustellen (darin dann auch verläßlich unterscheidbar vom Projektionsgewebe), alle beschreibbar als Formen von Geschichtlichkeit, verwandelte Anwesenheiten von Gewesenem, Präsenzen aus Jahren und Jahrtausenden (*nicht* das Überlieferte, die Geschichte, die Traditionen, die Erinnerung, das Wissen), Präsenzen, die sich immer wieder erzeugen und aufschwingen müssen zum *wirklichen Moment* auf der Suche nach anderen Momenten in anderen Körpern, also das, woraus Gegenwart, Kunstgegenwarten entstehen: der »Schnitt im Schnitt«, wie Jürgen Ebert das einmal genannt hat, der da ist, bevor man zu sprechen beginnt, oder als das unhörbare Moment im Moment des Sprechbeginns, eine tief fundierte Vorentscheidung, eine hochgedrehte Spirale aus Voraussetzungen, in Schwingungen versetzt, aufnahmebereit, berührungsbereit, rauschbereit, eingriffsbereit, Moment der Verwandlung, in dem zwischen zwei Polen etwas Drittes entsteht, das Dritte eines neuen Stückchens Wirklichkeit (ich vermute, es ist das, was die Psychoanalyse mit dem Begriff der Übertragung zu fassen versucht), es funkt oder es schlägt ein, aber es ist ein Drittes, das hervorgeht aus einer Spannung zwischen Leuten, aus einer Zeitenspannung, einer Spannung zwischen Kulturen, einer Spannung aus »Ich (wer-das-auch-sei)« 1989 und »Ich (wer-das-auch-war)« 1968.

*

Ich bin kein intimer »Kenner« des KBW (Kommunistischer Bund Westdeutschland). Schließlich transformierte er sich schnell in einen Geheimbund mit strenger innerer Hierarchie und gegenseitiger Kontrolle der Mitglieder. Ich kann nur ein paar Punkte aufzählen, von denen (denke ich) unbedingt gesprochen werden müßte, wollte man dazu beitragen, daß 1968 und die Folgen eine geschichtliche Präsenz in der Jetztzeit bekämen (und allein das interessiert mich).

Für mich ist es keine »Fortsetzung«, auch keine »Transformation« von 1968, Mitgliedern der Gruppe (aber es muß ja wohl heißen: Partei) bis in die Einzelheiten hinein die Formen der Lebensführung, den Aufenthaltsort, den Arbeitsplatz vorzuschreiben, die privaten Kontakte zu kontrollieren, einen Teil des Gehalts einzuziehen, Liebschaften als »günstig« oder »ungünstig« für die Parteiarbeit zu »beurteilen« (selbstverständlich auf freiwilliger »Basis«) und dann den abhängig gemachten und von allen anderen sozialen Beziehungen möglichst abgeschnittenen Mitgliedern bei »Abweichung« von der »Linie« mit Ausschluß zu drohen (d.h. sie vom gewählten Leben zu isolieren) oder die Ausschlußdrohung zu vollziehen. Für nicht wenige war das eine Bedrohung mit dem Tod. Für nicht wenige endete die Kettenreaktion von Ausschlüssen (eine notwendige Folge der terroristischen Gruppenstruktur) in Alkoholismus, psychischen Zusammenbrüchen, Unfällen, Selbstmordversuchen und Selbstmorden (besonders gefährdet: die nicht ganz integrierten, nicht ganz im Vollmitgliedsstatus glänzenden Aufnahmewilligen oder die nur teilweise integrierten Genossenfrauen), am Rande des Absturzes auch immer die, die mit möglichen halbwegs »gesicherten« »bürgerlichen Existenzen« brachen, aber in Angst lebten, ob sie diesen Schritt würden durchhalten können, auch in Angst, ob »die Partei«, »die Genossen«, für die sie das taten, die versprochene und für einen solchen Schritt notwendige Solidarität über Jahre hin würden aufbringen wollen und können – und sehr oft konnten und wollten sie, wie sich herausstellte, nicht.

Das war nicht erst und nicht allein ein Problem des KBW; im SDS war es, nicht ganz so kraß, auch schon da. Träume zu leben ist nicht ganz einfach, es spielt an Abgründen, und natürlich stürzen manche ab. Davon müßte gründlich gesprochen werden, und zwar von Leuten, die in solchen Gruppen lebten.

*

»Ich glaube ganz und gar nicht, daß es bei uns und unseren Anhängern zunächst ein ausgeprägtes Gefühl von Leiden unter sexueller Unterdrückung gegeben hat. Dieses Gefühl und dieses Leiden haben wir zuallererst politisch hergestellt, also etwas getan, das wir damals ›Bewußtmachung‹ nannten.« (Reimut Reiche)

Es sind doch wohl sehr verschiedene Leute im SDS zusammengekommen. Für die Gruppe oder Schicht, aus der Reiche kam, wird der Satz stimmen; für meinen Umkreis nicht. Zwar würde auch ich nicht ohne weiteres das schwere Wort »Leiden an« bemühen, aber ein Faktum: Von den sechs Männern (mich eingeschlossen), die ich 1962ff. auf der Uni gut genug kannte, um auch über ihr (frauenloses) Sexualleben einigermaßen Bescheid zu wissen (sie lebten alle in einer Art Erlösungserwartung durch den Eintritt der Tatsache »Frau« in ihr Leben; nur einer meiner Freunde hatte früh und unglücklich geheiratet), »landeten«, wie man sagte, drei bei der versuchten Verwirklichung ihrer Erwartung für kürzere oder längere Zeit in der Psychiatrie, wo sie durch medikamentöse Behandlung oder/und Elektroschock von den unverarbeitbaren Intensitäten ihrer Zusammenbrüche »befreit« wurden. »Leiden unter sexueller Unterdrückung« *muß* man das nicht nennen, aber es ist auch nicht Nichts. Immerhin fünfzig Prozent der Männer, die mir näher bekannt waren, kamen nicht ohne Zusammenbruch über die Hürde der ersten selig- oder unseligmachenden Frauenberührung der »ernsteren Art«. Ich nehme das als Indiz für die Menge unerlöster sexueller Energie, die in die sog. Studentenbewegung (ich sage sog., weil mir das Wort »Bewegung« bis heute zuwider ist; ich empfand es als unpassend) eingeflossen ist.

Ich glaube, die besondere Art der sexuellen Gespanntheit war der »treibende Kern« von 1968, der es von anderen vergleichbaren Eruptionen unterschied, z. B. vom Widerstand gegen die Kernkraftwerke bei Wyhl und anderswo. Der Impuls des SDS und seiner Umgebung war, ausgehend von der Sexualität, auf eine umfassende Umorganisierung oder eben Revolutionierung aller Lebensverhältnisse gerichtet, soweit man sie in den Blick bekam. An so einem umfassenden Anspruch kann man natürlich nur »scheitern« (in der Begrifflichkeit der Idioten); es ist aber wahrscheinlich die einzige Art Anspruch, durch die man überhaupt zu irgendeiner Veränderung kommt. Ohne »Radikalismus« kommt man nicht mal zu einem der »kleinen Schritte«, die die Politpragmatisten immer empfehlen (wohl wissend, sie schütten nur die Asche von Gluten, die sie nicht kennen, auf deinen Lebenstisch).

Ich halte also Reiches zentrale Feststellung, der SDS und sein Umkreis hätten *alle* Dinge, mit denen sie zu tun hatten, in einer chrakteristischen und für Außenstehende erkennbaren Weise *sexualisiert*, für so zutreffend wie nur möglich. Die »politischen Analysen« waren mit einem Zuschuß oder Überschuß und auch mit einer *Verschiebung* aus dieser Sexualisierung versehen, die dem SDS seine charakteristische Sprache verlieh. Sexualisierung, ein psychoanalytischer Terminus, besagt: »Einem ›anderen‹, dahinterliegenden, unbewußten Affekt, der nicht bewußt werden darf, wird ein sexueller Ausdruck gegeben, um auf diese Weise diesen unerträglichen Affekt – etwa Depression, Trauer oder auch Liebeskummer – zugleich zu beherrschen und im Verschiebungsersatz der Sexualisierung abzuführen.« (Reiche)

Welcher »unbewußte Affekt« war beim SDS, war bei uns im Spiel? Reimut Reiche sagt, es war unsere Art und Weise, »Auschwitz« zu verdrängen, unsere

Foto Barbara Klemm

1968: Eugen Kogon während einer Podiumsdiskussion über die Hochschulreform.

Art, die Taten der Eltern, die wir mit Schrecken registriert hatten, zu verdrängen, unsere Art »manischer Wiedergutmachung« (in unserem hektisch-zwanghaften Lustvollzug) »an den eben gemordeten Eltern«. Wir hätten die Eltern zwar gemordet, aber die zugehörigen Affekte der Verarbeitung: Schuld, Trauer, Depression, Scham, nicht erleben wollen und können: »Von der Schuld der Eltern kann man sich nur durch dauernde sexuelle Erregung freimachen, scheint der unbewußte Sinn des ›therapeutischen Prozesses‹ zu sein, durch welchen die antiautoritäre Bewegung in erster Linie sich selbst ›heilen‹ wollte«, schreibt Reiche. Die Idee von der Freiheit des Individuums und der Selbstverwirklichung des Menschen hätten wir gekoppelt an die numerisch registrierbare Zunahme sexueller »Freizügigkeit« und genitaler Befriedigung. Reiches Schluß: »In dieser Ideologie einer Sexualität ohne unerwünschte Folgekosten lebt die Phantasie einer schuldlosen Sexualität, einer Triebtat ohne Schuld, fort.«

»Triebtat ohne Schuld« – das ist genau das, als was unsere (zu Auschwitz schweigenden) Eltern uns ihre Teilhabe am Judenmord verkaufen wollten. Die (elternschonende) Zustimmung zu diesem Vorgang soll das geheime, das unbewußte Zentrum unserer sexuellen Befreiungsversuche gewesen sein. Ein unangenehmer Befund. Sehr unangenehm, weil ausgerechnet in den Verhaltensweisen, durch die man sich am sichersten von den Alten und ihren Taten unterschieden glaubte, gerade in den Übertretungen, die so etwas wie das Tor zu einer »Freiheit« aufstießen, die zentrale Untat der älteren Generation als *entschuldigte* enthalten sein sollte.

Vielleicht ist das eine Art historischer Regel, der zwar individuell, nicht aber auf Generationen-Level entkommen werden kann: daß die Befreiungsversuche der jüngeren Generation *immer* in einer unbewußten Berührung mit den Hauptübeln der älteren stehen (das u. a. gibt ihnen ihr Feuer, ihre Radikalität).

Es war eine unserer Gewißheiten und Ängste, daß zwanghafte Wiederholungen uns selber treffen könnten (Gesetzesgrundlage: Notstandsgesetz), aber auch, daß das eigene Unbewußte auf das aus unserer Erziehung herrührende Gewaltpotential untersucht werden müßte. Ein jahrelanger Streit: Ist das Unbewußte »eigentlich« unschuldig, Energiequelle, Motor des Spannungsausgleichs- und Lustprinzips, oder ist es geschichtlich »verdorben«, Hort der faschistischen Untaten unserer Eltern, in uns gelangt durch deren Eingriffe, Reden, Berührungen?

*

»Politisch« sprechen um 1968 habe ich nicht aus Marx gelernt, sondern von einem argentinischen Musiker, der als Stipendiat nach Deutschland gekommen war, um Orff zu studieren, Orff in Argentinien in die Schulmusik einzuführen, und der dann, über Henze und anderes stolpernd, den faschistischen Musiker Orff hier fand, den er keineswegs nach Argentinien zu importieren gedachte; Stipendium aufgebraucht, ausgestiegen, hiergeblieben, Rückkehr nicht möglich, weil links geworden, auf seltsamen Wegen an Fortners Freiburger Musikinstitut verschlagen, nun im Freiburger SDS, als ich dort hineinkam, und der einzige Mensch, der nicht Politikkauderwelsch sprach, sondern eine Sprache aus Brüchen, südamerikanisch nicht mehr, nicht spanisch, nicht deutsch (englisch, das von mir geliebte, ihm völlig verhaßt als die imperialistische Sprache), aber es ging; es ging nicht nur, sondern es ging *nur* durch ihn, durch das »falsch–richtig« der Konstruktionen, durch den Überhang von Färbungen in den Sätzen gegenüber dem Sinn; alles, was ich von Marx weiß, weiß ich durch ihn; zuhören wollte ich, weil ich gehört hatte, daß die Wörter und Sätze, die er zu Musiken sagte, aus Hören und Hörenkönnen kamen, also würde sein Ohr auch nicht abwesend sein, wenn er über die Notwendigkeit des Antiparlamentarismus sprach, und so war es; im Bruch war die Musik und im Bruch war das Kind; er war zehn Jahre älter, nominell, nicht psychisch. Und im Kind und in der Musik war die Abwesenheit des Bösen, die ein Angebot zur Freiheit ist: Du darfst dich entfalten, mach schon, los, ich werde die Anfälligkeiten, die sich aus Metamorphosen ergeben, nicht ausnutzen, was er auch nicht tat: Daniel Ruben Basi.

ROBERT GERNHARDT

Schuld und Scham – und wie es dazu kam

Gegen Ende des Jahres 1991 saß eine besinnliche Viererbande in einem schlichten Italiener der Münchener Innenstadt und zog bei Espresso und Grappa eine Art Schuld- und Schambilanz, wobei sie ohne viel Mühe auf die bedeutsame Zahl von sieben – so nannten es die Vier – Todschulden kam:

1. waren sie alle Männer, also Angehörige jenes Geschlechts, das mittels Patriarchat jahrtausendelang die Frauen unterdrückt, die Kinder verderbt und die Natur zerstört hatte;

2. waren sie alle Weiße, also Angehörige jener Rasse, welche seit den Tagen der alten Griechen die Vernunft als Herrschaftsmittel instrumentalisiert und den Fortschritt zum Fetisch gemacht hatte;

3. waren sie alle Angehörige der Ersten Welt, also jener, deren Reichtum sich auf die Schädelstätten der Zweiten und vor allem Dritten Welt gründete;

4. waren sie alle Deutsche, also Angehörige jenes Volkes, das sich innerhalb der Völker der Ersten Welt durch besonders unverstellte Kriegs- und Mordlust hervorgetan hatte;

5. waren sie alle Westdeutsche, also Bewohner jenes Landesteils, dem es gelungen war, die Zeche der gemeinsam verübten Untaten weitgehend vom Osten begleichen zu lassen;

6. waren sie alle Städter, also Hauptnutznießer und Verschwender der Energie-, Wasser- und Rohstoffressourcen nicht nur ihres Landes, sondern der gesamten Erde; und

7. waren sie alle Intellektuelle, also Angehörige einer ebenso privilegierten wie drohnenhaften Kaste, was bereits dadurch belegt wurde, daß sie zu einer Zeit, in welcher die Unterprivilegierten längst das Bett aufgesucht hatten, um die am nächsten Tag benötigte Arbeitskraft zu reproduzieren, noch in aller Gemütlichkeit Selbstanklagen auflisten und den Prozeß gegen sich selber eröffnen konnten.

Die vier Männer waren unterschiedlichen Alters. J., der Jüngste, studierte noch, während der Älteste, G., bereits den fünfzigsten Geburtstag hinter sich hatte. Diese Tatsache brachte H. und M., die beiden anderen Prozeßteilnehmer, auf die Frage, ob denn auch G. bereits in jungen Jahren ein derart breitgefächertes schlechtes Gewissen besessen habe wie ihr Freund J. – übrigens ein Student der Rechte.

Nein, erwiderte der Angesprochene, das habe sich bei ihm erst im Laufe der Zeit ausgebildet, wobei dem Jahre 68 eine besondere Bedeutung zukomme.

Ob er darüber aussagen wolle?

Gern, antwortete G., bestellte rasch einen Wein und begann:

Als ich 1956 Abitur machte, war die Welt noch einigermaßen in Ordnung. Jedem Abiturienten stand jedwedes Studienfach offen, und wie weit er es im Privat- und Erwerbsleben brachte, hing nach allgemeiner Übereinkunft von ihm selber ab: Jeder ist seines Glückes Schmied.

Wer wie ich Kunsterzieher werden wollte, der allerdings mußte zuvor die Aufnahmeprüfung an einer Kunstakademie bestehen; durchaus gerechtfertigt erschienen mir da die DM 150,– Stipendium, mit denen der Staat meine Studien förderte, insgesamt sechzehn Semester lang. Gut möglich, daß es zum Schluß etwas mehr Geld gab, ganz sicher ist, daß mir die Tatsache, acht Jahre lang von der Allgemeinheit alimentiert worden zu sein, nicht zu denken gab, von Bedenken ganz zu schweigen.

Ich begann das Studium in Stuttgart, und wenn ich dort ein schlechtes Gewissen gehabt haben sollte, dann höchstens deswegen, weil mein Aufzug und meine Lebensweise so gar nicht meinem Inbild eines Künstlers entsprachen. Der Killesberg war nun mal nicht der Montmartre, und ich war offensichtlich kein van Gogh oder Modigliani oder Utrillo oder einer der vielen anderen, die ihre Kunst mit ihrem Leben bezahlt hatten. Aber was nicht war, konnte ja noch werden.

Und richtig: Bei den freien Künstlern an der Berliner HfBK, meinem nächsten Studienplatz, wehte schon ein schärferer Wind. Da bediente man sich gezielt und bedenkenlos beim Modefundus der Rocker (Jeans, Lederjacken, Elvis) ebenso wie beim Kulturangebot der DDR (Brechttheater, Spirituosen, Bücher), ohne sich durch die Kritik der Bürger (»Halbstarke«) oder die Mahnung der Westpresse beirren zu lassen, den 17 Millionen Brüdern und Schwestern in der SBZ nicht in den Rücken zu fallen. Ich tat es den Freien nach, und als auch noch eine schöne Geliebte mein Lager teilte, da glaubte ich den Zwängen der altbösen klerikal-bourgeois-restaurativen Moral der Fünfziger endgültig entronnen und für alle Zukunft im Lager derer angelangt zu sein, die jenseits von Gut und Böse selbstlos das beförderten, was allein die Existenz der Menschheit rechtfertigte: »Vers, Stein, Flötenlied«, also das Kunstschöne. Das war 1958.

Von da an ging's bergab. Als angehender Kunsterzieher, der ich immer noch war, machte ich zunächst meine Staatsprüfung im Hauptfach und begann dann an der Berliner FU mit dem obligaten Beifach, in meinem Fall der Germanistik. Doch wohin war ich geraten? Welch eine Bande von karriereorientierten Spießern drückte da neben mir die Seminarbänke?!

Nicht nur ich dachte so. Es muß im Sommer des Jahres 1963 gewesen sein, als der Göttinger Germanistikprofessor Walther Killy in der *Zeit* gegen den »normalen« bzw. »unpolitischen« Studenten polemisierte, worauf dessen Berliner Kollege Eberhard Lämmert seine Studenten zu Freibier und einer öffentlichen Diskussion über Killys Vorwürfe einlud. Die Freibierfrage wurde gemeinsam gelöst, doch mit seiner Entgeisterung über das Desinteresse der Jugend blieb der Professor in meiner Erinnerung ziemlich allein: Ja, schämte die sich denn überhaupt nicht?

Ich kann nur für mich sprechen: Nein. Das hing vermutlich auch damit zusammen, daß ich damals bereits der 1962 in Frankfurt gegründeten Satireschrift *pardon* zuarbeitete und dort meinerseits versuchte, die Anlässe meiner Einlassungen zu beschämen, die Frontstadtpolitiker, die Kalten Krieger, die selbsternannten Sittenrichter sowie die Ewiggestrigen. Das tat ich derart ausdauernd, daß ich aufgefordert wurde, der Redaktion beizutreten. Rasch absolvierte ich die restlichen Prüfungen und folgte sodann der Einladung in dem beruhigenden Bewußtsein, innerhalb von drei Jahren jederzeit in den Schuldienst eintreten zu können. Was wohl van Gogh dazu gesagt hätte? Solche Fragen brachte ich durch die Überlegung zum Schweigen, der Austritt aus der Redaktion könnte ja auch in die entgegengesetzte Richtung, in die endgültige Freiheit, führen.

Ich war noch nicht lange in der Redaktion, da streifte mich bereits ein Hauch jener radikalen Kritik, die bald darauf zu einem richtigen Proteststurm werden sollte: In einer Studentenzeitung unterwarf das Mitglied des SDS Rainer Baginski die noch nicht zwei Jahre alte, vorgeblich kritische satirische Zeitschrift *pardon* einer scharfen Analyse, die auf den Befund hinauslief: Erfolgreich, weil angepaßt, ergo pseudokritisch und systemstabilisierend. Ähnlich harsch war bereits Enzensberger mit dem *Spiegel* umgesprungen, und ähnlich gewitzt wie Augstein, der Enzensberger als *Spiegel*-Autor gewonnen hatte, lockte auch der *pardon*-Chef Nikel den *pardon*-Kritiker zwei Jahre später in die Redaktion. Dort hielt es ihn freilich nicht lange, er ging in die Werbung und leitet heute eine nach ihm benannte Agentur.

Baginskis Kritik war ein Vorspiel – ich hatte 1964 andere Sorgen. Mehr als der Erfolg von *pardon* beschäftigte mich die Tatsache, daß ich selber Geld verdiente und im goldenen Käfig des 1000-Mark-Gehalts zu verspießern drohte. Um mir und der Welt, vor allem aber den in Berlin gebliebenen Künstlerfreunden meine ungebrochene Zugehörigkeit zum unbürgerlichen Lager zu beweisen, behielt ich trotz Gattin und Gehalt meine bisherige Lebensweise bei, hauste zwischen Sperrmüll und Selbstgebasteltem, kleidete mich wie zuvor, schleppte winters die Ölkanne aus dem Keller in den dritten Stock und sah dennoch Besuchen durchreisender Berliner mit gemischten Gefühlen entgegen: Wie, wenn ich ihrer Prüfung trotz alledem nicht genügte?

Doch alles ging gut, und für Überraschungen sorgte erst der lang und bang aufgeschobene Gegenbesuch bei den Künstlerfreunden in Berlin: Da hatte der eine einen Fernseher – ich besaß aus Prinzip keinen –, da fuhr der andere ein Auto – ich hatte nicht einmal den Führerschein –, da zeigte der dritte seine Ledergarnitur – offenbar ohne die geringsten Gewissensbisse, und alle waren dabei, die Existenz durch Dozenturen oder Professuren abzusichern, während ich doch gerade die Unsicherheit gewählt hatte: Seit dem 1. 1. 1966 versuchte ich, meinen Lebensunterhalt als freier Mitarbeiter zu bestreiten und meinen Lebenssinn als freier Künstler unter Beweis zu stellen.

Unverhofft kommt oft, siehe den Sturz des Perserschahs 1979 oder den Zusammenbruch des Kommunismus 1989. Oder 68, dem allerdings eine rasante Vorgeschichte präludierte: 67. Während dieses Jahres freilich riß meine Verwunderung nicht ab: Was war in die kurz zuvor noch so trägen FU-Studenten

Foto Barbara Klemm

1970: Die Bürgerschaft mischt sich ein.
Widerstand gegen die Bodenspekulation im Frankfurter Westend.

gefahren? Und wie erklärte sich die Wiederauferstehung linker Ziele, Werte und Worte, da doch spätestens seit dem Mauerbau erwiesen war, wohin das alles führte?

Lektüre half nicht so recht weiter. »Die westliche Welt hört das Wort Revolution nicht ohne Beklommenheit«, las ich im Rowohlt-Taschenbuch *Persien – Modell eines Entwicklungslandes*, in welchem der im westdeutschen Exil lebende Perser Bahman Nirumand die Schuld an den Zuständen in seinem Heimatland auch seinem Gastland gab: »Dem Willen zum Status quo kam die Paralyse der Weltpolitik unter dem Gleichgewicht des Schreckens entgegen. Aber das Eis, mit dem der Kalte Krieg die jüngste Geschichte überzogen hatte und in dem der größte Teil der Menschheit erfrieren mußte, damit sich einige Akteure darauf einrichten konnten, beginnt zu tauen.« Das wurde 1967 veröffentlicht, es hätte auch 1989 geschrieben worden sein können, nur daß das Tauwetter, um Nirumands etwas wacklige Metaphorik weiterzuführen, in die falsche Richtung losgegangen ist. Auch erstaunt mich heute die Nutznießerrolle, welche er damals dem westlichen Teil Deutschlands zugeschrieben hat – tickte nicht gerade für diese Region unter dem Eis des Kalten Krieges die Zeitbombe des atomaren Overkill? Und war das nicht ein guter Grund, das Wort Revolution mit Beklommenheit zu hören und statt dessen auf Evolution zu hoffen, auf kleine Schritte in Richtung Normalität zwischen den Blöcken statt auf plötzliche Umwälzung?

Am 2. Juni 1967 besuchte der Perserschah Berlin, und am Morgen des 3. war die Welt von mir und meinesgleichen nicht mehr in Ordnung: Der Tod des Demonstranten Benno Ohnesorg, vor allem aber die Rechtfertigungsversuche von Polizei, Politik und Presse ließen auch besonnene Geister daran zweifeln, ob Demokratie hierzulande mehr sei als Tünche und Tarnung: »Es hat sich erwiesen, daß es demokratischen Geist, wie ihn andere westeuropäische Länder kennen, in Westberlin kaum gibt«, schrieb die *Frankfurter Rundschau* am 5. Juni. Sollte das wirklich nur auf Westberlin zutreffen?

Von nun an vermischen sich in meiner Erinnerung Politprotest, Protestkultur und Kulturrevolution fast ununterscheidbar. Es dauerte nicht lange, und der Berliner Funke zündete auch in Frankfurt. Mit gemischten Gefühlen nahm ich an einem von Rudi Dutschke angeführten, vorgeblich friedlichen Go-in zum Amerikanische Generalkonsulat in der Siesmayerstraße teil. Das sah gut aus und kam nicht weit, da schon der Straßenbeginn von Wasserwerfern verstellt war. So versuchten kleine Gruppen, ihren Prostest gegen die amerikanische Vietnampolitik an anderer Stelle loszuwerden: Beim Versuch, die Rote Fahne auf dem Pavillon der amerikanischen Handelsvertretung in der Großen Bockenheimer zu hissen, gab es den einzigen Verletzten des Tages, da der Hisser vom Dach fiel.

Noch bei der abendlichen Manöverkritik im Stammlokal Mentz wußte ich nicht, ob ich jene, die der Wasserwerfer gezeichnet – geadelt? – hatte, bewundern oder belächeln sollte. Das Lächeln verging mir, als ich tags drauf die Schlagzeile der *Bild*-Zeitung las: »Der Rote Mob rast durch Frankfurt!« Das hatte er erwiesenermaßen nicht getan – war Pressefreiheit demnach wirklich jene Schimäre, als welche sie die Protestierer in Übereinstimmung mit dem gestandenen Publizisten Paul Sethe entlarvt hatten, »die Freiheit einiger weniger Reicher, ihre Meinung verbreiten zu lassen«?

Derart handgreifliche Beweise bestärkten und beschämten den Schreibtischsatiriker, der ich damals war: Wie unduldsam die Herrschenden dann reagierten, wenn die Kritik das zugewiesene publizistische Getto verließ und auf die Straße getragen wurde! Wie verlogen sie all jene stigmatisierten, die es wagten, einseitig festgelegte Spielregeln aufzukündigen und aus blankem Eigeninteresse definierte Übereinkünfte zu brechen! Oder waren die Mächtigen tatsächlich mit jenem falschen Bewußtsein geschlagen, das es ihnen unmöglich machte, die Welt wie sie war – vor allem aber: wie sie sein sollte –, wahrzunehmen? Eigentlich hocherfreulich, daß die Kinder nicht nach diesen Vätern geraten waren, sondern ihnen mit allen kritischen Wassern der Psychoanalyse und des Marxismus die Schminke vom Wolfsgesicht wuschen!

Die Freude währte nur kurz. Enthüllt wurden nämlich nicht nur die Verschleierungstaktiken derer, die das schlechte Bestehende zu retten suchten – rechte Politiker, kapitalistische Banker, reaktionäre Meinungsmacher –, bevorzugtes Ziel der Aufklärer waren mehr und mehr jene, die scheinbar privaten, jedoch keineswegs unschuldigen Selbsttäuschungen anhingen. Auch mir wurde verstärkt ins Gewissen geredet und so gut wie alles, was mir lieb war, als heillos entlarvt.

Die Kunst: Bewährte Methode, die unter dem Druck der Verhältnisse Leidenden von ihren wahren Problemen durch eine Welt des schönen Scheins abzulenken; die Komik: Folgenloses Entlastungsventil; die Satire: Institutionalisierte Nische für Alibi-Hofnarren; die Ironie: Zwischentöne sind nur Krampf im Klassenkampf; die Ehe: Kleinste kriminelle Vereinigung; die Natur: Erfindung interessierter Kreise, um von den Zuständen in der Gesellschaft abzulenken; der Alkohol: Staatlich zugelassenes Rauschgift der privilegierten und Selbstzerstörungsmittel der arbeitenden Klasse.

»Rauch doch mal einen Joint!« forderte mich Katrin auf. »Wirf lieber LSD ein«, schlug Mischa vor, »oder hast du Angst davor, dir selber zu begegnen?«

Ja, hatte ich. Dafür begegnete ich immer häufiger Leuten, die mich in die Pflicht nahmen: »Die Katrin steht kurz vor dem Abi, hält aber den Elternterror zu Hause nicht aus. Könntet ihr pro forma Ersatzeltern mimen und sie aufnehmen?«

Wir nahmen sie auf, dann Mischa, ihren Freund, etwas später einen Staffelberger und schließlich, für kurze Zeit, eine ganze Gruppe dieser Jugendlichen.

Staffelberger: Angehörige der Jugendfürsorgeanstalt im hessischen Staffelberg, welche von Frankfurter SDSlern dazu agitiert worden waren, die repressive Provinz zu verlassen, um fortan Ferment gesellschaftlicher Unruhe in der großen Stadt Frankfurt zu sein.

Da waren sie nun, doch von den Agitatoren wußte offenbar niemand, wohin mit den Agitierten, nicht einmal Günter Amendt, einer der Aufwiegler, mochte einen der Aufgewiegelten aufnehmen, hieß es, angeblich fürchtete er um seine Bibliothek.

Die Staffelberger kamen und gingen – übrigens ohne die auch von mir insgeheim und schlechten Gewissens befürchteten Folgen –, doch meine halbherzigen Gesten brachten mich der Bewegung nicht näher. Die Protestierenden waren Jugendliche, und wie die Mitglieder jeder echten Jugendbewegung achteten sie streng darauf, daß die Aura von Unschuld, Power und Zukunft nicht durch noch so sympathisierende Trittbrettfahrer jenseits eines gewissen Verfallsdatums getrübt wurde: »Trau keinem über dreißig.« Das aber war ich am 13. Dezember 1967 geworden; im bewegten Jahr darauf sah ich mich daher dreifachen Vorbehalten gegenüber: biologischen, psychologischen und ideologischen.

»Wer zweimal mit derselben pennt, gehört schon zum Establishment« – daneben gab es schwererwiegende Indizien, welche meine Zugehörigkeit zum Lager des Gegners belegten:

»Was machst du?«

»Ich male.«

»Verkaufst du?«

»Hin und wieder.«

»Schon korrupt.«

»Werde du erst mal so alt wie ich!« hätte ich der zufälligen Gesprächspartnerin auf einer dieser Massenfeten gerne ins blanke Gesicht gesagt, doch ich konnte mich gerade noch bremsen. War das nicht just eines jener Holzhammerargumente, mit welchen die Elterngeneration ihre hoffnungslosen Rückzugsgefechte bestritt: »Als ich in deinem Alter war, da habe ich noch gelernt, wie man –«?

Gut möglich, daß die 68er-Jugend nicht mehr allzuviel lernte bzw. studierte – die Go-ins und Teach-ins bei Tag rissen nicht ab, und nachts sollten ja auch noch diese sagenhaften Love-ins stattfinden –, doch wußten bereits jüngere und jüngste Semester, wie man andere zu Tätern macht und sich selbst zum Opfer stilisiert: »Du blockierst mich«, klagte Katrin, als ich sie nach den Gründen für

Foto Barbara Klemm

1972: Alltag in einem besetzten Haus.

ihr Nichtstun befragte. »Die Schule demotiviert mich«, fügte sie hinzu. »Und Mischa törnt mich nur noch ab.«

Damals hörte ich diese Wendungen das erste Mal in solcher Häufung, und eine Zeitlang trug ich mich mit dem Gedanken, sie zu sammeln, um sie für ein satirisches Porträt des 68ers zu verwenden. Ich ließ den Plan fallen, da ich keinen Beifall von der falschen Seite riskieren wollte. Oder war der Grund schlichter Opportunismus, Feigheit gar? Erst sehr viel später, Anfang der Achtziger, veröffentlichte ich einige der Fundstücke, darunter meinen Lieblingssatz, auch er die Begründung eines herzlich faulen Mädchens dafür, daß es nichts tat: »Ich habe eine unheimlich komplizierte Lernmotivation; wenn bei mir Anfangserfolge ausbleiben, bin ich sehr schnell frustriert.«

Lustig – doch selbst beim schmunzelnden Erinnern solch betagter Chuzpe meldet sich leise, aber unüberhörbar mein schlechtes Gewissen: So fragwürdig der je einzelne Jugendliche um und nach 68 agiert und manipuliert haben mag, so fraglos war *der* 68er eine Figur, in welcher sich meine eigenen guten Vorsätze anzuschicken schienen, Realität zu werden: Nicht einkriegen lassen! Nicht kleinkriegen lassen! Nicht unterkriegen lassen!

Eigentlich hätten wir also ein Herz und eine Seele sein können, der 68er und ich, tatsächlich aber verkörperte ich vermutlich das Inbild des Schreckens dieser radikalen Jugend, den, als welcher sie insgeheim zu enden fürchtete: den liberalen Scheißer.

Die Zeit heilt keine Wunden, doch sie rückt näher zusammen. Ich habe erlebt, wie viele der 68er da landeten, wo ich begonnen hatte, bei der Kunst. Ich habe mich daran gewöhnt, von jüngeren Kritikern als Alt-68er eingestuft zu werden. Ich habe mich klammheimlich gefreut, als die männlichen Entlarver vom SDS ihrerseits durch die Frauen entlarvt wurden: »Befreit die sozialistischen Eminenzen von ihren bürgerlichen Schwänzen!« Ich habe mich abgrundtief gelangweilt, wenn sich ehemalige Adorno-Schüler wortreich dafür rechtfertigten, in der Marktforschung tätig zu sein. Ich habe mich damit abgefunden, nie wieder ein gutes Gewissen zu besitzen, da das anfangs beschriebene siebenköpfige Wesen aus Schuld und Scham einer Hydra gleicht: Schlag ein Haupt ab, und sieben weitere wachsen nach – man braucht sich lediglich ins Gedächtnis zu rufen, daß die Umwelt 68 noch gar kein Thema war.

Ich habe allerdings auch bemerken müssen, daß meine Schuldressourcen und mein Schampotential nicht unerschöpflich sind. Da ich mit dieser Erfahrung vermutlich nicht allein dastehe, könnte meine Schlußfolgerung auch von anderen geteilt werden: Schäme dich nur für wenige Anlässe, für die aber richtig. Aus schierem Selbsterhaltungstrieb verweigerte ich mich daher in den Siebzigern – beispielsweise – der Pflicht, von Okzitanien statt von der Provence zu reden und vor allem dem solidarischen Trinken des Weins dieser von Paris geknebelten Kulturlandschaft; in den Achtzigern dann ging ich – zum Beispiel – den Schah-Schah-Schah-in-Schah-Rufen und den Demonstrationen kaisertreuer Perser in Frankfurts Fußgängerzone ebenso aus dem Weg wie der Aufforderung, meine Unterschrift gegen das Regime des Ajatollah zu leisten; in den Neunzigern schließlich ergrimmte mich Günter Grass auf geradezu exemplarische Weise, als er in einer Fernsehkultursendung eine bislang schnöde vernachlässigte Schuld der reichen Industrienationen und ihrer Intellektuellen einklagte: Auf dem indischen Subkontinent gebe es zwei große Sprachen, Tamil und Bengal. In jeder werde bedeutende Literatur verfaßt, doch davon wisse die jeweils andere kaum etwas, da so gut wie nichts übersetzt werde. Hier zu helfen sei die Pflicht der Ersten Welt – ist das nicht ein Gipfel freiflottierender Inanspruchnahme und hemmungslos grassierender Schulmeisterei?

G. hielt inne und lehnte sich lächelnd zurück, damit die Zuhörer seinen belustigten Ingrimm angemessen teilen konnten, doch unerwartet ernst meinte M., die von G. geschilderte Genese seines schlechten Gewissens sei, wenn nicht verfehlt, so doch unvollständig. Da gebe es mit Sicherheit eine religiöse Vorgeschichte, die der Referierende zwar verschwiegen, jedoch nicht zum Schweigen gebracht habe – zu deutlich seien die ehrfürchtigen Hinweise auf frühverstorbene Opfer existentieller Unbedingtheit gewesen, auf van Gogh, auf Benno Ohnesorg, auf Rudi Dutschke, um nicht sogleich an Jesus denken zu lassen, das spirituelle Vorbild all dieser säkularisierten Jungopferlämmer.

»Und?«

Und das halte er für die eigentliche, letztlich religiöse Keimzelle von G.s schlechtem Gewissen: das Bewußtsein, sich nicht rechtzeitig aufgeopfert zu haben – Altern ist Verrat, Weiterleben ist Schuld.

»Was soll der Quatsch?« fragte G. eine Spur zu laut.

»Er will dich doch nur über deine wahren Schammotive aufklären«, antwortete H., da M. sich mit der Antwort Zeit ließ.

»Ach was, er will mich, den Alt-Atheisten, beschämen!« widersprach G.

»Wenn ich dich richtig verstanden habe, dann ist das aber seit 68 so ziemlich dasselbe, aufklären und beschämen«, versuchte J., der Jüngste, zu vermitteln, kam jedoch bei den Älteren schlecht an:

»Red du nicht über 68, Bub, da warst du ja noch gar nicht auf der Welt!«

»Und für so einen haben wir nach 68 unsere schöne Schamkultur aufgebaut!«

»Schämt sich nicht einmal!«

Er sei vorhin vielleicht etwas voreilig gewesen, begehrte da J. unerwartet auf. Jetzt überlege er, warum er sich überhaupt den Schuld-und-Scham-Stiefel der

Älteren angezogen habe. Es sei doch eigentlich deren Aufgabe, ihr Schuhzeug zu entsorgen. Anders gesprochen: Ob nicht jede Generation gehalten sei, ihren Schuldberg abzutragen, um der Nachfolgegeneration »schammäßig« eine Tabula rasa zu hinterlassen?

»Hört, hört – jetzt redet er wie ein 68er!« sagte H. anerkennend, doch die beiden anderen hielten dagegen, daß man aus den Fehlern der Vergangenheit gottlob gelernt und den Spieß umgedreht habe:

»Unsere Betroffenheit ist uns nur anvertraut für unsere Kinder«, sagte M.

»Vergiß nie, daß ich dein Vater sein könnte«, ergänzte G.

CHRISTIAN MEIER

Brief

über die Kinder der Rebellion,
Habermas als Lackmustest und eine neue Geschichte

Lieber Herr Wittstock,

Sie fragen, wie ich seinerzeit 1968 erfahren habe und wie ich von heute her die Auswirkungen des Aufbruchs der 68er beurteile.

Um das damalige Geschehen noch einmal zu rekapitulieren, schlug ich den Nachkriegs-Ploetz auf (Band 4. 1965–1970. Bearbeitet von Walther Hubatsch und anderen. Erschienen 1973 in Würzburg). Wahrscheinlich bestand meine Erwartung, daß ich da Detaillierteres erfahren könnte, zu Unrecht bei einem Werk, das auf 297 Seiten einen Überblick über das »Weltgeschehen unserer Zeit« für sämtliche Länder und Regionen innerhalb von 5 Jahren bieten soll. Trotzdem durfte ich wohl überrascht sein, als ich fand, daß das Ereignis, das man mit dem Namen 1968 verbindet, dort keines einzigen Wortes gewürdigt worden ist. Mit dem französischen Mai stand es anders. Da wurde ja aber auch ein Generalstreik ausgerufen. Es wird dort sogar der »Mai-Revolution« indirekt eine gewisse Berechtigung zugesprochen. Darauf weist die Erwähnung der Kluft zwischen Staat und Gesellschaft hin, der Vernachlässigung der Unter- und der Mittelschicht, der »verordneten« sozialen Stabilität, die der qualifizierten und ausbildungsfähigen Arbeiterschaft den beruflichen Aufstieg verbaut habe.

Vielleicht hätte man dies Ereignis auch für Deutschland erwähnt, wenn der Ploetz ein Kapitel »Bildung und Wissenschaft« oder auch »Mentalität« enthalten hätte, statt nur »Innenpolitik, Außenpolitik« sowie »wirtschaftliche und soziale Entwicklung«. Aber vielleicht wollte man die damaligen Unruhen auch mit Nichtachtung strafen, indem man sie als Ereignis gar nicht erst anerkannte. (Was dort, nebenbei gesagt, auch den Studentenunruhen in den USA widerfuhr, nicht hingegen denen in Polen.)

Allein, ob das nun symptomatisch ist oder nicht, ich habe jedenfalls den Eindruck, daß damit das 68er Geschehen stark unterschätzt wird.

Meine Erfahrung ist, da ich bis auf wenige Notizen kein Tagebuch geführt habe, schwer zu rekonstruieren. Aber einiger Erinnerungen bin ich mir ziemlich sicher.

1967 waren meine Sympathien vorwiegend auf der Seite derer, die damals – etwa in den Republikanischen Klubs und im *Kursbuch* – die Republik und ihre Gesellschaft neu zu bedenken und gegen vieles zu protestieren begannen. Ich war keineswegs immer ihrer Meinung. Aber ich empfand die Kritik, die Unruhe, die von ihnen ausging, sowohl als überfällig wie als wohltuend. Ihre Fragen, ihre Unzufriedenheit, ihre Perspektiven erschienen mir interessant, aufstachelnd, zumindest vom Ansatz her überzeugend, wohin immer sie letztlich zielen mochten.

Im Frühjahr 68 habe ich zum ersten Mal in meinem Leben *Bild* gekauft, die ganze Presse studiert und fand mich wiederum zur Seite des Protests neigen, obschon ich mit seinen Formen nicht unbedingt einverstanden war.

Genau betrachtet war es wohl vor allem das aufklärerische Klima, das mich in seinen Bann zog. Denn in Hinsicht auf die Themen, die eigentlichen Streitpunkte, die positiven Behauptungen, die sich bald herausschälten, war ich entweder nicht entschieden, weil ich nicht genügend zu wissen glaubte, so im Hinblick auf den Vietnam-Krieg, oder ich fand die Aufregung übertrieben, so im Hinblick auf die Notstandsgesetzgebung, oder ich hielt die ganze Zielsetzung für unsinnig, so bei der Forderung nach Drittelparität in Hochschulgremien und bei vielen Ansätzen zur Gesellschaftsveränderung. Mit den utopischen Hoffnungen konnte ich nichts anfangen; weder für Che Guevara noch für Ho Tschi Minh noch für Mao hatte ich etwas übrig. Antiautoritäre Erziehung hielt ich für eine contradictio in adiecto. Und daß »die Gesellschaft« an allem oder auch nur an vielem schuld sein sollte, hielt ich für einen Neo-Animalismus, wenig förderlich schon deswegen, weil ich mir nicht vorstellen konnte, daß man sie gegen eine andere Gesellschaft austauschen könnte. Vermutlich war ich ein Scheißliberaler, noch dazu mit einer konservativen Ader.

Meine im Juni 1968 in Basel gehaltene Antrittsvorlesung schloß mit der Frage: »Setzt die Fruchtbarkeit der Wissenschaft in Forschung und Lehre nicht ebenso wie die Verantwortung des Zeitgenossen in dieser Zeit voraus, daß ein Drittes hinzukommt: die kritische Funktion der Universität, gegen links wie gegen rechts, gegen die Gesellschaft wie gegen sich selbst; gegen die Zeit und dadurch auf die Zeit und hoffentlich zugunsten einer kommenden Zeit zu wirken?«

Irgendwann im Sommer oder Herbst 68 muß mein Urteil kritischer geworden sein. Damals wurde es mir, wenn ich mich recht entsinne, unheimlich. Ich begann Angst zu bekommen. Nicht vor den Studenten, mit denen ich es, seit Herbst 68 in Köln, zu tun hatte, überhaupt nicht wegen der Geschehnisse an den Universitäten. Nein, was mir angst machte, waren nicht die »Aufrührer«, nicht die Demonstrationen, die (insgesamt ja doch begrenzten) Gewalttätigkeiten, sondern die Schwäche der von ihnen so heftig kritisierten »Gesellschaft« und des Staates ihnen gegenüber; wobei ich weniger an die Polizei dachte als an die Parlamente und Ministerien, die allzu rasch zu Konzessionen und auch zu Kotaus neigten.

Wahrscheinlich bestimmte mich auch eine – seitdem immer wieder spürbare – Neigung, mich, wenn das Boot zur einen Seite zu kentern droht, zur anderen hinüberzulehnen. Ganz gewiß war auch ein merkwürdiges Gemisch von Gefühlen mit am Werk, die mit meinem Alter zusammenhingen. »Trau keinem über 30!« hieß es, und unsere Jahrgänge waren gerade dabei, Verantwortung zu übernehmen. Zur Illustration nur eine Erinnerung: Nach einer Sitzung in einem der Gründungsgremien der Universität Bielefeld saßen wir im Ratskeller zusammen, mein Freund Max Imdahl berichtete über eine Ausstellung von Pop-art, die er eröffnet hatte; er war auf heftigen Protest gestoßen, da er eine Weile lang (als er die Einführung gab) das Wort »monopolisiert« hatte, viele der Anwesenden wollten ihrerseits reden. Er stellte den Vorgang in leuchtenden Farben dar und schloß mit einer großen Handbewegung über den ganzen Tisch hin mit den Worten: »Wir sind alle Opas.«

Wahrscheinlich spielte mein Alter noch in anderer Weise mit. Wo die aufrührerischen Studenten mit ihrem Faschismusverdacht vor allem die gegenwärtige Gesellschaft ins Visier nahmen, regte sich in mir die Angst vor dem Totalitären gerade angesichts ihrer Forderungen und der Weisen, mit denen sie

Foto Barbara Klemm

1968: Streik an der Johann Wolfgang Goethe-Universität.

sie durchzusetzen suchten. Genaugenommen fürchtete ich weniger, was sie schon taten, als was daraus noch erwachsen konnte. Ich hatte in den zurückliegenden knapp zwei Jahrzehnten Bundesrepublik zwar vieles sehr kritisch gesehen – mehr in der Gesellschaft als in der Politik –, war mit vielem nicht einverstanden, fühlte mich auch nicht wirklich zu Haus in ihr (nach zwei in einer gewissen Resistenz kameradschaftlich verbrachten, erregten, riskanten Jahren in der Ostzone respektive DDR erschien sie mir lange als allzu borniert, selbstzufrieden und pseudo-idyllisch), aber einen Faschismusverdacht hegte ich nicht, bei allen Zweifeln an der sogenannten Aufarbeitung der deutschen Vergangenheit von 1933 bis 1945; doch damit begann es ja seit Anfang der sechziger Jahre schon voranzugehen. Und vieles, worin die 68er unerträgliche »Herrschaft« sahen, hielt ich für grundsätzlich berechtigte, wenn auch keineswegs immer kluge, Anordnungen der staatlichen oder auch der Hochschul-Instanzen.

Meine Befürchtungen vor dem »Linksfaschismus« (Habermas) knüpften an die eigene Erfahrung mit der Verwurzelung des SED-Regimes, an Studien zur Entstehung des NS-Regimes an. Auch damals die Schwäche der Republik, auch dort erschreckende Wehrlosigkeit und Illusionen. Vielleicht waren es meinerseits irrationale Befürchtungen. Aber ich fand eben das Irrationale, das Bedrohliche gerade auf seiten der 68er. Sie erschienen mir als fürchterlich deutsch. Mit einigen von ihnen, mit denen ich früher befreundet gewesen war, konnte ich – bei aller Aufrechterhaltung freundlicher Beziehungen – über vieles nicht mehr reden; andere waren, so schien mir, sich selbst entfremdet (wenn man jedenfalls das bis dahin gültige Selbst zugrunde legte und zugleich bedachte, daß es offenbar mehr die Woge der Zeit als persönliche Erfahrungen waren, die zu den neuen Auffassungen und Positionen führten). Der Gesinnungsdruck und der Bekenntnisdrang, die oft gehörte inquisitorische Frage nach den »EIIs« (erkenntnisleitenden Interessen) waren mir zuwider; ganz abgesehen von manchen Angriffen auf die Menschenwürde, deren Zeuge ich direkt oder indirekt gewesen war. Ich hatte den Eindruck, daß bestimmte Grundlagen wegschwammen, auf denen ich bisher gestanden hatte. Nicht durchweg, aber partiell, und: wer kann bei diesem Volk schon wissen?

Mit Studenten hatte ich keine größeren Probleme; wie gesagt: in Köln. Irgendeiner Form der Gewalt bin ich nie ausgesetzt gewesen; sofern Wünsche und Forderungen sich mir gegenüber zu Zumutungen zu steigern drohten, ließen sie sich ohne große Mühen auf ein vernünftiges Maß zurückschrauben. Konzessionen sind mir nie abverlangt worden; eine gewisse Elastizität hielt ich allerdings für richtig (indem ich etwa die Leitung einer Seminarsitzung an eine marxistische Gruppe abtrat, damit sie ganz in eigener Regie eine alternative Fragestellung entwickeln könne; im Folgenden sollten meine und ihre

Ansätze dann am Stoff geprüft werden; das Seminar ist nicht schlecht damit gefahren).

Sehr genützt hat mir ein Satz, der mir damals immer wieder einfiel: »Sono bambini« hatte mir einige Jahre zuvor eine liebenswürdige Italienerin achselzuckend und mit einem entwaffnenden Lächeln gesagt, als ich mich für irgendwelche Ungezogenheiten meiner Kinder zu entschuldigen versuchte. Ich bemühte mich also, einige Unarten als Kindereien anzusehen – um mich im übrigen sehr ernsthaft mit meinen Studenten auseinanderzusetzen. Viele Schwierigkeiten sind so gar nicht entstanden; um es noch einmal zu sagen: in Köln.

Es gibt hier Probleme mit der eigenen Erinnerung. Von heute aus erscheint mir diese Zeit in sehr günstigem Licht. Ich hatte mehrere sehr gute Studenten, wie sie sich sonst selten in althistorische Seminare verirren, die meisten von ihnen konnten sogar griechisch, von der Schule her. Es gab viele, zum Teil erregte Diskussionen. Selten – und seit jenen Jahren kaum wieder – hatte ich das Gefühl, daß sich soviel ernsthaftes Interesse auf die Gegenstände meiner Lehre lenkte. Ich empfing vielerlei Anregungen (wie übrigens zuvor schon oft in Seminaren, und später nurmehr vereinzelt). Die Auseinandersetzung mit Marx und Engels, die ich zwar nie gescheut, aber bis dahin nicht intensiv betrieben hatte, war zwar teilweise mühsam, aber sie belebte. Auch die Anwendung damals grassierender Auffassungen, etwa des Manipulationsverdachts, auf Vorgänge innerhalb der Geschichte erwies sich als höchst fruchtbar – ganz zu schweigen von den theoretischen Debatten, zu denen ich mich veranlaßt sah, von Nachdenken über Fortschritt, Politik und historische Prozesse. Ohne die Herausforderungen dieser Jahre hätte ich manches vermutlich nicht gelernt und manche Arbeit gar nicht oder doch anders geschrieben, als ich es dann tat. Das gilt vor allem für die siebziger Jahre.

Ich fand auch manche Erfahrungen interessant, die man unter dem Druck der 68er machen konnte: Wie sich etwa Sprache verwandelt, weil man bestimmte Dinge nicht so einfach, jedenfalls nur mit umständlichen Begründungen vorbringen kann, andere einem hingegen leicht – manchmal zu leicht – fallen. Auch war die Beobachtung einer engagierten Parteilichkeit, mit all ihren Folgen, selbst bei an sich nüchternen und auf Genauigkeit verpflichteten Wissenschaftlern mir damals und seitdem wichtig. Übrigens gab es schöne Erlebnisse. Ein versonnen blickender Student etwa in der Heidelberger Straßenbahn, der einen Band der Marx-Engels-Werke so in seinem linken Arm hielt und mit den Fingerspitzen der rechten Hand streichelte, wie wenn es ein Schoßhündchen wäre. Oder die Kölner Studentin, die nach einer Diskussion über Streik einem Kreis Umstehender ihre Hoffnungen auf Einführung direkter Demokratie nach dem Muster des alten Athen anpries und deren Augen zufällig auf mich gerichtet waren, als sie zu der Feststellung kam, das könnten wir uns alle gar nicht vorstellen, wie damals das Volk mitgesprochen habe, damit müsse man sich einmal beschäftigen.

Aber ich muß zugeben, daß ich damals viel geklagt habe. Aus dem Sommer 1969 finde ich eine Notiz, nach der es der Gipfel des Sadismus sei, einen Professor in den Ferien an seine Universität zu erinnern. Ob es nur die Unsicherheit und das allgemeine Gefühl der Angst waren, die mich dazu brachten? Oder die unbequeme Seite dessen, wovon mir heute vor allem das Interessante und Fruchtbare in Erinnerung ist? Darunter vielleicht auch die Nötigung, mit manchen Ansichten zu brechen, weil sie nicht mehr zu verteidigen waren?

Meine persönliche Bilanz dieser Jahre erscheint mir jedenfalls heute als positiv. Nichts, das mich traumatisiert hätte, vieles, was ich gelernt habe. Befreiung des Denkens von verschiedenen Konventionen, zumindest eine starke Auflockerung, Gewinnung neuer Perspektiven. Herausforderung zu verschiedenen Fragestellungen – auch wenn ich die Antwort dann in ganz anderer Richtung suchte.

Auf Ihre Frage, wie ich – und nun ganz unabhängig von meinem eigenen engeren Bereich und meinen damaligen Erlebnissen – die Wirkung von 1968 heute beurteile, ist die Antwort viel schwieriger.

Vieles, was man heute gern mit 1968 in Zusammenhang bringt, war längst vorher, auch in der Öffentlichkeit, im Gange. Hochschul- und Schulreform, die ernsthafte Auseinandersetzung mit den namenlosen Untaten der Deutschen während der NS-Ära (die dann 1968 eher instrumentalisiert als weitergetrieben wurde), die Politisierung vieler Schriftsteller und Intellektueller, die zunehmende Kritik an restaurativen Zügen der Bundesrepublik, die geistige Vorbereitung der Ostpolitik der sozialliberalen Koalition (Denkschrift der evangelischen Kirche), ein allmählicher Generationenwechsel durch Aufrücken »unbelasteter Jahrgänge« in wichtige Stellen. Und das hätte sich ohne 1968 gewiß fortgesetzt. Selbst der Wandel des Sexualverhaltens war im Gefolge der Pille längst im Gange.

Trotzdem vermute ich, daß die starken, anhaltenden Unruhen, die damals ausbrachen, einen tiefen Einschnitt in der Geschichte der Bundesrepublik erzeugt haben. Vielleicht konnte nur die Massierung, ja die (insgesamt beschränkte) Gewaltsamkeit der Proteste innerhalb der vielfach verkrusteten Strukturen der Bundesrepublik eine Reihe von Veränderungen so rasch auf den Weg bringen, jedenfalls radikalisierten sie sie. Wobei Verschiedenes zusammenkam: Neben dem Schwung der Bewegung war deutsche Gründlichkeit, Mangel an common sense, nicht zuletzt die tiefe Erschütterung, ja Befleckung des deutschen Herkommens im Spiel. Das ergab besondere Varianten des Generationenkonflikts.

So griff die Unruhe besonders tief, wurden auch die Gegensätze stark und nachhaltig aufgeladen. Man kann sich fragen, ob nur auf diese Weise ein gewisser Nachholbedarf der jungen deutschen Demokratie erfüllt werden konnte. Wieviel aber von den Veränderungen seit 1968 auch im Sinne der Zeit lag (und in den verschiedenen Ländern des Westens so oder so vollzogen wurde), es bleibt gewiß ein Rest, der speziell die Nachwirkung von 1968 ist. Er besteht vor allem in der Radikalisierung der Zweifel an Institutionen und Autoritäten, in der Verschärfung der Parteiungen und im Mentalitätswandel. Übrigens auch in der nachhaltigen Abwendung von der deutschen Geschichte, von Geschichte überhaupt.

Zu den Veränderungen aber, die durch 1968 kräftig vorangetrieben wurden, gehören gewiß ein Liberalisierungsschub, der Ausbau von Partizipation, die Erhöhung der allgemeinen Konflikttoleranz, die Anregung zu Bürgerinitiativen, vielerlei Anstöße zur Entstehung sowie zu den besonderen Eigenarten der Grünen. Und korrespondierend zu den Zweifeln an Institutionen und Konventionen eine Herausforderung zu neuem Nachdenken, zu Antworten auf vielerlei Fragen nach Rechtfertigung, zur Entwicklung neuer Maßstäbe, zum Eindringen von Aufklärung in viele Praktiken, zum Aufstieg auch eines neuen, neu geschulten und für Probleme und Problemwahrnehmung aufgeschlosseneren Personals in Parlament, Regierung, Beamtenschaft, in Vorstandsetagen von Banken und Industrie.

Auf der anderen Seite der Bilanz steht der aus einem kleinen Teil der Bewegung herausgewachsene Terrorismus von links, die Mordanschläge der »RAF« sowie der »roten Zellen«. Der »Marsch durch die Institutionen« hat nicht in jeder Hinsicht ein besseres, aufgeklärteres Personal nach oben gebracht. Dogmatisierung hat in gewissen Zirkeln intellektuell nicht gerade förderlich gewirkt. Und auch der Aufstieg mancher heilsverheißender Sekten, der an sich eine universelle Erscheinung ist, könnte durch die großen Enttäuschungen befördert worden sein, die auf die zu hoch geschraubten Erwartungen der 68er folgten.

Sehr viele Veränderungen, die durch 1968 angestoßen wurden, sind ambivalent. Die Universitätsreform etwa wurde zwar rasch vorangetrieben, aber sie wirkte sich, von einer kurzen Übergangsphase abgesehen, nicht im Sinne derer aus, die sie in Gang gesetzt hatten. Einerseits sahnten Interessengruppen wie die »Mesokraten« viele Gewinne ab, andererseits war im ganzen (übrigens voraussehbar) nicht die Studentenschaft, vor allem nicht die Universität, sondern der Staat der eigentliche Profiteur der Reform.

In den Wissenschaften kamen manche neuen Richtungen zum Zuge, es ergaben sich vielerlei höchst fruchtbare Denkanspannungen und Impulse. Gleichzeitig sind ganze Disziplinen einerseits durch den raschen Sieg der 68er, andererseits durch sture Abwehrreaktionen in ihrer Entwicklung stark geschädigt worden. Viel Kraft wurde durch die nutzlosen Reformdiskussionen absorbiert. Die Bildung von Parteiungen sowohl auf der rechten wie auf der linken Seite, die Abschottung gegeneinander hat sehr zum Unguten gewirkt, ebenso wie Gefälligkeitshabilitationen und -beförderungen, sowohl von vornehmlich rechten als auch von vornehmlich linken Fakultäten, nicht zuletzt die Mischung aus Aggression und Resignation, die manche Maßstäbe zum Einsturz brachte, und die vergleichsweise hohe Zahl der Traumatisierungen. Sie wurden auf einem begrenzten Feld im Historikerstreit von 1986/88 noch einmal manifest. Aber noch heute kann der Name Habermas wie ein Lackmuspapier manches davon offenkundig machen, nicht nur durch die eigene Verfärbung.

Ganz gewiß haben die Schulen durch viele Versuche, den Unterricht auf neue Anforderungen, auch auf mehr Selbständigkeit der Schüler auszurichten, sehr gewonnen. Doch die Frage, ob sie nicht ebensoviel verloren haben, ist nicht leicht von der Hand zu weisen. Viele Kenntnisse wurden gar nicht erst vermittelt (was gerade für Kinder aus wenig »gebildeten« Elternhäusern die Startchancen verschlechterte). Die Verteufelung der »Sekundärtugenden« (welche doch nicht für sich, sondern nur wegen ihrer Verabsolutierung gefährlich geworden waren), auch die von allen Seiten früher oder später angetretene Flucht in einen weitgetriebenen Pluralismus ließen wichtige Ansätze zur Erziehung auf der Strecke bleiben.

Vermutlich war es notwendig, daß sich die westdeutsche Intelligenz einmal wirklich den Lehren von Marx und Engels aussetzte; es hat gewiß manches gebracht. Es hat aber auch dazu geführt, daß man sich von drängenden Fragen der Zeit abwandte, und anderen, etwa der französischen Intelligenz gegenüber, zusätzlich ins Hintertreffen geriet.

Die Bekämpfung des Antikommunismus hatte ihre Vorzüge, indem sie gewisse Verkrampfungen auflöste, auch die Entspannungspolitik intellektuell unterfütterte – aber sie hat zugleich zu einer teilweise geradezu grandiosen Verkennung des östlichen Systems beigetragen.

Die Ambivalenz vieler »Erfolge« von 1968 ist jedoch zugleich die Ambivalenz des Modernisierungsprozesses, der auf weite Strecken hin (wenn auch keineswegs in jeder Hinsicht) durch dieses Ereignis vorangetrieben worden ist. Vieles daran war gewiß unvermeidlich. Sehr vieles aber gehörte auch zur Geschichte speziell der alten Bundesrepublik und gerät seit 1989 zunehmend in ein anderes Licht.

Die intellektuelle Vorherrschaft der Linken während der siebziger Jahre ist aus der Geschichte der Bundesrepublik nicht wegzudenken. Soweit die »Rechten« auch auf geistigem Gebiet in den achtziger Jahren wieder vordrangen, waren sie mindestens zum Teil durch die »Linken« mitbestimmt, indem sie sich von ihnen herausgefordert fühlten. Vielfach freilich gaben sie nur Reprisen zum besten und konzentrierten sich auf Personalpolitik. Daß auf intellektuellem Felde eine rechte Meinungsführerschaft die linke abgelöst hätte, wie immer wieder behauptet worden ist, habe ich nicht bemerkt. Eher hat sich die Mitte in den siebziger und vor allem den achtziger Jahren breitgemacht.

Ich würde auch die Frage stellen wollen, ob nicht zum Ende der alten Bundesrepublik die Differenzen zwischen Habermas und denen, die man der Kürze halber wohl »Bundesspießbürger« nennen könnte, auf ein Minimum geschrumpft waren. Und angesichts des Golfkriegs rückten schließlich sogar der Bundeskanzler und die Friedenskämpfer zusammen. Es gab eine ganze Reihe von Vorgaben für die öffentliche Meinung, die im Sinne der »Linken« liberal bestimmt waren. Selbst im Historikerstreit haben sie sich als die stärkeren

Foto Barbara Klemm

1971: Öffentliche Diskussion mit Ludwig von Friedeburg und Klaus von Dohnanyi über das Hochschulrahmengesetz.

erwiesen. Dies alles wäre ohne 1968 wohl kaum denkbar gewesen. Kurz, bei allen Seichtheiten, Ausblendungen, utopischen Verblasenheiten (etwa dem Versuch, die »elterliche Fremdbestimmung des Kindes« gesetzlich zu verhindern) ergibt sich insgesamt eine erhebliche Bereicherung des gesellschaftlichen Bewußtseins (und Weckung von Bewußtheit für viele Probleme), eine Vergrößerung des Arsenals allgemeiner Diskussion, vielerlei Herausforderung und entsprechend auch die Herausbildung von Fähigkeiten im Gefolge des Protests. Als die westdeutsche Gesellschaft im Laufe der achtziger Jahre zunehmend Vertrauen zu sich selbst gewann, als es ihr gelang, einen Gutteil der 68er zu integrieren und sich mit ihnen auszugleichen, war die Bilanz überwiegend positiv: Der Gewinn an Kräften, an Ausbau und Festigung der Demokratie überstieg die Risiken, Verluste und Nachteile, die dieser Prozeß mit sich brachte (und die, um es zu wiederholen, wohl unvermeidlich gewesen sind).

So hätte man es etwa 1988 – in der alten Bundesrepublik, als die Westdeutschen noch unter sich waren und im Schutz des Eisernen Vorhangs, der Alliierten, der NATO lebten – wohl formuliert.

Heute sieht es sich anders an; und das um so mehr, je weiter die alte Bundesrepublik zurückliegt. Heute nehmen sich ja auch viele der damaligen Auseinandersetzungen wie ein Schattenboxen aus. Und man fragt sich, ob nicht die 1968 auf die Tagesordnung gekommenen Themen manch anderes verdeckt haben, was im Grunde schon damals anstand. Es fragt sich vor allem, ob die Geschichte der Bundesrepublik nicht in vielen Hinsichten in eine Sackgasse geführt hat.

Jedenfalls ist die alte Bundesrepublik inzwischen Geschichte. Die überkommenen Einteilungen zwischen rechts und links sind obsolet geworden, nur noch für Gedächtnisfeiern brauchbar. Die Linien werden neu gezogen. Mit dem vielfältigen Überfluß, der 68 ebenso ermöglicht hat wie die Erfolgsgeschichte der Bundesrepublik im ganzen, ist nicht mehr zu rechnen. Die herkömmliche (NATO)machtgeschützte Harmlosigkeit des Denkens ist nicht mehr angebracht. Auch die in der Bundesrepublik vorherrschende Liberalität erweist sich bei näherem Zusehen als Bequemlichkeit. Und nicht zuletzt beim Gedanken an 68 legt sich die Frage nahe, ob nicht neben allem bewundernswerten Aufbau auch der Abbau bedacht werden muß, den man getrieben hat. Zweifellos in vielem zu Recht. Aber vielleicht doch in manchem zu weitgehend? Etwa der Abbau an »Staatlichkeit«, an diversen Anforderungen auch? Ob nicht die in der Zwischenzeit vielfach umbesetzten, zuletzt weitgehend privatisierten Erwartungen, die gerade durch 68 und dessen Folgen direkt und indirekt aufkamen, so überzogen waren, daß ihre enttäuschende Unerfüllbarkeit uns jetzt zusätzlich in

Ratlosigkeit versetzt? Auch die gedanklichen Spielereien um das Postnationale und die Multikulturalität haben sich vermutlich weit von der Realität entfernt.

Es stellen sich völlig neue Probleme, auf die wir in unserer Schönwetterdemokratie nicht trainiert sind. Man braucht dazu ja nur wenige Stichworte aufzuzählen. Der Verfall der Sowjetunion mit der realen Möglichkeit völlig neuer Bedrohung durch Atomwaffen, Bevölkerungsströme und das heißt auch: durch vielerlei Erpressungen kumuliert sich mit der nach wie vor bestehenden, immer eklatanter werdenden Nord-Süd-Diskrepanz; hinzu kommen die kaum lösbaren wirtschaftlichen und politischen Probleme verschiedener ostmitteleuropäischer Länder, der Jugoslawienkonflikt mit all seinen potentiellen Beispielwirkungen und der bösen Ohnmachtserfahrung EG-Europas. Diese – und andere – Probleme (etwa des Fundamentalismus) sind nicht nur in neuer Weise in Bewegung geraten, sondern sie stehen uns auch unmittelbar ins Haus, zumal in Form millionenfacher Zuwanderung mit all ihren Konsequenzen.

Im Innern ist die lokale Ungleichheit zwischen Ost und West dabei, virulent zu werden; sie könnte den – bisher sozialstaatlich und resignativ abgefederten – Tatbestand der Zweidrittel- (oder Dreiviertel-)Gesellschaft mit viel Dynamik aufladen. Die Jugendunruhen mit ihren fürchterlichen Begleiterscheinungen könnten erste Symptome dafür sein. Die Integration ist um so dringender, als das Land für die Unzahl neuer und alter Bedrohungen und Schwierigkeiten handlungsfähig sein muß – und sie wird durch ebendiese Bedrohungen und Schwierigkeiten zunehmend erschwert, um von der Ökologie und der Abschwächung der Konjunktur samt Strukturschwächen der Wirtschaft gar nicht zu reden.

Nicht nur die Regierung, sondern das ganze Politik-Establishment bietet ein Bild der Hilflosigkeit, daß es einen Hund jammern kann. Ihr Vertrauensdefizit kann kaum nur eine Folge ihrer hoffnungslosen Überforderung sein, vielmehr fragt man sich allmählich, wieviel Vertrauen die ganze Gesellschaft überhaupt noch zu sich selber hat. Große Teile der Intelligenz haben den automatischen Anrufbeantworter eingeschaltet. Die öffentlichen Diskussionen gewinnen ebenso wie die vorwaltenden Ersatzhandlungen den Charakter von Alibis, ob es um den Artikel 16 GG oder um die Festlegung von Einwanderungsquoten (als ob dadurch die Zahl der Wirtschaftsflüchtlinge vermindert werden könnte) geht, ob um das doppelte Bürgerrecht für Ausländer, das in vielen Einzelfällen angebracht wäre, aber angesichts der Millionen von Fällen die Probleme nur verlagert, ob um die Blauhelmeinsätze oder die zwei oder drei Prozent, um die man diesen oder jenen Haushaltsansatz kürzen könnte. Auch die schönen und nötigen, nachgerade aber in ihrer Ritualisierung nur mehr rührenden Lichter-Demonstrationen gegen Fremdenfeindlichkeit gehören in diese Reihe.

In Wirklichkeit stellt sich das Problem der Zuwanderer, der Außenpolitik, des Haushalts in viel weiterem Sinne; es stellt sich derart, daß sich Diskussionen über die Ziele der künftigen deutschen Politik, das Selbstverständnis der deutschen Gesellschaft, über die Möglichkeit und Notwendigkeit von Solidar- und Verantwortungsstrukturen im Land und über das Land hinaus, über eine Neuverteilung von Mitteln und Möglichkeiten im Weltmaßstab aufzwingen.

Denn es sieht nicht danach aus, daß die gegenwärtige Problemkumulation vorübergehend wäre. Ganz im Gegenteil: Es scheint sich in ihr ein neues Stück Geschichte anzukündigen. Das ist hier nicht das Thema. Nur eines ist in diesem Zusammenhang wichtig: Die Entscheidungen, vor die das Land (nicht anders, aber vermutlich wesentlich mehr als andere westliche Länder) schon in absehbarer Zeit gestellt sein wird, werden so eingreifend, so kostenträchtig und folglich so strittig sein, daß seine Handlungsfähigkeit davon abhängt, daß sie in der Breite der Gesellschaft ausgiebig diskutiert und daß dort gewisse grundsätzliche Einverständigungen darüber erzielt werden.

Kurz, die Lage ist so gründlich verwandelt, daß von heute gesehen die alte BRD, je weiter wir uns von ihr entfernen, um so mehr zu einem einzigen Komplex zusammenrückt. Die 68er heben sich daraus kaum sonderlich hervor. Sie haben zuletzt die »repressive Toleranz« des weitgetriebenen Pluralismus genossen, waren von ihren Gegenspielern kaum unterscheidbar. Wenn in der alten BRD eine Spaltung zwischen intellektueller Oberschicht und der übrigen Bevölkerung – oder zwischen Gymnasiasten und Hauptschülern – klaffte, so haben auch daran die verschiedensten Kreise ihren Anteil. In manchem ist die Politik des Bundeskanzlers genauso abgehoben von den Sorgen der »Menschen draußen im Lande« wie diverse Projekte der 68er. Kein Intellektueller auch vermag für die alte BRD (und ihre Auffassungen) so zu sprechen wie der »68er« Habermas.

Inzwischen tendiert die Fähigkeit, auf neue Gedanken auch nur zu hören, in unserer vergammelten Medienlandschaft, Print oder Elektronik, gegen Null. Wir befinden uns mitten in einem Transitorium. Vielleicht ist die in den Medien grassierende pubertäre Albernheit ein Indiz der letzten großen Verweigerung, bevor es intellektuell (und politisch) wieder ernst wird.

Man tut also gut daran, 1993 des Jahres 1968 nicht allzusehr zu gedenken. Man sollte nicht alles mögliche, woran es der alten BRD fehlte, auf 1968 projizieren. Es besteht kein Anlaß für ein »Haltet den Dieb!« Und man sollte sich zu schade sein, Hektors Leiche durch den Sand zu schleifen (zumal, wenn man ihn nicht besiegt hat). Es sind auch nicht speziell die 68er, sondern verschiedene Teile der BRD insgesamt »von der Geschichte abgewählt«. Man sollte deswegen lieber Gegenwart und Zukunft auf die Tagesordnung künftiger Diskussionen setzen.

Visionen werden wohl so bald nicht zu haben sein, es sei denn defensive – denn inzwischen gibt es einiges zu verteidigen, was bisher selbstverständlich schien. Aber es wird wohl über die Problematik einer visionslosen Gesellschaft zu diskutieren sein. Jedenfalls stehen wir nicht mehr am Ende der alten BRD, sondern am Anfang der neuen, nicht mehr am Ende der Bonner, sondern vor dem Anfang der Berliner Demokratie, und in einer völlig neuen Konstellation. Es bedarf eigentlich eines neuen 68, aber was immer dafür vorbereitet ist – intellektuell ist es nichts, weder links noch rechts, noch in der Mitte.

Mit herzlichem Gruß
Ihr Christian Meier

HARTMUT ZWAHR

Nur noch Pausenzeichen von Radio Prag

*Der August 1968 im Tagebuch eines Leipziger Historikers**

14. August

Das *ND* (*Neue Deutschland*) berichtet heute über die Pressekonferenz Ulbricht/Dubček in Karlsbad. Regierungschef Stoph kommentierte den 1. Sekretär in einer Weise, die zeigt, daß er keinen Millimeter Spielraum für seinen eigenen Verstand besitzt, sofern vorhanden. Der Leser staunt, was wir alles besitzen: Die beste aller Welten. Wir haben schon alles. Wenn wir auch das neue Parteistatut schon haben, sind wir unübertroffen. Zwischentitel *ND*: »Wie wir das gemacht haben.« Dann folgt Zitat Ulbricht: »Wir haben eine sozialistische Verfassung für die ganze Periode bis zur Vollendung des Sozialismus. In dieser Verfassung ist die sozialistische Demokratie konsequent verwirklicht (aber nur hier!), und diese sozialistische Demokratie wird weiter im Leben verwirklicht. Genosse Dubček erzählte gestern, bei unserer ersten Besprechung wäre ich erstaunt gewesen, daß in der Tschechoslowakei in der Partei keine geheime Abstimmung gewesen ist. Aber wir kennen das überhaupt nicht anders, bei uns hat es immer geheime Abstimmungen gegeben. Wir kennen das gar nicht anders.«

Sie passen nicht in die beste aller Welten. Es ist zum Weinen. Nur er, Ulbricht, lacht und macht Späße. »... und wünschen Ihnen auch guten Erfolg bei der Entwicklung des sozialistischen Bewußtseins.« (Heiterkeit unter den Journalisten.) Dubček hatte die Lesebrille zwar auf der Nasenspitze sitzen, um etwas Fernsicht zu haben... Doch die Balken bogen sich nicht, und auch bei der Betrachtung der rührenden Abschiedsszenen und der nicht enden wollenden Hochrufe und der Menschenspaliere bogen sie sich nicht. Ulbricht wurde wie ein ungebetener Gast in der Küche abgefertigt. In die gute Stube, nach Prag, ließen ihn die Tschechen nicht ein. Unten, auf der Gohliser Straße, rattern die Straßenbahnen vorbei, alles geht seinen Gang.

* Der folgende Text stammt aus dem Manuskript *Die erfrorenen Flügel der Taube. Tagebuch einer Krise. Die DDR 1968. – Anm. d. Red.*

16. August

Jeder Pole müsse ein Recht auf Kritik haben, ohne Repressalien befürchten zu müssen, soll das Mitglied des Politbüros der PVAP, Gierek, im Fernsehen erklärt haben. Leitet Gomulka die Reform von oben ein?

Das neue KPČ-Statut gelesen, jeden früh ein Stück. Ich werde es mit dem Statut der SED vergleichen, das ich gar nicht kenne, obwohl ich Mitglied bin, seit mich Tells Geschoß traf. Ich habe mir das Statut nie angesehen, weil ich die Praxis des Parteilebens schon als Parteiloser kannte ... Warum drängen denn Tausende junger Menschen in die KPČ, nachdem neue Leute an ihrer Spitze stehen und, was das Wichtigste ist, die Institutionen der Macht der öffentlichen Kontrolle unterstellt werden, die Machtsphären begrenzt und voneinander abgegrenzt werden und dem echten Meinungsstreit, dem ohne verteilte Diskussionsbeiträge, Raum gegeben wird? Solange ich nicht sagen kann, ich bin Genosse, aber den Kirchenabriß* lehne ich aus diesen und diesen Gründen ab, ist das Statut nichts wert. Denn eine solche Äußerung steht nicht im Widerspruch zu den Zielen des Sozialismus, doch sie steht im Gegensatz zu einer stumpfen Politik, die nur die Parole kennt: Maulhalten, jetzt kommt Fröhlich!**

Sie sind doch schon wie Götter. Unerträglich. Noch tausend Jahre so. Sie reden noch wie zu Stalins Zeiten. »Wie *wir* das gemacht haben!« Ganz einfach: Mit Maulhalten. Deshalb werden die eigentlichen Diskussionen nach den Versammlungen geführt, die Politik aber wird nach Beschlüssen gemacht, denen auf diesen Versammlungen zugestimmt wurde. Deshalb gibt es zwischen diesen Beschlüssen und der Masse keine Identifikation, auch wenn die Beschlüsse gut sind. Und die Jugend singt fröhliche Lieder. Das atmet Blütenduft und duftet nach rosarotem Bettenhimmel, wo süße Träume steigen. Träumen sie, oder sollen wir träumen? Nur unser Charakter schrumpft zusammen wie eine Backpflaume. Viele resignieren und werden grau, und sie traben auf die Versammlungen und Anleitungen, wo über die Entfaltung von Sozialismus und Demokratie geredet wird.

20. August

Frau Johne am Bahnschalter in N... West hat zu den Maschinenpistolen tragenden Russen hier und in der Umgebung manche Verbindung. Auf die

* Die Sprengung der Leipziger Universitätskirche am 30. Mai 1968. *Anm. d. Red.*
** Mitglied des Politbüros und 1. Sekretär der SED-Bezirksleitung Leipzig. *Anm. d. Red.*

Frage, wann sie abziehen, antwortete ein Russe: Nach Chchause, wenn Tschechen bravvv sind.

21. August

Früh sechs Uhr meldet der Rundfunk: Der Einmarsch in der ČSSR ist erfolgt. Die Folgen sind unausdenkbar. Kein Schuß ist gefallen. Jetzt kommt Hager ganz groß raus. Jetzt geht es uns schlecht. »Die sowjetischen, bulgarischen, polnischen und DDR-Truppen geben ein leuchtendes Beispiel proletarischen Internationalismus.« – »Die sozialdemokratische Losung eines demokratischen Sozialismus.« Erklärung an alle Bürger der DDR. »Die Völker der ČSSR sind von prinzipienlosen Politikern in große Gefahr gebracht worden«, heißt es. »Der Einmarsch der Truppen erfolgte auf Wunsch der dem Sozialismus treu ergebenen Menschen in Partei und Gesellschaft der ČSSR.« Das andere kann in der Zeitung nachgelesen werden. Der Prager Rundfunk brachte eben eine Meldung, daß die Besetzung allem internationalen Recht widerspricht. Jetzt sendet Radio DDR auf dieser Welle. Der Ruf nach einem tschechoslowakischen Kadar hatte seinen tieferen Sinn. Vorgestern noch auf der Schießgasse in Dresden hatte ich das Visum für A. geholt. Ein Gang, lang wie eine Kegelbahn, voller Menschen. Wallfahrt in die ČSSR, die meisten Antragsteller unter 35 Jahre. Innerhalb einer halben Stunde wurden mindestens einhundert Mann abgefertigt. Bis Reisegelegenheiten gegeben sind, sollen Bürger der DDR in der ČSSR und Bürger der ČSSR in der DDR an ihrem Reiseort verbleiben. Bis Reisemöglichkeiten gegeben sind: Am Sonnabend sollte unsere Fahrt nach Karlsbad und Eger beginnen, am 9. September unsere Fahrt ins Riesengebirge.

Marschmusik auf Radio DDR.

Ein Festtag für unser Politbüro.

Gestern 11.00 noch telefonische Gewerkschaftsanleitung. Die Durchsage: Wir gehen unseren Weg konsequent weiter. Mit Bratislava sei eine neue Lage entstanden, die Zusammenarbeit erfolge wieder auf der Grundlage eines marxistisch-leninistischen Dokuments.

Ich hatte an der Anleitung am Montag nicht teilgenommen und deshalb die UGL angerufen. Die Anleitung »atmetete noch den Geist« von Karlsbad. Kommando zurück. Nach den Staatsbesuchen glaubte die Führung der KPČ, gesiegt zu haben. Dabei stand alles auf des Messers Schneide. Jetzt werden die Kräfte von gestern aufräumen, auch hier bei uns. Wie nach Ungarn gehen wir einer Periode größter Betriebsamkeit und verschärften Drucks entgegen. Neun

Uhr habe ich Parteigruppe. Der Zerfall des sozialistischen Lagers in seiner gegenwärtigen Gestalt nimmt seinen Fortgang. Die Verfasser des Briefes können das tschechoslowakische Experiment abbrechen. Seine Wirkung war und ist viel größer als seine Lebensdauer. Es werden einige Jahre vergehen, und dieser Vorgang wird sich wiederholen, es sei denn, die Briefschreiber leiten die Reformen selbst ein. Noch ist die Lage unübersichtlich. Was wird von dem bleiben, was die Tschechen und Slowaken hatten, welche Leute werden bleiben?

Rundfunkstationen aus Bratislava senden. Auch Banska Bystrica. Unterstützung für die legalen Vertreter von Partei und Regierung. Keine Provokationen! Solidaritätsbekundungen aus... (so schnell konnte ich nicht schreiben). Rada ONW Pardubice.

Das Haus des ZK ist von sowjetischen Truppen besetzt. Der tschechoslowakische Rundfunk ist Sprecher der legalen Kräfte. »Bewahren wir Ruhe und Nerven in diesen schweren Stunden.«

Solidarität aus Ostrava.

Die Organisation der Nationalen Front ruft auf...

Aufruf, teilweise slowakisch, teils tschechisch. An die Prager, die sich in der Stadt versammelt haben. Klid a rozvahu sou v tento okamžiku naše ne juětše zbraně.

Auseinandergehen!

Anrufe: Wir hoffen, daß ihr noch lange senden könnt. Die im Studio antworten: Das hoffen wir auch.

Es werden Resolutionen verlesen. Für Svoboda, Dubček. Naše probleme se řešime sami. Ich nehme nur Bruchstücke auf. Telefonate mit Solidaritätsbekundern.

Noch einmal bitten wir: Njestavte barikáde. Baut keine Barrikaden! Prosime znova a znova: chovate klid. Wir bitten nochmals und immer wieder: Bewahrt Ruhe!

Jetzt, nach der Okkupation, gibt es keine andere Wahl. Der Bund der antifaschistischen Kämpfer und der Frauenbund (zwjazk žen) rufen zu maximaler Ruhe und rozwahu auf. Laßt euch nicht provozieren!

Sabine K. blieb in Berlin, auch nach Karlsbad. Das war ein schlechtes Zeichen.

Immer wieder: Wir stehen hinter der legalen Regierung: Svoboda, Černík, Dubček, Smrkovský.

Die Panzer nähern sich! Mit dieser Meldung wird das bevorstehende Ende der Sendungen angekündigt. Aufruf zu passiver Resistenz. »Es ist das unser Land!« »Nicht provozieren lassen!«

Pausenzeichen.

Harfentöne.

Die Sendungen gehen weiter. Der tapfere Sprecher setzt, sich ab und zu versprechend, seine Sendung fort und verliest Solidaritätserklärungen für die legale Regierung, kaum daß er Luft holt.

Jetzt, eine neue Stimme, ein Slowake.

Immer wieder Bekundung von Solidarität ...

Wieder die Pausenzeichen.

»Wir haben einen vzkaz von Dubček aus dem Gebäude des ZK.

Ruhe bewahren!«

Noch ist der Rundfunk w pravých rukach, in den richtigen Händen.

Telegramme werden verlesen, in denen die unverzügliche Einberufung des außerordentlichen Parteitages verlangt wird. In der Nähe des Rundfunkgebäudes sind sowjetische Panzer aufgefahren und Soldaten, mit denen die Bürger diskutieren. Es sind Stimmen zu hören hinter der Stimme des Sprechers ... Die Frauenstimme meldet, daß das Gebäude des Rundfunks kurz vor der Besetzung steht. Es gibt noch Hoffnung, daß die Regierung wieder zurückkehrt.

»Dieses Land ist unser Land.«

Musik.

Smetana.

Liebe Zuhörer, noch haben wir die Möglichkeit zu senden. Der Rundfunk ist umstellt. Die Einwohner diskutieren mit den Soldaten. Noch haben wir die Möglichkeit zu senden.

Mit belegter Stimme ...

Weitere Solidaritätsbekundungen werden verlesen.

Es ist zwanzig nach sieben.

Eine Frau unterbricht den Sprecher: Motorisierte Einheiten stehen vor dem Gebäude des Rundfunks.

Hunderte von Resolutionen sind eingetroffen, die das Vorgehen der Warschauer Truppen ablehnen. Erinnert euch, heißt es, an das, was wir jetzt gesagt haben. Hunderte Solidaritätserklärungen für Dubček, Svoboda.

Wieder Musik.

Es geht offenbar zu Ende.

Der Sprecher sagt noch: Es sprechen die, die auch in den letzten Tagen zu den Bürgern der ČSSR gesprochen haben. Die Mitteilung, Císař soll an einen unbekannten Ort gebracht worden sein.

Stimme: Semifinale.

Keine Gegenaktionen!

Begreift, Aktionen haben keinen Sinn! Das ist kein Kapitulantentum!

Andere Formen des Kampfes wählen!

Blutvergießen vermeiden.

Musik.

Die Erklärung von Dubček: Aufruf zu Ruhe.

Smetana.

Musik bricht plötzlich ab.

Nichts mehr.

Aus.

8.30.

Es kommt nichts mehr.

Aus.

Radio DDR. Bei uns Erklärungen. Die Gruppe um Dubček hat den Rechtsruck verstärkt. Sie heuchelte öffentlich Zustimmung, verheimlichte die Ergebnisse von Čierna vor Partei und Volk.

Hier ist die Rundfunkstation Vltava.

Hlasi se rozhlasova stanica Vltava. Die Errungenschaften des Sozialismus sind bedroht. Eine harte Stimme. Aufruf an die Soldaten, an die Mitglieder der KPČ. Glaubt nicht den Provokateuren, heißt es, das Militär wird abziehen, wenn die reaktionären Kräfte beseitigt sind.

Schlagworte.

Schlagworte.

Es ist die Stimme der Gegenseite.

Hlasi se rozhlasova stanica Vltava.

Der Prager Sender nahm auf Vltava Bezug, in welchem Zusammenhang ist mir entgangen. Vltava ist der Sender der Okkupanten. Eine gemeinsame Erklärung wird verlesen. Dem Sinne nach: Das sozialistische Vaterland ist in Gefahr!

Die Sendungen im Prager Sender gehen weiter.

Wer sendet? Ich kann es nicht sogleich erkennen. Offenbar sind es noch die Sprecher der legalen Regierung. Jawohl. Wieder Solidaritätserklärungen. Im Hintergrund Stimmen. Musik. Vom Tonband eine Erklärung eines Vertreters der Nationalversammlung für die legale Regierung.

Rudé právo ist in erhöhter Auflage erschienen. Darin die Erklärung von Partei und Regierung zur Lage.

Die Okkupationstruppen haben noch keinen Zutritt zum Rundfunkgebäude. Es ist mit Autos verbarrikadiert, mit Lastwagen.

Leute rufen: Dubček.

Wir schließen uns an!

Letzte Worte, die sie von uns hören.

Sie dringen ein.

Ihr hört die Schüsse.

Eine Männer- und eine Frauenstimme.

Eine Frauenstimme: Chceme socialismus, abo lidski socialismus. Wir wollen Sozialismus, aber einen menschenwürdigen Sozialismus.

Die Wahrheit wird siegen.

Es ertönt die Hymne. Erst die tschechische, jetzt die slowakische.

Ende.

Pausenzeichen.

Wieder eine Stimme.

Was vor sich geht, hört ihr.

Wieder der Aufruf zur Besonnenheit.

Keine Barrikaden!

...

Der Lärm wird lauter.

Schüsse.

Ein Höllenlärm.

Das Ende der Sendungen wird angekündigt.

Vor dem Rundfunk zieht Militär vorbei. Die Stimme spricht weiter: Unsere einzige Chance ist, Blutvergießen zu verhindern. Zachovajte maximalni klid! Bewahrt maximale Ruhe!

Das Präsidium der Nationalversammlung fordert den Abzug der Truppen.

Die sowjetischen Soldaten schießen in die Luft, die Menschen rufen Dubček.

Pfui.

Der Sprecher ist kaum noch zu verstehen. Das Černinsche Palais ist eingeschlossen.

Pausenzeichen.

Acht Uhr.

Aus.

Kein Wort mehr.

Nur das Pausenzeichen: Harfenklänge.

D-Funk:

Die militärische Operation begann kurz vor Mitternacht. Das Präsidium der KPČ ruft zur Besonnenheit auf. Regierung, Nationalversammlung und Parteipräsidium sind zu Sondersitzungen einberufen worden.

Radio Prag: Noch immer das Pausenzeichen.

Reaktionen in der Welt: Die Tragödie der »tschechoslowakischen Nation«. Regierungssondersitzung in Bukarest.

Fünf nach acht. Noch immer das Pausenzeichen von Radio Prag.

Das wird das Ende von Havemann sein, das Ende des »Tagebuch« bei uns.

Bei uns: Es lebe das Bündnis DDR-ČSSR – es lebe...! Berlin, 21. 8. 68, Zentralkomitee usw. TASS-Erklärung und Aufruf unserer Organe werden verlesen.

8.30. D-Funk: Das ganze Land ist besetzt. Vor zwanzig Minuten habe das Präsidium der N(ational)V(ersammlung) den Abzug der Truppen gefordert. Wiedergabe der Vorgänge im Prager Rundfunkgebäude bis zum Abspielen der Hymne.

8.40. Ich muß zur Parteigruppe. Noch immer Pausenzeichen von Radio Prag.

Frau Schade erzählte gestern: Riesige Düsenjägerstaffeln über Leipzig, wie sie noch nie welche gesehen hatte, nachmittags 16.30, am 20. 8. 68, in Richtung Norden.

Parteigruppe.

Es gab Zusicherungen der KPČ in Čierna: Wiederherstellung des demokratischen Zentralismus in der Partei und des Einflusses der Partei im Staat.

Personelle Garantien. Unsere Erklärungen in der Presse der letzten Tage ließen erkennen, daß diese Garantien nur unvollkommen gegeben worden sind. Beim Verwaltungsleiter, Kollegen Wohlfeil, wurde die Erklärung abgehört.

Münzer: Die rechten Kräfte in Staat und Regierung haben geheuchelt. Seit dem 20. sind die revolutionären Kräfte offen gegen die konterrevolutionären Kräfte aufgetreten. Der Aufruf von Bratislava war dafür nicht unwichtig. Es wurde Hilfe zugesagt, das war für die progressiven Kräfte in der ČSSR eine Unterstützung. (Ich habe geschwiegen und geschrieben.)

Völkerrechtlich sei der Einmarsch eine sehr komplizierte Angelegenheit. Denn das Eingreifen setzte ein Hilfeersuchen voraus. Wir werden in nächster Zeit mit einer Flut von Lügen konfrontiert werden, sagt er. Grundpositionen sind: Die Imperialisten haben nie davor zurückgeschreckt, da... (Er steigerte sich in ein Sprechtempo, dem ich nicht folgen konnte.) Das Eingreifen war eine wichtige Maßnahme, um einen internationalen Konflikt zu verhindern. Es war bereits zu einer engen Verbindung zwischen innerer und äußerer Konterrevolution gekommen. Wir werden in den nächsten Tagen mehr hören. Die »Fünf« haben viel Geduld bewiesen... Die militärische Hilfe des Warschauer Paktsystems hat der imperialistischen Globalstrategie die europäische Trumpfkarte aus der Hand geschlagen. Wirtschaftliche Hilfe wird jetzt nötig. Die marxistisch-leninistischen Kräfte wurden als die rechtmäßigen politischen Kräfte des Landes betrachtet. Die Erklärung von heute früh.

Dietmar Boden: Die Entwicklung in der ČSSR betrifft auch unsere Lebensinteressen. Die Konterrevolution ist dabei, die Verfassung zu brechen. Eingreifen ist rechtmäßig. Die Resolution der 99 Arbeiter und die Kampagne gegen sie zeigen, was sich in der ČSSR ereignet.

Renate Kaminski sagt: Die Schlägermaßnahmen in der ČSSR haben unser Eingreifen erfordert.

Boden: In der Diskussion (er meint draußen, mit den Studenten) unterstreichen, daß hier keine Völkerrechtsverletzung vorliegt, sondern internationalistische Hilfe. Jetzt verwirklichen wir Bratislava. Jetzt müssen die westlichen kommunistischen Parteien bekennen. Jetzt geht es um Grundpositionen. Wir sind Historiker!

Er schließt: Ich bin optimistisch!

Bis Mittag müssen die Genossen im Hause bleiben.

Karl danach zu mir: Bist du auch so optimistisch? Wir hatten wieder einmal geschwiegen.

[Erhalten am 21. 8. 68, mittags, abgezogen unter der Nummer 1209/68.]
Rundspruch des Rektors an alle Fakultäts- und Institutsleitungen!

Die staatlichen Leitungen an der KMU sorgen dafür, daß abgestimmt mit den Maßnahmen der Partei und Gewerkschaftsleitungen sofort Gemeinschaftsempfänge organisiert werden, um die Erklärung von TASS und den Aufruf des Zentralkomitees der SED, des Staatsrates und des Ministerrates zur Kenntnis zu nehmen.

Im Anschluß daran werden über den Inhalt der Erklärung Diskussionen geführt. Dabei ist herauszuarbeiten, daß die Maßnahmen dem Schutze der Errungenschaften der Werktätigen der ČSSR und dem Schutze der sozialistischen Staaten dienen. Es sind Vergleiche zu den Ereignissen in Ungarn 1956 zu ziehen und zu erklären, daß es sich bei diesen Maßnahmen um keine Einmischung, keinen Eingriff in die Souveränität eines sozialistischen Staates handelt, sondern daß es sich um Konsequenzen aus der internationalen Solidarität zwischen den sozialistischen Staaten handelt. Die Diskussion soll zum Ausdruck bringen, daß die Angehörigen unserer Universität hinter den Maßnahmen unserer Partei- und Staatsführung, der Sowjetunion und der anderen sozialistischen Staaten stehen und daß wir froh darüber sind, daß die Erklärung von Bratislava auch in einer so gespannten Situation konsequent verwirklicht wurde und daß die sozialistischen Staaten ihre eingegangenen Verpflichtungen rasch realisieren. Die Diskussion sollte weiterhin einmünden in die Zuversicht für die weitere Entwicklung des sozialistischen Lagers und in Überlegungen, wie unsere Republik auch in Vorbereitung zum 20. Jahrestag allseitig gefestigt werden kann.

Es ist Wert darauf zu legen, daß die Angehörigen der Universität die Maßnahmen mit Ruhe und Vertrauen aufnehmen. Die staatlichen Leitungen sollten jederzeit erreichbar sein. Alle staatlichen Leiter haben sich intensiv um die weitere Diskussion in ihrem Bereich zu bemühen. Besondere Ereignisse und Schwierigkeiten in der politisch-ideologischen Arbeit sind sofort an das Rektorat zu melden. Es muß gesichert werden, daß die Diskussion mit den Studenten in den Sommerlagern und Aufbauzentren durch Angehörige des Lehrkörpers geführt wird.
F.d.R./Gre.
1209/68

VIKTOR JEROFEJEW

Der Anblick einer Staatsmacht mit vollen Hosen ist angenehmer als jeder bequeme Sessel

Beunruhigt stelle ich fest, daß die Erinnerungen an 1968 bei mir eher träge Empfindungen auslösen. Eigentlich sollte das anders sein. Darf ich meine Reaktion so banal wie möglich auf den »Lauf der Zeit« und die Tatsache schieben, daß jenes Jahr schon lange zurückliegt? Die 1968 geboren wurden, sind verheiratet, haben Kinder, sind geschieden, haben Abtreibungen hinter sich, einige sind in den verschiedenen lokalen Kriegen umgekommen.

Ihr Leben unterscheidet sich nicht so sehr vom Leben ihrer Eltern, die vor einem Vierteljahrhundert in Europa den Aufstand geprobt, inzwischen Bauch angesetzt haben und sich auf jugendlich trimmen, als daß man das 68er Jahr für den Beginn der »permanenten Revolution« halten könnte. Wenn man über jene Zeit nachdenkt, drängen sich eher andere Assoziationen auf: Kreis, Zyklus, Wiederholung und Irrtum. Der Begriff der Generation ist relativ und unbedeutend, die massenhaften Rettungsversuche wirken lächerlich, und der eingefahrene Weg ist tiefer als der Umweg. Darauf kann man mit Demut oder Empörung reagieren, ganz egal – jede Reaktion fügt sich ebenfalls in den eingefahrenen Weg ein.

All das ist um so merkwürdiger, als ich das Jahr 1968 dreimal erlebt habe: im März, im Mai und im August, und das mit einer Intensität, die Wunden und Narben einschließt.

Im März wurden die Warschauer Studenten zusammengeschlagen, und ich habe sehr mit ihnen gelitten. Die Miliz trieb sie in eine enge Straße und prügelte mit Knüppeln auf sie ein. Dieser Widerstand, der durch das Verbot eines patriotischen Theaterstücks von Mickiewicz ausgelöst worden war, ließ die verderbte Staatsmacht in einem dummen Licht erscheinen und die Studenten als Helden. Einer von ihnen, der damals alles verloren hatte und durch den Teufelskreis der Gefängnisse gegangen war, fand sich auf dem Senatorensessel wieder; er verteidigt mit derselben Energie das, was damals den Sieg davongetragen hat. Aber Milizknüppel sind interessanter als Sieg und Debatten, und der Anblick einer Staatsmacht mit vollen Hosen ist angenehmer als jeder bequeme Sessel. Wahrscheinlich erschöpft sich das Ziel wie bei einem Kinderspiel, wenn es erreicht ist. Die Anspannung ist wichtiger als die Entspannung. Die

Geschichte der Despotie ist schön in ihrer Konzentration von Macht, Hofzeremoniell und Gefährlichkeit. Der Spott darüber, gekleidet in eine ästhetisch adäquate Form, erzeugt den süßen Schauer der Vorahnung auf ein großes Werk, sei es in Gestalt des Schicksals oder auch in Gestalt von Kunst. Alles übrige hat eher mit Entropie, mit unter Qualen verpuffender Energie zu tun, und die geschärften Ohren des an despotische Zustände angepaßten Zuhörers werden nie wieder gespitzt sein. Das Böse ist trotz allem ein gediegenes Material für das Drama, und das Leben rächt sich, wenn es sich nicht in dieses Genre einfügt.

Zu Paris hatte ich um so mehr eine ästhetische Beziehung, als sich von meiner wunderbar fernen Beobachterposition aus die dortigen politischen Emotionen wie Lappalien ausnahmen. Ich sehe mit Erstaunen die häßliche Gestalt Sartres vor mir, und mir wird klar, daß wir bereits in einem neuen Jahrhundert leben. Letzten Endes war dies eine Revolution der Sitten, die über Jahrhunderte hinweg gereift war und zu einer echten Katharsis der europäischen Geschichte wurde. Sie war wie eine kosmetische Operation; wenn man sie unterläßt, kann man an Hautkrebs sterben, und wenn man sie durchführt, hat man morgen schon vergessen, welcher Gefahr man sich ausgesetzt hat.

Der erfolgreiche Versuch, Form und Inhalt zu verbinden, würde ich sagen, ist eine tief ästhetische Angelegenheit, obwohl der Inhalt, wenn man genauer hinschaut, in einem Maße an Sinn verloren hatte, daß die Wahl einer ihm angemessenen Form wie etwa Comics oder Maoismus sich nicht als Befreiung, sondern als Desavouierung ausnahm. Der Triumph der Desakralisierung, der in dieser Rebellion zum Ausdruck kam, desakralisierte letzten Endes auch die Rebellion selbst, indem er in der Folge solche Urgeister wie Eitelkeit, Wollust und Todesangst aus der Flasche entließ.

Ich sehe mich als Studenten an der Universität beim Lesen tschechischer Zeitungen, obwohl ich kein Tschechisch kann und eine Abneigung gegen diese Sprache habe. Damals aber las ich den ganzen Frühling hindurch Silbe für Silbe all ihre zweitausend Wörter. Natürlich waren sie dem Untergang geweiht, aber man mochte einfach nicht ganz glauben, daß der Soldat mit seinen vielen starken Armen von den Gemüsedepots (in Moskau arbeiteten Studenten und Soldaten gemeinsam auf den Gemüsedepots, um die Hauptstadt mit verfaulten Feldfrüchten zu versorgen) wirklich kommen und aus all dem Sauerkohl machen würde. Als es dann passierte, empfand ich eine so tiefe Enttäuschung über mein Land, daß es keine Mühe mehr machte, sie in ein künstlerisches Problem zu verwandeln. Das war natürlich ein Glücksfall, aus dem sich lange Zeit schöpfen ließ. Und sich dessen mit Trägheit zu erinnern, ist, wie ich meine, einigermaßen undankbar.

[Aus dem Russischen von Beate Rausch]

IRINA GRIWNINA

Erinnerungen an Jan Palach

»Frohe Kunde in aller Munde:
Gerettet die Ehre der Tschechei!«
Marina Zwetajewa, ›An die Tschechei‹

Jan Palach – in den letzten Tagen des Januar 1969 hörte ich zum ersten Mal seinen Namen. Tragisch, feierlich, markant – wie ein Paukenschlag beschloß er die Symphonie des Jahres 1968.

1968 – das nun lang vergangene, geschichtsträchtige Jahr des Prager Frühlings.

Eingeleitet wurde es von einem ungestümen, fröhlichen Windstoß aus Prag, dessen schwache Ausläufer wir in unserer tiefen Moskauer Provinz mehr ahnten als am eigenen Leibe verspürten. Die frische Brise transportierte den Gedanken der Freiheit. Die Idee eines »Sozialismus mit menschlichem Gesicht« erschien uns vital und attraktiv wie der intelligente, männlich wirkende und junge Dubček, der in unserer Jugend für viele von uns einen wiedererstandenen John F. Kennedy verkörperte.

Wir informierten uns über verbotene Radiosender, die manchmal wie durch ein Wunder bis zu uns durchdrangen, und beneideten unsere tschechischen Altersgenossen glühend um literarische Klubs, Pressefreiheit und Demonstrationen.

Einige Monate lebte die Moskauer Intelligenzija wie berauscht und der Realität entrissen. Nicht nur naive Jugendliche wie wir, sondern auch abgeklärte Erwachsene schwelgten in der Hoffnung auf eine »Veränderung zum Besseren« und hielten ein Scheitern des tschechischen Experiments für ausgeschlossen. Sie waren überzeugt, daß die Weltöffentlichkeit eine militärische Intervention Breschnews in Prag nicht hinnehmen würde, und einige glaubten sogar, er selbst sei der Urheber des Prager Frühlings gewesen: Er habe ihn in die Wege geleitet, um zu prüfen, wie sich ein »Sozialismus mit menschlichem Gesicht« in der Praxis bewährte.

»Andere sozialistische Länder werden dem Beispiel der Tschechoslowakei folgen«, war ihre Berechnung, »und mit der Zeit wird auch unsere Sowjetunion an die Reihe kommen ...«

Man steigerte sich nach solchen Gesprächen in die Überzeugung hinein, daß schon bald ein frisches Frühlingsgewitter über Moskau hinwegfegen und blühende Rosenranken die Kremlmauern überziehen würden. Man sah die Auflassung der Lager, die Reise- und Meinungsfreiheit, die Freiheit in der Welt der Literatur, des Films und des Theaters und den Zugang zu grundlegenden, lange entbehrten Menschenrechten in Greifweite. Die Möglichkeit einer gewaltsamen Wendung zog niemand ernsthaft in Betracht – sogar noch zu einem Zeitpunkt, als bereits martialische Drohungen des Warschauer Pakts an die ČSSR aus der *Prawda* tönten: »Die erforderlichen Maßnahmen werden ergriffen... Der Reaktion muß der Weg abgeschnitten werden... Ihr könnt auf unsere Hilfe rechnen...«

In der morgendlichen Kühle des 21. August führte mich mein Weg an einem jener Kästen vorbei, wo in Moskau die Tageszeitungen aushängen. Fett und in trauerndem Schwarz stach mir die Überschrift mit dem Untertitel »Erklärung der TASS« von weitem ins Auge.

»Die Zuspitzung der Lage in der Tschechoslowakei...«, las ich, »die vitalen Interessen der UdSSR... im Interesse der Sicherheit... Bedrohung für das sozialistische System... Bedrohung für den Frieden in Europa...«

Und dann, wenige Zeilen weiter, gewann ich letzte Klarheit: »Am 21. August haben die sowjetischen Truppen die Tschechoslowakei besetzt...«

Der sowjetische Einmarsch zerstörte meinen Kindheitstraum, einmal die Tschechoslowakei zu sehen.

Seit meiner Kindheit war sie mein Traumbild gewesen. Ich hatte tschechische Märchen und die Werke tschechischer Schriftsteller gelesen und in der internationalen Buchhandlung Druschba (Freundschaft) ein tschechisch-russisches Wörterbuch und einen Tschechischkurs erstanden, um die Sprache zu lernen – sie erwies sich übrigens als verflixt schwer.

Ach, einmal nach Prag fahren und mit eigenen Augen den Ritter aus Marina Zwetajewas Gedichten zu sehen, der seine schützende Hand über die Stadt hält... Oder die Silhouette des Hradschin über der Moldau... Oder die Prager Oper, in der Mozart einmal dirigiert hat...

Stundenlang konnte ich das Panoramafoto von Prag – ein Geschenk von Freunden, die meine »heimliche Leidenschaft« kannten – betrachten und mir vorstellen, wie ich durch die krummen Altstadtgäßchen schlenderte, die von Häusern mit roten Ziegeldächern gesäumt wurden.

Doch wie hätte ich nach jenen Ereignissen den Menschen noch ins Gesicht blicken können? Wie hätte ich sie auf russisch ansprechen und auf die Frage nach meiner Herkunft antworten können: Aus Moskau?

Am Abend des 21. August suchten wir geduldig die ganze Frequenzskala unseres altertümlichen Radios nach einem westlichen Sender ab und fühlten uns als kleine Helden bei dieser verbotenen Tätigkeit – in unseren vier Wänden abgeschirmt vor der Großstadt Moskau, dem Herz des unbesiegbaren, sowjetischen Imperiums. A priori fühlten wir uns als stolze Opponenten zu den Leserbriefen, die vom nächsten Tag an in den Zeitungen erscheinen würden und in denen das Vorgehen der Regierung lauthals unterstützt werden würde. Doch leider konnten wir den Beweis für unser Heldentum nicht erbringen: Ein gleichmäßiger Brummton, gegen den keine menschliche Stimme ankam, beherrschte den gesamten Kurzwellenbereich. Die Störsender übertönten alles – von den russisch- und englischsprachigen BBC-Sendungen über die Stimme Amerikas und die Deutsche Welle bis hin zu Radio Vatikan, Frankreich und sogar China.

Auch von meinen Bekannten erhielt ich am Telefon nur spärliche und unbefriedigende Auskünfte, denn alle hatten Angst, abgehört zu werden, und machten nur vage Aussagen. Ich bekam lediglich heraus, daß die Nationalregierung in Prag offensichtlich nicht mehr existierte und daß sich die Armee, die keinen Befehl zum Widerstand erhalten hatte, kampflos ergeben hatte.

Indirekt bestätigten die Meldungen der *Prawda* am nächsten Tag diese Information:

»Am frühen Morgen des 21. August rief der tschechische Rundfunk zu Kundgebungen auf dem Altstädter Ring und vor dem Gebäude des ZK der Kommunistischen Partei in Prag auf, zu denen große Menschenmassen strömten. Die sowjetischen Truppen sahen sich gezwungen, diese und weitere Bezirke unter ihre Kontrolle zu nehmen …«

Abends ließ ich den dünnen schwarzen Strich wieder lange Zeit ergebnislos über die Frequenzskala des Radios wandern, bis ich zu meinem Erstaunen auf einen kaum gestörten slawischen Sender stieß. Zwar war es kein Ukrainisch oder Polnisch, doch mit einiger Mühe verstand ich immerhin so viel, daß die Regierung der Tschechoslowakei heimlich mit unbekanntem Ziel aus Prag verschleppt worden war …

Nach den Nachrichten ertönte das Sendersignal, und eine angenehme Frauenstimme verkündete: »Hier Radio Belgrad!«

Von nun an bildeten Nachrichtensendungen in serbischer Sprache unsere Informationsquelle über die laufenden Ereignisse in Prag und das Kontrastprogramm zu den offiziellen Zeitungen. Wenn diese verkündeten, daß »die aufrührerischen Appelle in Rundfunk und Fernsehen ihre Wirkung gezeigt haben und es zu vereinzelten Zusammenstößen auf dem Altstädter Ring gekommen ist, wo die sowjetischen Soldaten und Offiziere regelrecht im Belagerungszustand stehen«, so kommentierte Radio Belgrad ausführlich die tatsächlichen Geschehnisse. Wir erfuhren auf diese Weise, daß viele Journalisten und die Mitarbeiter des Prager Fernsehens verhaftet worden waren. Man hatte sie auf die Straße getrieben und vierzig Minuten mit angelegten Maschinengewehren in Todesangst gehalten. Außerdem war auf dem Altstädter Ring ein Jugendlicher, der den Begrenzungsstreifen auf dem Pflaster übertreten hatte, von einem sowjetischen Soldaten erschossen worden, und seitdem brachten die Prager Blumen zu der Stelle, an der sein Leichnam gelegen hatte. In meinen Augen waren solche Beweise von Zivilcourage und Insubordination kleine Hoffnungszeichen – sie galten mir als Versuche, die *Ehre der Tschechei* zu retten.

Zu diesen Aktionen zählt auch die Demonstration auf dem Roten Platz in Moskau, über die Radio Belgrad am 25. August informierte. In dieser ersten Meldung wurden – wenn ich mich richtig erinnere – die Namen der Demonstranten nicht genannt, und sie waren auch nicht das Entscheidende. Es ging vielmehr um das Engagement selbst, den prompten Widerstand, der die bereits publizierten bzw. noch ihrer Veröffentlichung harrenden »Briefe empörter Bürger« konterkarierte, aus denen ich zur Erinnerung einige Zitate anführe:

»Alle Werktätigen sind überzeugt, daß die sowjetische Regierung die richtige Entscheidung getroffen hat...«

»... wir befürworten den Einmarsch...«

»... wir erklären uns mit der Partei und ihrem Zentralkomitee, den Statthaltern der Ideen Lenins, solidarisch...«

Und schließlich – die Apotheose der Lüge:

»1945 haben wir der Tschechoslowakei brüderliche Hilfe geleistet, als eine tödliche Bedrohung über Prag hing. Auch jetzt sind wir bereit, alles, was in unserer Macht steht, für das Land zu tun...«

Ich fuhr auf den Roten Platz, um mir darüber klarzuwerden, ob ich es fertiggebracht hätte, an der Demonstration teilzunehmen. Oder hätte die Angst gesiegt? Ich versuchte mir vorzustellen, daß ich zum Denkmal an der ehemaligen Richtstätte ging, unter dem Mantel ein Plakat hervorzog und es entrollte. Wie Menschen auf mich zuliefen, mir das Plakat entrissen, mich festhielten, mich gegen meinen Willen abführten. Das Widerstreben gegen die Berührung der fremden Hände, die ohnmächtige Empfindung absoluter Hilflosigkeit. Nein, ich hätte es nicht gekonnt.

Und doch geschah ebendies ganz real all jenen, die auf den Platz gegangen waren. Sicher hatte manche ebenfalls im letzten Moment die Angst gepackt, doch sie setzten sich darüber hinweg und nahmen hin, daß man sie zusammenschlug, ihnen die Arme auf den Rücken drehte und sie zu Boden zwang.

Wenige Tage danach begann in den Hochschulen das Semester, und überall wurden verspätete Versammlungen abgehalten und die Teilnehmer aufgefordert, der Reihe nach Solidaritätserklärungen mit unserer geliebten sowjetischen

Regierung abzugeben und die Besetzung Prags mit Panzern zu billigen. Ich weiß nicht, welchen Lauf mein Schicksal genommen hätte, wäre ich auf eine jener Versammlungen geraten. Hier brauchte der Protest gar nicht soweit zu gehen, Plakate mit vollmundigen Appellen vor sich herzutragen. Es genügte, daß man demonstrativ »dagegen« stimmte oder auch nur den Raum verließ und dabei die Tür hinter sich zuknallte – schon war man vom Institut geflogen und konnte den Gedanken an ein Hochschulstudium ein für allemal abschreiben. Trotzdem war dies immer noch besser, als den Einmarsch schweigend hinzunehmen – oder »dafür« zu stimmen und dann das ganze Leben diese Scham nicht mehr auslöschen zu können.

Ich kann von Glück sagen, daß ich ungeschoren davongekommen bin und nie in diese Zwickmühle geriet – meine Rettung war, daß ich wie alle Studenten des Abschlußjahrs zu Hause an meiner Diplomarbeit schrieb und keinen Unterricht mehr hatte. Wir führten scheinbar ein normales Leben, bereiteten Versuche vor, stöberten in Büchern, stellten Berechnungen an, zeichneten, und eigenartigerweise schien man uns vergessen zu haben und verlangte keine Stellungnahme. Doch natürlich ließ auch uns der Gedanke an die Ereignisse nicht los und verfolgte uns auf Schritt und Tritt: Es genügte ein Blick in die Morgenzeitung oder die abendlichen Radiomeldungen.

Als mein Mann und ich an einem sonnigen Septembertag den Boulevardring entlangbummelten, ließen wir uns von einem Plakat, das einen französischen Komödienfilm ankündigte, ins Kino locken. Wir bekamen gute Plätze in der ersten Reihe der Balkonloge. Zunächst unterhielten wir uns leise, während die Wochenschau lief, denn diese zwangsverordneten »Neuigkeiten vom Tage«, die meistens einen guten Monat alt waren, hatte ich noch nie als sonderlich anregend empfunden. So schenkte ich den Bildern und Kommentaren keine Aufmerksamkeit – bis der Name »Prag« fiel. Und schon rollten Panzer, deren Geschütztürme den sowjetischen roten Stern trugen, direkt auf uns zu. Sie überwältigten alles, rasselten über das Kopfsteinpflaster der märchenhaft schönen Stadt, bogen wendig um Ecken, lärmten und spuckten schwarze Qualmwolken. Aus dem Off erklang dazu das eindrucksvolle Tremolo des bekannten Nachrichtensprechers Levithan.

Ich assoziiere die historischen Daten vieler Jahre mit dieser Stimme, die bei großen Ereignissen selbstüberzeugt und feierlich aus dem Bauch jedes sowjetischen Rundfunkgeräts erklang. Meine Erinnerung an Stalins Todestag verbinden sich mit ihr, wie sie sich trauernd, fast schluchzend, in eine nicht enden wollende Folge von Tauermärschen wob: »Das Herz Jossif Wissarionowitsch Stalins, des treuen Sohns der Leninschen Partei, hat zu schlagen aufgehört…«

Doch diesmal kommentierte Levithan festlich beschwingt den ungesetzlichen

Truppeneinmarsch in unser friedliches Nachbarland, als handele es sich um eine Parade auf dem Roten Platz. Er tönte von der Notwendigkeit brüderlicher Hilfe und der Gefahr, die den tapferen sowjetischen Soldaten durch »wiederholte Zusammenstöße mit bewaffneten Extremisten« drohte. Und die Panzer rollten und rollten. Manchmal gestattete eine Unachtsamkeit des sowjetischen Kameramanns einen nahen Blick auf die Menge, die sich auf den Bürgersteigen drängte. Ratlose Gesichter. Tränen. Ein dunkelhaariger Jugendlicher, der mit einem Stock auf die stählernen Panzerketten einschlug. Einige Meter weiter ein anderer Bursche, der den Panzern eine verbeulte Büchse hinterherschleuderte. Waren dies die »bewaffneten Extremisten«?

Wir verließen noch vor dem Hauptfilm das Kino, denn es wäre unerträglich gewesen, sich nach diesen Bildern eine französische Komödie zu Gemüte zu führen.

All das fand wenige Monate vor dem Tod Jan Palachs statt, und es sind die Bilder dieser Wochenschau, die ich mir ins Gedächtnis rufe, wenn ich mir sein Gesicht vorstellen soll. Ich versuche die Mienen der Prager Einwohner zu rekonstruieren – wie sie vom Straßenrand den fremden Panzern nachstarrten, die nun in ihrer Stadt das Regiment führten. Vielleicht stand auch Jan Palach in der Menge? Hätte er jener Jugendliche sein können, der dem übermächtigen Koloß hilflos eine leichte Blechdose nachwarf? Schrecklich jung ist Jan Palach gewesen. Damals schien mir, als habe sein ganzes Leben in einer kurzen Zeitungsmeldung Platz: »Zum Zeichen des Protests gegen den sowjetischen Einmarsch in die Tschechoslowakei verbrennt sich der Student Jan Palach (18) auf dem Wenzelsplatz in Prag.«

Für mich war von Anfang an klar, daß diese Selbstverbrennung nicht der spätpubertären Anwandlung eines Jugendlichen entsprang, der sich wichtig machen wollte, sondern daß wohlüberlegte Motive dahinterstanden. Sie war ein bewußter Akt, mit dem er sich und sein Land von einem Teil der erlittenen Schmach befreien wollte, ein Versuch, seine eigene und die *Ehre der Tschechoslowakei* angesichts der Ohnmacht gegenüber den Besatzern zu retten. Eine fast irreal anmutende Tat, die eher in eine romantische Ritter- und Heldensaga gepaßt hätte. Doch Palach war kein Romanheld, sondern ein Mensch. Ich kann mir vorstellen, welche Angst er hatte – und welche Schmerzen kurz darauf. Er hat wohl ganz allein vor dem riesigen Reitermonument gestanden, vielleicht hat er ein letztes Mal dem heiligen Wenzel ins Gesicht geblickt und dabei gebetet. Dann muß er sich mit Benzin übergossen haben – niemand hatte bis zu diesem Zeitpunkt etwas bemerkt. Deutlich kann ich vor meinen Augen sehen, wie er ein Zündholz anriß und die Flamme seine Kleidung erfaßte, wie Polizisten auf ihn zuliefen und hastig das Feuer zu löschen versuchten, und wie sie über Funk ein

Auto riefen, um ihn von dem öffentlichen Platz weg und ins Krankenhaus zu schaffen.

Der junge Mann durchlitt ein drei Tage und drei Nächte dauerndes Martyrium, bevor ihn endlich der Tod erlöste. Und damit nicht genug: Noch im Krankenhaus wurde Jan Palach vom Geheimdienst nach Komplicen ausgeforscht, da sofort das Gerücht aufgekommen war, eine ganze Gruppe Studenten der Prager Karls-Universität hätte vereinbart, sich der Reihe nach am Fuß des Wenzelsdenkmals zu verbrennen. Die Verhöre wurden auf Band aufgezeichnet, und zwanzig Jahre später schenkte mir ein befreundeter Journalist eine Kopie, so daß ich Palachs Stimme hören konnte. Er hatte gewiß große Schmerzen, doch ich hörte keine Klage. Eine scharfe, junge und gewollt fröhliche Frauenstimme setzte ihm unablässig mit Fragen zu. Für jeden Namen, den er nennen würde, versprach sie ihm als Belohnung eine schmerzstillende Spritze. Als Antwort kamen nur seine schweren, röchelnden Atemzüge, und manchmal, wie ein Ausatmen: »Weiß nicht.« Einmal auch – auf die Frage, ob ihm klar sei, was er getan habe – ein ganzer Satz: »Ja... Ich... habe mich... verbrannt...«

Ritterliche Akte wurden im Moskau jener Jahre mit allgemeiner Bewunderung honoriert, und so galt Jan Palach bald als Held. Man schrieb über ihn Gedichte und ließ sie in Abschriften von Hand zu Hand gehen, und der Maler Valjus widmete ihm ein surrealistisches Bild. »Eingeweihten« wurde ins Ohr geflüstert, daß der eigentliche Bildtitel »Zum Gedenken an Jan Palach« lautete, und nicht »Komposition«, wie auf einem kleinen weißen Schild am Rahmen vermerkt war. Und ich dachte, daß zu den Flammenzungen, die nur wenige Gesichter aus dem sehr düsteren Hintergrund hervortreten ließen, auch der Titel »Autodafé« gepaßt hätte.

Die Zeit verging, und schon war auch jener Januar, für den der schreckliche Tod Jan Palachs stand, Vergangenheit. Nach einem Jahr, das mich unendlich erschöpft hatte, freute ich mich auf den bevorstehenden Urlaub in einem Erholungsheim unweit von Moskau, auf den im weißen Schweigen erstarrten Eiswald, den unter den Skiern knirschenden Schnee und eine Wintersonne, die sich durch regenbogenfarben schimmernden Eisdunst nur erahnen ließ. Und am Abend – Lesen, Kartenspielen und Fernsehen...

Damals fand gerade die Eishockey-Weltmeisterschaft statt, und der Aufenthaltsraum, wo sich der Fernsehapparat befand, ging bei jeder Übertragung fast aus den Fugen. Auch ich ließ mir kein Spiel entgehen, nur daß ich im Unterschied zu den übrigen Anwesenden meine geliebten Tschechen unterstützte. Ich mußte meine Sympathien für mich behalten, denn dort fühlte ich mich wie ein tollkühner Geheimagent mitten im feindlichen Lager, umgeben von »Patrioten«, die die tschechische Mannschaft glühend haßten und die nach dem ersten Erfolg der Tschechen (ich glaube, es war gegen die Schweden) nur darauf brannten, daß jemand »diesen unverschämten Tschechenlümmeln« eins aufs Dach gäbe. Ach, wie gut war mir all dies bekannt: Diese Menschen standen vor mir wie die lebendige Verkörperung all der erbosten Leserbriefe, in denen die »unverbrüchliche Solidarität mit den Beschlüssen unserer geliebten Partei« erklärt worden war.

Und dann erst das Getöse, als die Tschechen gegen die sowjetische Auswahl spielten! Ich saß in der hintersten Reihe, damit niemand mein Gesicht sah, und beschwor in Gedanken jedesmal den tschechischen Mittelstürmer Jiřik, wenn er auf das gegnerische Tor zuschoß: »Na, komm schon, Jiřik, los, schieß ein Tor, bitte!!!«

Niemals im Leben habe ich solches Eishockey gesehen. Die tschechischen und slowakischen Spieler spielten nicht um einen Weltmeisterschaftstitel, sondern schlugen eine Schlacht zur Wahrung des Gesichts der Nation. Sie verteidigten die menschliche Würde aller Einwohner ihres Landes. Nicht weniger als die *Ehre der Tschechoslowakei* stand auf dem Spiel – sie galt es zu retten. Ihre helmumspannten Gesichter glichen Kriegerhäuptern auf antiken Fresken. Diese jungen Männer – meine Altersgenossen – verteidigten keine Hockeytore, sondern den Böhmerwald, die Moldau und Prag, die Goldene Stadt. Sie hatten kein Recht, gegen die Siegreichen zu verlieren. Und sie gewannen.

Die Sieger aber waren in der Zwischenzeit schon dabei, aus Prag zurückzukehren, und so hatte ich einmal bei einer Einladung die Gelegenheit zum Gespräch mit einem Offizier der Sturmtruppen. Er war im August als einer der ersten abkommandiert worden, ohne lange Zeit zum Nachdenken zu haben: Im Handumdrehen befand er sich im Flugzeug und strebte seinem Bestimmungsort zu. Kurze Verunsicherung am Ziel: Das Flugfeld war wie leergefegt, nur sowjetische KGB-Offiziere bildeten das Empfangskommando. Ungehindert rollten die leichten Panzerwagen der Sturmtruppen in die ruhig schlafende Stadt ein...

»Wir hatten uns auf Kampf eingestellt, denn uns war erzählt worden, daß westdeutsche Truppen die Tschechoslowakei besetzt hätten. Natürlich wunderten wir uns, daß weit und breit nichts davon zu sehen war, aber das waren kluge Burschen, die hatten sofort eine Erklärung parat, und zwar sei der Geheimdienst – wie im Krieg – vorgeschickt worden, um den Gegner von Anfang an auszuschalten. Aber auch für uns blieb genug zu tun... Ich entdeckte zum Beispiel ein Lager mit amerikanischen Waffen. Na, es mußten doch amerikanische sein, es stand ja drauf: ›Made in USA‹. Einen Orden habe ich dafür bekommen. Den Roten Stern.«

In meiner jugendlichen Naivität versuchte ich, mich mit ihm auf eine Diskussion einzulassen. Aber für meine Entgegnungen war er taub – zu gut hatten ihn die »klugen Burschen« mit ihren »Erklärungen« einer regelrechten Gehirnwäsche unterzogen.

Mit welchen Worten hätte ich ihm auch begreiflich machen können, daß er sich am Tod des Jugendlichen auf dem Altstädter Ring und auch am Tod jenes anderen in Bratislava Erschossenen mitschuldig gemacht hatte – auch wenn er in Prag keinen einzigen Schuß abgegeben hatte.

Die Schuld an diesen Todesfällen – und den vielen anderen, die in den Jahren der sowjetischen Besatzung folgten – lastet auf ihm, wie ausnahmslos auf allen Soldaten, die ihm unterstellt waren, und allen Kommandeuren, denen er unterstand. Sie liegt auf jedem sowjetischen Parteifunktionär und Journalisten und auf jedem Bürger unseres riesigen Landes, der einen billigenden Leserbrief an eine Zeitungsredaktion geschickt oder den Einmarsch in die Tschechoslowakei auf einer Versammlung befürwortet hat.

Jeder trägt seinen Teil der Schuld. Wenn ich Jan Palachs Opfer bis heute nicht vergessen kann, so ist es auch deswegen, weil auch ich mich an seinem Tod schuld fühle. Es ist unwichtig, daß nicht ich persönlich die Panzer nach Prag abkommandiert habe und mit einem Sturmtrupp in die ruhig schlafende Stadt eingerückt bin. Ich habe geschwiegen, darum geht es. Ich habe seinerzeit nicht genug Mut gehabt, mit einem Plakat auf dem Roten Platz zu demonstrieren. Nicht mich zu verbrennen – nur zu demonstrieren …

Am 16. Januar 1969 stand ein Achtzehnjähriger als lebende Fackel auf dem Wenzelsplatz. Er opferte sich im naiven Glauben, seine außerordentliche Tat würde bei den sowjetischen Soldaten solche Schamgefühle auslösen, daß sie sich aus seiner Heimatstadt zurückzögen. Er hatte sich geirrt. Und doch geschah etwas: Alle, die zu feige waren, Stellung zu beziehen, empfanden Scham. Und bald begannen andere Menschen in die Fußstapfen des mutigen, idealistischen Jugendlichen zu treten. Nicht, indem sie sich auf öffentlichen Plätzen verbrannten, Bombenanschläge auf Flugzeuge verübten oder Geiseln nahmen, nein, sie lehnten sich auf andere Weise auf: Sie schrieben Bücher, gaben Untergrund-Zeitschriften heraus, inszenierten Stücke von Shakespeare, Havel und Kohout und komponierten Lieder. Über zwei lange Jahrzehnte hinweg haben sie der Welt Zeichen gegeben, daß das tschechische und slowakische Volk nicht mit der Besetzung einverstanden ist.

Man nahm ihnen die Möglichkeit, der Arbeit, die sie liebten, nachzugehen – sie wichen aus und wurden Kesselwärter, Hausmeister oder Taxifahrer. Man verwehrte ihren Kindern den Zugang zur Bildung – sie gründeten ihre eigene Universität im Untergrund. Man verhaftete sie und forderte Reuebekenntnisse.

Manche hielten dem Druck nicht mehr stand und gaben klein bei, doch andere setzten den Widerstand fort. Und am Ende haben sie gesiegt.

21 Jahre danach kam ich endlich nach Prag. Die Stadt hatte sich noch nicht ganz vom Alptraum der sowjetischen Besatzung erholt, doch es gab Veränderungen. Vor dem Standbild des heiligen Wenzel brannten Tag und Nacht Kerzen zur Erinnerung an die Opfertat Jan Palachs, und der Platz vor der Karls-Universität trug jetzt seinen Namen. Bei meinem Besuch sprach ich mit einem ehemaligen Fernsehjournalisten. Er war 1968 entlassen worden, weil er die Meldung über den Einmarsch der sowjetischen Truppen im ganzen Land verbreitet hatte. Als ich ihm das Band mit Jan Palachs Verhör vorspielte, bemerkte er traurig: »Wissen Sie, leider ist Jan Palach für uns eine untypische Erscheinung. Bei uns sind Helden dünn gesät...«

[Aus dem Russischen von Andrea Wöhr]

JESSICA BENJAMIN

Nachdenken über 1968

Ich verbrachte die intensivste Phase der 60er Jahre in Frankfurt, kehrte aber 1972 in die Vereinigten Staaten zurück und habe deshalb nur eine punktuelle Beziehung zu den nachfolgenden Ereignissen. Mein Standpunkt ist im übrigen durch die jüngsten Ereignisse sowohl in den USA als auch in Deutschland eher noch stärker von dieser Distanz geprägt worden. Was die USA betrifft, so mußte ich auf die Präsidentschaftswahlen im November warten, bevor ich diesen Aufsatz schreiben konnte. Es wäre schwierig gewesen, etwas über 1968 zu sagen, wenn George Bush gewonnen hätte und unsere Generation wieder einmal besiegt worden wäre. Die politische Niederlage, die unsere Generation in den letzten zwölf Jahren erlitten hat, die fast vollständige Entfernung unserer Erfahrung und unseres Beitrags aus allen Bereichen öffentlicher politischer Repräsentation sowie die vorangegangene beunruhigende Auflösung der neuen linken Bewegung brachten die Diskussion über 1968 hier in den USA fast völlig zum Erliegen. Zumindest symbolisch ist diese Ausblendung der Vergangenheit überwunden worden durch das öffentliche Interesse an Clintons Opposition zum Vietnamkrieg und an der Tatsache, daß er sich der Einberufung entzogen hatte. Der Wahlkampf diente als inoffizielle Volksabstimmung darüber, ob solche Opposition innerhalb der Grenzen des Akzeptierbaren lag und ob es unserer Generation erlaubt sein sollte, an die Macht zurückzukehren. Trotz des großen Abstandes zwischen unseren und seinen Präferenzen in bezug auf politische Form und Inhalt – die Tatsache, daß Clinton seine Anti-Kriegs-Haltung nie verleugnet hat, daß er sich wie kein politischer Führer zuvor für die Gleichberechtigung der Frauen eingesetzt und daß er sich die Kultur der 60er Jahre zu eigen gemacht hat (von Elvis bis Judy Collins & Fleetwood Mac), bedeutete, daß sein Sieg als eine Rehabilitation unserer Generation gesehen wurde. Alle verstanden, daß Clinton trotz seiner »zentristischen« Haltung in Wirtschaftsfragen die Generation der 60er Jahre vertrat, und niemand besser als Dan Quayles Frau Marilyn, die beim Wahlparteitag der Republikaner ausrief, daß »einige von uns der Einberufung nicht aus dem Weg gingen, sich nicht der sexuellen Revolution anschlossen und kein Marihuana rauchten«. Jetzt, da eine schmähliche Niederlage abgewendet ist, ist es mir möglich, in weniger verdrießlicher Stimmung einige Gedanken über meine Generation und ihre politische Haltung zu formulieren.

Gewiß, die bewußte Selbstidentifizierung als Generation unterschied die anti-autoritäre Linke von früheren linken Bewegungen: Voraussetzung der Mitgliedschaft war das Alter, und ihr Protest war weltweit als Studenten- und Jugendrevolte bekannt. Im Rückblick erscheint unser Glaube von damals, daß wir in einer grundlegenden Weise die Welt veränderten, trotz der darin zum Ausdruck kommenden jugendlichen Großspurigkeit, als nicht ganz falsch. Nicht wegen der Opposition zum Imperialismus, zur Hegemonie der herrschenden Klasse oder zu bestimmten Tragödien wie Vietnam. Vielmehr wegen der Infragestellung der Grenzen des Politischen und der damit verbundenen Autoritätsstrukturen, die bis dahin als selbstverständlich hingenommen worden waren, was eine Frau aus dem Mittleren Westen, die für einen Dokumentarfilm über die 60er Jahre interviewt wurde, so beschrieb: »Wir waren alle dazu erzogen worden zu glauben, daß der Lehrer, die Eltern, der Priester oder Pastor, ja gar der Präsident auf keinen Fall kritisiert werden durften – die wüßten, was für uns am besten ist. Und das glaubten wir einfach nicht mehr.«

Die öffentlich artikulierte und anerkannte Einsicht, daß Äußerungen von Autoritätsfiguren in Frage gestellt werden konnten, weil sie verzerrt waren oder gar Lügen darstellten, war nicht bloß eine Neuauflage der üblichen Analyse von Ideologie und Klasseninteresse. Jene Analyse unterstellte eine vollständige Übereinstimmung zwischen Interesse und Idee und kritisierte die herrschende Klassenideologie wegen deren Interesse, versäumte aber gleichzeitig, die Legitimität der Autorität (Partei, Staat), die im Namen der Arbeiterklasse beansprucht wurde, zu befragen. Zu ihren besten Zeiten war die Revolte der antiautoritären Bewegung demokratisch und aufsässig und gewährte keiner Gruppe mehr das ungeprüfte Recht der Wahrheitsverkündung. Daher kam in der Fixierung auf »Enthüllung« von Unwahrheit, »Demaskierung« von Führern, in der Forderung nach Wahrheit, dem Eintreten für die »Informationsfreiheit« gegen geheimnistuerisches Regierungshandeln noch etwas anderes zum Ausdruck. Es wurde implizit an einen Begriff von Demokratie und Öffentlichkeit appelliert, in der Streit ausgetragen werden konnte, dessen Ausgang nicht von vornherein feststand und also kein isometrisches Abbild der Klassenstruktur war.

Natürlich kam dieser Anti-Autoritarismus mit der Annahme in Konflikt, daß das »revolutionäre Subjekt« einen privilegierten Wahrheitsanspruch repräsentierte, wenn nicht als Klasse, die eine andere stützt, so doch als Gruppe, die eine andere Gruppe mit »der Wahrheit« als Waffe konfrontiert. Trotzdem führte die Neuformulierung des Problems von Wahrheit und Autorität zu einer notwendigen Veränderung kultureller Erwartungshaltungen und in der öffentlichen Sphäre zu einer radikalen Neubestimmung der Grenzen. Die Grenze des Erlaubten, zwischen dem Verborgenen und dem Öffentlichen, der privaten und öffentlichen Darstellung des Körpers und von sozialen Beziehungen verschob sich gänzlich. Während in den vorangegangenen Jahrzehnten nur die entsexualisierte Sentimentalität kleinbürgerlicher Anständigkeit die Aufmerksamkeit der Kulturindustrie gefunden hatte, gelang es nun Plattenfirmen fast über Nacht, Millionen zu verdienen durch die Produktion von Musik, die alles nur Denkbare über Sex mitteilte, die Revolution oder Frieden forderte oder die Anklage von Staatsbeamten wegen Amtsvergehens, die Rassismus, Imperialismus und nicht zuletzt die Medien selbst angriff. Wie sich jetzt herausstellt, machte diese Verschiebung möglich, daß auch extrem rassistische und sexistische Musik produziert werden konnte – eine traurige, aber unvermeidbare Wendung, vergleichbar der »Entdeckung« rechtsgerichteter Anti-Abtreibungsfanatiker, daß sie dieselben Taktiken wie die gewaltlosen Bürgerrechtsdemonstranten anwenden konnten, um Kliniken, in denen es möglich war abzutreiben, zur Schließung zu zwingen.

Während diese Verschiebung der Grenzen heute als selbstverständlich erscheint und zu weiteren Widersprüchen und Schwierigkeiten geführt hat, wurde sie damals als ein produktiver Prozeß, als eine Umwälzung erfahren, die durch

Foto Barbara Klemm

1970: Politische Kundgebung vor dem Frankfurter Hauptbahnhof.

die Teilnahme einer großen Zahl von Menschen an Ereignissen ermöglicht worden war, die ihnen neu, gewagt und als gegen die Konventionen verstoßend erschienen. In der studentischen Linken der 60er Jahre dabeigewesen zu sein bedeutete, sich bewußt einer radikalen Veränderung des eigenen Bewußtseins unterzogen zu haben, die Richtig und Falsch neu bestimmte und öffnete, was verschlossen war. Durch die Opposition gegen Autorität fühlten wir uns verwandelt. Ich erinnere mich genau an das erste Mal, als das Wort »Scheiße« in der Öffentlichkeit ausgesprochen wurde, bei einer großen Anti-Kriegs-Versammlung an der Universität von Wisconsin in Madison, und einige hundert Leute gleichzeitig den Atem anhielten. Wenn die Grenzen bürgerlichen Anstands selbst in linken politischen Parteien und Aktivitäten noch nie zuvor öffentlich durchbrochen worden waren, so deshalb, weil solche Durchbrechungen tabu, beängstigend waren, ein Verstoß gegen eine Autorität, die im Innern immer noch gefürchtet wurde. Als die Flut dieser Verstöße anschwoll, hörten sie auf, als solche empfunden zu werden und schlossen neben kreativen und ikonoklastischen viele bizarre, langweilige, zwanghafte und gefährliche Dinge ein.

Ich habe nicht die Absicht, hier etwas über historische Kausalität zu sagen, oder der Neuen Linken die alleinige Verantwortung für diese Veränderungen zuzuschreiben, aber sie war deren Träger und Zeichen. Unsere Bewegung drückte in eindrucksvoller Weise die Vorstellung aus, daß öffentlich genannt oder gezeigt werden konnte, was vorher geheim war, daß die Grenze des Politischen übertreten und schließlich ausgedehnt werden konnte. Dies hatte zur Konsequenz, daß Sexualität, Persönlichkeit, subjektive Erfahrung ebenso wie geheime Regierungspolitik zu Themen offenen politischen Streites werden konnten.

Dies war besonders in den Vereinigten Staaten und in Westdeutschland der Fall, weil die radikale Linke in beiden Ländern neue Lebensformen, persönliche und psychologische Erfahrungen betonte – in direkter Absage an die ältere Generation. Bezeichnenderweise wurde der Denker, der als Vertreter dieser Form von Radikalität bekannt wurde, Marcuse, sowohl von den amerikanischen wie von den westdeutschen Studenten begeistert aufgenommen. Marcuses Werk und die Frankfurter Konzeption einer kritischen Sozialtheorie erschienen uns damals als das beste Werkzeug, um diese Art von Grenzverschiebungen in Kultur und Politik zu erfassen.

Diese Gemeinsamkeit stand unmittelbar in Zusammenhang mit meinem ursprünglichen Plan, nach Frankfurt zu gehen, und es ist vielleicht bedeutsam, einiges über die Gründe zu sagen, die mich dorthin zogen. Als Studentin in Madison Mitte der 60er Jahre wurde ich, nachdem ich bereits in der Anti-

Kriegsbewegung aktiv und davor in der Gemeinschaftsorganisation des SDS und in Bürgerrechtsaktivitäten involviert gewesen war, von anderen Studenten mit den Schriften von Marcuse bekannt gemacht. Meiner Herkunft nach war ich links, meine Eltern waren bis Ende der 40er Jahre Mitglieder in der kommunistischen Partei gewesen, und ich gehörte bereits zu denen, die bewußt den leninistischen Politikstil der Alten Linken verworfen hatten, dafür Gewaltfreiheit und partizipatorische Demokratie befürworteten. Die amerikanische SDS-Stellungnahme von Port Huron über partizipatorische Demokratie mit ihrer zentralen These, daß Menschen die Bedingungen, die ihr Leben beeinflußten, selbst kontrollieren sollten, war als Absage an die autoritären Parteistrukturen der Alten Linken gedacht. Doch der amerikanische SDS war nicht besonders an Sozialtheorie, an der Analyse gesellschaftlicher Widersprüche interessiert. Madison, auf der anderen Seite, anders als die meisten Universitäten in den USA, war ein Nährboden des intellektuellen Marxismus, wo theoretisches Interesse äußerst lebendig war. Eine kleine Gruppe von Studenten, hauptsächlich diejenigen, die europäische Geistesgeschichte studierten, war bereits intensiv in Marcuses Schriften vertieft und in jene wenigen von Adorno und Horkheimer, die auf englisch zugänglich waren. Madison, wo Marcuse nie unterrichtet hatte, wurde zum amerikanischen Zentrum kritischer Sozialtheorie.

Es kam einer Erleuchtung gleich, Marcuse zu lesen, besonders *Eros and Civilization* mit seiner Kritik des Leistungsprinzips, welche implizit die produktivistische Arbeitsethik, Disziplin und Selbstaufopferung ablehnte, die zentral für den Kommunismus sind. Die Einbeziehung der Psychoanalyse in die Sozialtheorie eröffnete einen Zugang zum Politischen, den ich mir gewünscht hatte, aber mir noch nicht hatte vorstellen können. Es war mir jedoch fast sofort möglich, die Richtung zu erkennen, die eine Kritik der Leistungs- und Massenkultur sowie des Konsums in der Praxis nehmen könnte. Als ich im Juni 1967 Madison verließ, hatten Studenten begonnen, eine Untergrundzeitung herauszugeben und eine Gegenkultur zu schaffen, die sowohl Theater, Film, Medien, »Happening« wie auch eine der ersten Frauengruppen umfaßte. Während der nächsten Jahre existierte die Gegenkultur von Rock und Drogen neben Besetzungen, gewalttätigen Demonstrationen und Zusammenstößen mit der Polizei. Die »San Francisco Mime Troop«, eine innovative politische Theatergruppe, rief im November 1967 zum Sit-in gegen die Hersteller von Napalm, Dow Chemicals, auf und begleitete es. Die Theorie der Transformation des alltäglichen Lebens, der Kultur und der sozialen Interaktion, die Marcuse später explizit in seinem Aufsatz über Befreiung formulierte, war, so schien es, eine Theorie, die aus der Alltagspraxis entwickelt war.

Meine Entscheidung, die USA zu verlassen und in Frankfurt zu studieren, mag deshalb befremdlich wirken, aber im Rückblick wird klar, daß das Klima, in dem diese Formen des Experimentierens entstanden, oft fast eher krankhaft erregt als angenehm war. Darüber hinaus hatte ich intellektuelle Ambitionen, die in den Vereinigten Staaten nicht so leicht zu befriedigen waren. Ich wußte bereits, daß die Ideen, die in Frankfurt einfach Teil der Stimmung waren, für mich von bleibendem Interesse sein würden. Ich hatte auch während meiner ersten vier Studienjahre im College genügend Erfahrungen gesammelt, um zu wissen, daß ich wegen meines Status als weibliche Intellektuelle auf entmutigende Schwierigkeiten treffen würde, nicht nur im universitären Betrieb, sondern auch in der Linken. Die USA zu verlassen war eine Chance, den Konflikt im Bereich akademischen Wettbewerbs hinauszuschieben und Ziele zu verfolgen, die in den USA weniger leicht akzeptiert wurden, wo uns das System ständiger Produktion und Bewertung auf seine eigene Weise dem Leistungsprinzip unterwarf und von uns verlangte, ihm Lust und Politik zu opfern. Nicht nur die Möglichkeit, Kritische Theorie zu studieren, sondern dies mit Politik zu kombinieren, war mir wichtig. An den Anti-Intellektualismus der amerikanischen Linken gewöhnt, war ich erstaunt, einen SDS kennenzulernen, dem das Zitieren von Luxemburg und Lukács geläufig war.

Schließlich war da die Erleichterung, dem polarisierten Amerika entfliehen zu können, wo eine unfaßbare Zahl von Menschen den Krieg propagierte und tolerierte. In Deutschland war ich 22 Jahre nach Hitler von einem Volk umgeben, das man mich jahrelang mit Mißtrauen zu beobachten gelehrt hatte. Als Kind war ich mit der stets drohenden Verfolgung aufgewachsen, die über den Köpfen meiner Familie schwebte, und ich hatte als Außenseiterin gelebt, die jeden Moment zur politischen Feindin erklärt werden konnte (z.B. von Mitschülern, die mich verhöhnten, wenn ich sagte, die USA sollten Rotchina anerkennen oder der Gerechtigkeit zwischen den Rassen Geltung verschaffen). So war es gut, damals in einer Situation zu sein, in der ich jenseits allen Zweifels wußte, daß ich nicht zu der großen Mehrheit zählte. Das linke Studentengetto war ein Zufluchtsort. Aber es war auch ein Luxus, den ich mir in den USA als Bürgerin dieses Landes, das Akte von Brutalität schockierenden Ausmaßes verübte, nicht hätte zugestehen können.

Leider besaßen deutsche Universitäten, wie ich bald herausfand, andere Mittel, um Studenten unterwürfig zu machen. Fast unmittelbar nach meiner Ankunft besuchte ich Adornos Hauptseminar und begegnete sogleich dem für mich zentralen Problem sowohl der Universität als auch der radikalen Linken in Frankfurt. Es war eine undemokratische, für mich als Amerikanerin ziemlich erstaunliche Verhaltensweise, die in öffentlichen Diskussionen und im Leben der Universität akzeptiert wurde. Zunächst, was die Universität betrifft: Die kalte und unerbittliche Förmlichkeit, mit der Adorno sein Seminar leitete, hinterließ bei mir einen Kulturschock. Genauso fremd war mir das persönliche Unbehagen und die Hemmung der Studenten, sich selbst darzustellen. Ein erstaunliches Paradoxon: An der deutschen Universität waren Studenten dem unmittelbaren Leistungsprinzip der Examen und Aufgaben, die das amerikanische Studium strukturieren, wesentlich weniger ausgesetzt. Sie arbeiteten bedeutend weniger und diskutierten mehr, und doch konnten sie in den Seminaren und auch außerhalb nicht frei sprechen, zumindest nicht so, wie ich gewohnt war, freies Sprechen zu verstehen. Studenten konnten sich auf dem Rasen vor der Universität leidenschaftlich umarmen, sie konnten sozusagen nach dem Lustprinzip leben, bei langen Diskussionen im Café verweilen, aber diese Freiheit war begleitet von der betäubenden Distanz und Unpersönlichkeit, ja gar Aggressivität ihrer Diskutierweise.

Aus meiner Perspektive hatte die Stoßrichtung des »aktiven Streiks« gegen die »technokratische Hochschulreform« weniger mit etwas Technokratischem (wie wir es an den Hochschulen in den USA bereits hatten) als mit etwas Undemokratischem zu tun, weniger mit der Reform, die ihnen bald aufgezwungen werden sollte, als mit dem, was sie bereits jetzt erstickte. Es schien mir, daß die Studenten unter einem Passivitätszwang litten und daß sie deshalb voller unterdrückter Aggressivität waren. Auf Grund der Hierarchie, in der sie sprachlos waren, mußten sie gegen die Diktatur der Allwissenheit rebellieren, indem sie die Wissensvermittlung selbst in Frage stellten. Die masochistische Unterwürfigkeitshaltung gegenüber dem allwissenden Lehrer wurde auf gehässigste Weise ausgetrieben. Diese Reaktion kann aber nur in einem bedingten Sinne als eine Reaktion auf den Widerstand des Professors gegenüber studentischen Forderungen oder auf den Einsatz der Polizei bei einem Sitzstreik der Studenten im Institut verstanden werden. Denn bereits bevor dieses Stadium im Konflikt erreicht war, hatten die Professoren verständlicherweise Angst vor den Studenten, die mit der wilden Grimmigkeit der zornigen Jugend gegen ihre eigenen autoritären Väter revoltierten. Ausgerechnet die Professoren wurden zu den Trägern der autoritären Familienbeziehungen, die zu analysieren sie selbst die Studenten befähigt hatten – das Ausleben eines Transfers, könnten wir sagen, nicht unähnlich dem, der stattfindet, wenn die Interpretationen des Analytikers vom Analysanden nur auf seine Vergangenheit gerichtet werden und nicht auf die subjektive Erfahrung der Interaktion im »Hier und Jetzt« mit dem Analytiker.

Zuviel Zorn und Anerkennungsverweigerung hatten sich aufgestaut. Anstelle einer Neugestaltung der Beziehungen wurde eine Umkehrung inszeniert, in der die einst verherrlichten Professoren nun verhöhnt und geächtet wurden. Was ich in meiner Naivität als ein produktives Moment der Konfrontation in Habermas' Seminar erwartet hatte (ich erinnere mich wohl an einen Augenblick des Humors, der aber nicht von Dauer war), dessen Ergebnis Wiedergutmachung hätte sein können, eine Chance für die Studenten, mündig zu werden, wurde zum Anlaß von Unnachgiebigkeit.

Als ich mehr als 20 Jahre später nach Frankfurt zurückkehrte, um an einer Konferenz über Marcuse am Institut für Sozialforschung teilzunehmen, war ich erstaunt, daß meine Generation, jetzt selbst Professoren, immer noch nicht die Macht und den Einfluß gewonnen hatte, welche die früheren 68er an den amerikanischen Universitäten heute haben. Dies läßt sich ohne Zweifel auf das Erbe der 70er Jahre, die Zeit des Berufsverbots, zurückführen und auf den Mangel an liberaler Öffentlichkeit unter den Professoren, die ein solches Verbot verhindert hätte. Genauso überraschend für mich war der Mangel an Selbstverständlichkeit, mit dem meine Bemerkungen zum Feminismus aufgenommen wurden, in scharfem Kontrast zu der Wertschätzung des Feminismus an der US-Universität, vor allem bei linken Akademikern, aber nicht nur bei ihnen. Auf der Mikroebene der diskursiven Interaktion war die Arroganz der Ordinarien immer noch sichtbar, verbunden mit der patriarchalischen Tradition der schmerzhaft langsamen Machtübertragung auf die gehorsamen Söhne, die für ihre Väter auftreten und die die Frauen ausschließt. In genauer Umkehrung der Situation in den USA konnte in Deutschland unsere Generation, besonders die Frauen, politisch außerhalb der Universität weit größere Fortschritte erzielen als innerhalb. Will man die Haltung zu Politik und Theorie der 60er Jahre im Lichte eines neu gefundenen Bewußtseins von Demokratie kritisch überprüfen, so darf man den Punkt »Verbreitung« von Erkenntnis nicht übersehen.

Es ist ziemlich augenscheinlich, daß die Frankfurter Perspektive bis zu Habermas' Wiedergewinnung des Begriffs nach 1968 eine unklare Haltung zur Demokratie bezeichnete, wie sie in den Traditionen der Vereinigten Staaten erschien. Ohne Zweifel trug diese Kluft zu der paradoxen Situation bei, daß das Thema Demokratie gerade bei der Bestimmung der Revolte gegen Autorität und Hierarchie nicht zentral erschien, und daß die Abwesenheit von Toleranz gegenüber Meinungsverschiedenheit und gegenüber Opposition in grundlegenden Fragen im SDS nicht als problematisch angesehen wurde. Mag sein, daß in den Vereinigten Staaten Marcuses These von der Maske des naiven Liberalismus als der Verschleierung der wahren Unterdrückung von Verschiedenheit und Kritik Geltung hatte (obwohl die offene Intoleranz der Linken diese These bald als wenig attraktiv erscheinen ließ). Aber wo die Maske des Liberalismus so dünn war, wo es keine Tradition liberaler Öffentlichkeit gab, geschweige denn eine der Gewaltlosigkeit oder der partizipatorischen Demokratie, diente die »Kritik der Toleranz« weniger dazu, Naivität auszutreiben, als die zynische Manipulation der Enttäuschung einer Anhängerschaft angesichts von Machtlosigkeit und Passivität durch deren Führer zu rechtfertigen. Da jedoch die Auseinandersetzung durch Einschüchterung erstickt wurde und der blinde Aktionismus unweigerlich zum organisatorischen Zusammenbruch führte, tauchte denn die Forderung nach Formen demokratischer Organisation wieder auf. Diese Forderung war merkwürdig fehlplaziert nach dem Ende des SDS in Schulungsgruppen und Roten Zellen, die, so starr sie ideologisch auch waren und mit der Formulierung absurder Parteiprogramme beschäftigt, zum Teil doch den Versuch darstellten, das unzugängliche Reich der Erkenntnis für die Studenten zu erschließen. Ihr Ziel war, einen Kontext zu liefern für gerechtere Verteilung von Wissen (was natürlich in einigen Fällen die Reduktion von Komplexität, in anderen Fällen deren Erhöhung bedeutete) und eine, wenn auch fiktive, Sphäre von Selbsttätigkeit zu schaffen.

Das Wiedererstehen der Politik der Klassenidentität und -totalität und der moralischen Eindeutigkeit bildete daher eine gleichzeitige Absage an Adorno und an den Anti-Autoritarismus (der in Frankfurt nie so tiefgreifend verworfen worden war wie anderswo), deren Ursache einerseits in Adornos Quietismus, andererseits in der passiven Rolle der Studenten im Lernprozeß und im

Foto Barbara Klemm

1972: Wolfgang Abendroth und Herbert Marcuse
auf dem Angela Davis-Kongreß in Frankfurt am Main.

chaotischen, führerzentrierten SDS zu suchen ist. Trotz dieser Absage war etwas gewonnen worden, das nicht nur die Rehabilitierung von Elementen der gleichen Frankfurter Tradition, die zuvor verworfen worden waren, ermöglichte, sondern auch die Fortsetzung linker Politik nach den 60er Jahren. Im Vergleich zu den USA brauchte es hier nur ein paar Jahre, um die Politik der jungen linken Generation neu zu formulieren. Anders als in Frankreich, wo der Zusammenbruch eines idealisierten Maoismus die totale Abkehr von der Linken zur Folge hatte, oder in den USA, wo die Auflösung der Neuen Linken jene Öffentlichkeit zerrüttete, in der ihr Schicksal hätte ernsthaft diskutiert werden können, und wo deshalb die Kritik von gewalttätigen, undemokratischen antiimperialistischen Bewegungen nie ein vergleichbares Reflexionsniveau erreichte. Weil die politischen Vorstellungen von 1968 sich in Deutschland trotz der Repressionen in den 70er Jahren weiterentwickelten, konnte die Diskussion fortgeführt werden, was in den USA nie geschah, wo uns die Abwesenheit einer sozialdemokratischen Tradition während der rechten »Reagan-Revolution« praktisch hatte verstummen lassen.

Die Widersprüche im Verhältnis zu Autorität, Gewalt und demokratischen Strategien konnten nicht im Rahmen der Ereignisse an der Universität bearbeitet werden oder gar in den moralistischen Kategorien, welche die Studentenbewegung vertrat. In meiner Perspektive als Psychoanalytikerin heute erscheint mir gerade die psychologische Dimension dieser Unfähigkeit, mit solch schwierigen Widersprüchen umzugehen, besonders bedeutsam. Eine Bewegung junger Menschen, die sich gegen die Elterngeneration auflehnten, die für sie Gleichgültigkeit und Materialismus und vor allem die Leugnung jeglicher Verantwortung für das Böse repräsentierte, stellte, obwohl dies historisch die Eröffnung neuer Räume für die Politik bedeutete, die absolutistischen Grenzen von Richtig und Falsch, die die radikalen politischen Bewegungen seit den Jakobinern kennzeichneten, nicht in Frage. Die Externalisierung von Schuld, die Lokalisierung alles Bösen außerhalb des Selbst, führte zu einer Art moralischer Unverantwortlichkeit. »Sie, nicht wir, sind die Täter des Bösen; Sie, nicht wir, sind verantwortlich – und irgendwie brauchen wir deshalb unsere Entscheidungen und Handlungen nicht zu verantworten«, das war der vorbewußte Gedanke, der dann nicht nur zum eigentlichen Terrorismus führte, sondern zu dem, was im Deutschen so treffend mit dem gleichen Wort ausgedrückt wird: »Terror« – zu Formen der Einschüchterung und Manipulation, ja zu psychologischer Nötigung.

Natürlich gründet die Vorgeschichte eines Teils dieser Entwicklung (aber nicht der ganzen) in dem einmaligen psychologischen Dilemma, das der Nationalsozialismus aufwarf und das besondere Hindernisse für eine authentische Veränderung sozialer Beziehungen innerhalb der Linken schuf. (Interessanterweise war die bewußte Beschäftigung mit der Nazi-Vergangenheit wesentlich stärker, als ich 1967 ankam, und sie ließ mit dem Aufstieg des orthodoxen Marxismus nach 1968 und dessen beruhigender Gleichung »Kapitalismus führt zu Faschismus« nach.) In den 60er Jahren fand die Konfrontation mit der Elterngeneration in einer fast ausschließlich moralischen, abstrakten Weise statt: so viel Interesse für Psychoanalyse, so wenig Gespräch über persönliches Leben. Projekte zur Veränderung der Pädagogik, der Kindererziehung, des Gemeinschaftslebens wurden in Kategorien gedacht, die direkt von Freud oder Reich übernommen waren: Veränderung findet statt, wenn man die Vorstellungen von Eigentum, Sauberkeitserziehung und Disziplin revidiert. Natürlich markierten die Ideen der antiautoritären Kindererziehung trotz dieser Naivität den Beginn einer enormen Veränderung in der Pädagogik, in Schule und Familie und halfen daher direkt oder indirekt, Vorstellungen in das öffentliche Bewußtsein zu rücken, die in den USA seit langem von liberalen progressiven Pädagogen propagiert worden waren – Allgemeingut für uns, aber deshalb auch entpolitisiert.

Auf der anderen Seite waren Erwachsene immer noch erstarrt, da das Trauma, das alle im Hinterkopf hatten, immer noch als ein abstrakter Begriff (»autoritäre Erziehung«) gefaßt war. Eltern im Kinderladen, wo ich gearbeitet habe, wollten *Kapital*-Schulung, nicht psychologische Einsicht. (Ich bin geneigt, das Motiv dafür parallel zu sehen mit dem Bestreben in der Theorie nach 1968, den Nationalsozialismus mit allen anderen vom Kapitalismus erzeugten Faschismen gleichzusetzen und den Antisemitismus, die Vernichtungslager und die Massenmorde zu vergessen.) In einer Atmosphäre gegenseitiger moralisierender Überwachung und politischer Aburteilung war es den Studenten nicht möglich, einen Gruppenprozeß des Nachdenkens darüber in Gang zu setzen, woher sie kamen, wie sie aufgewachsen waren und wie dies ihre derzeitigen Vorstellungen von Pädagogik und Politik beeinflußt hatte. Auf die eigene Familiengeschichte anzuspielen war nicht ungewöhnlich, aber es war fast unmöglich, von den zerreißenden Konflikten mit der Familie zu sprechen. Tatsächlich sprachen die meisten in Abstraktionen über Dinge, die herzzerreißend hätten sein sollen, aber in Wirklichkeit seltsam abgestumpft wirkten. Ich erinnere mich an eine Studentin, die ich oft bei SDS-Treffen sah und die ein Zimmer über meiner Wohnung hatte. Sie litt an unerträglichen Angstzuständen und war Kettenraucherin. Sie erzählte mir, daß ihr Vater sehr autoritär war und daß er Nazi gewesen war und sie oft schlug. Viele Leute erschütterten mich mit solchen Berichten. Es ist schwer, die besondere Qualität des Leidens zu beschreiben, das ich bei Menschen wahrnahm, die offensichtlich mit solcher Brutalität oder

Kälte erzogen worden waren und die eine Art Abwesenheit von Hoffnung auf ihre eigene Erlösung ausstrahlten, wie sie in den USA nur selten zu beobachten ist.

Die Politik des bewußten Abschüttelns des Übels funktionierte wie ein Symptom, das den Schmerz und das Leid, die es motivierten, gleichzeitig ausdrückte und verbarg. Es ist wohlbekannt, daß in Deutschland das Kindheitserlebnis der 68er, nämlich die Intensität dieses Schmerzes zusammen mit der Weigerung, ihm Ausdruck zu geben, und dem absoluten Schweigen darüber symbolisch mit der Weigerung der Behörden, sich der Nazivergangenheit zu stellen, gleichgesetzt wurde. Einige konnten im Rahmen dieser symbolischen Gleichsetzung aus der daraus resultierenden Depression nur durch einen ebenso gewaltsamen und traumatischen Nachvollzug ausbrechen. Tatsächlich erkannte ich erst viele Jahre später, daß ich Zeugin bestimmter, teils gewalttätiger, teils oft nur symbolischer Verhaltensweisen als Nachvollzug einer verdrängten Vergangenheit gewesen war. Ungefähr zehn Jahre später erinnerte ich mich daran, wie ich eine Straße überquerte, um zu vermeiden, an den sogenannten »Lederjakken« vorbeigehen zu müssen, den aggressivsten Aktivisten im SDS, und ich erkannte, daß ich mich bedroht fühlte, nicht nur wegen des feindseligen Tons der politischen Auseinandersetzungen mit ihnen, sondern weil ich sie unbewußt mit den Nazis gleichsetzte. Diese Erfahrung hatte die Qualität des »vorbegrifflichen Wissens«. Ich konnte sie erst nach dem Aufkommen der Jüdischen Gruppe und im von ihr geschaffenem Diskussionszusammenhang über die jüdische Identität in der Linken in Deutschland denken. In den 60er Jahren sprach kein einziger jüdischer SDSler jemals mit mir über sein Judentum oder machte auch nur die leiseste Andeutung, daß wir etwas gemeinsam hatten.

Wie dem auch sei, Deutschland war 1968 von einer eigenartigen Kombination aus erklärtem Vergangenheitsbewußtsein und unbewußter Existenz damit verbundener emotionaler Konflikte geprägt. Dies führte oft zu einer Art losgelöster moralischer Entrüstung, verbunden mit persönlicher Distanziertheit, einer Solidarität in Einsamkeit. Zehn Jahre später, als ich die Gelegenheit hatte, meine Generation zusammen mit der nachfolgenden beim »Tunix« in Berlin zu beobachten und mir die größere Distanz erlaubte, den gleichen Mangel an demokratischen Interaktionsformen wiederzuerkennen und physisch die Gegenwart von nacktem Zorn und Unverschämtheit, an die ich mich so gut erinnerte, wieder zu erfahren, konnte ich die leere Einsamkeit unterhalb der Wut wahrnehmen. Ich kann nicht sagen, warum dieses Gefühl des Getrenntseins heute nicht mehr das Hauptcharakteristikum der Stimmung in der Linken ist, denn ich nahm an den Ereignissen in den 70er Jahren nicht teil. Aber ich nehme an, daß der Aufbruch des Feminismus eine enorme Wirkung hatte, und er hat sicher, wenn auch nur langsam, die meisten der Leute verändert, die ich persönlich kannte.

Erst mit dem Aufkommen des Feminismus wurde die Kritik der Autoritätsbeziehungen eine konkrete, praktische Sache, erst jetzt übersetzte sich die theoretische Aneignung von Vorstellungen über soziale Beziehungen in etwas Persönliches. Man könnte sagen, der Konflikt mit der Autorität wurde jetzt in sinnlicher, praktischer Aktivität durchgearbeitet. Der »Weiberrat« brauchte fast zwei Jahre gehorsamer Marxschulung und endloser Diskussionen über den primären Widerspruch, bevor es möglich war, Ideen anzuerkennen, die radikale Frauengruppen in den USA längst zum Gemeinplatz gemacht hatten, nämlich, daß die Ausweitung der Grenzen des Politischen in die Domäne der sexuellen, persönlichen und familiären Beziehungen notwendig war, um Unterdrückung zu verstehen. Vielleicht ist mein Standpunkt ein idiosynkratischer, aber es scheint mir, daß diese Art von Bruch mit der Orthodoxie, die die Linke gegen das subjektive, gefühlte Erleben der jüngsten Geschichte verteidigt hatte, wichtig war, unabhängig von der Frage nach der männlichen Herrschaft, die zu komplex ist, um hier erörtert zu werden. Eine Barriere zwischen dem Persönlichen und dem Politischen war gewichen, die neue Möglichkeiten zur Ächtung und Moralisierung geschaffen haben mag. Dennoch, die Überwindung dieser Barriere zum Gefühl, zum psychischen Wiedererleben der Vergangenheit erscheint mir als äußerst entscheidendes Stück Geschichte.

Zusätzlich zu den persönlichen Veränderungen als Folge des Feminismus mündeten die Konfrontation mit der Verantwortung für den Terror und dem irrationalen Gegenterror des Staates und vielleicht auch das erneute Durchleben der repressiven Geschichte der alten Linken in zahlreichen marxistisch-leninistischen Organisationen bei den mir bekannten 68ern zu einem Prozeß der Reflexion über die Ambivalenz von Gut und Böse. Das heißt, die direkte Konfrontation mit der Unmöglichkeit, alles Gute in einem idealisierten Gemeinwesen, einer Partei oder sozialen Körperschaft lokalisieren zu können, führte in der politischen Theorie zur Aufhebung der psychologischen Spaltung zwischen dem absolut Guten und dem absolut Bösen. Ambivalenz konnte jetzt besser ausgehalten werden, was notwendig ist, um Differenz und Meinungsverschiedenheit zu tolerieren – eine Bedingung demokratischen Diskurses. Diese Selbsterkenntnis und Toleranz gegenüber verschiedenen wettstreitenden Programmen mag hilfreich sein bei der Formulierung eines Zugangs zu den derzeitigen Spannungen um Rassismus und Einwanderung, hilfreich, um den Zorn der Jugend, die von faschistischer Gewalt angesprochen wird, zu verstehen, aber auch um notwendige, realistische Forderungen zu entwickeln.

Ich freue mich, wenn ich einige der entrüsteten Individuen wiedersehe, die in den verrauchten, überfüllten Versammlungen 1968/69 zusammengepfercht saßen, mit denen ich oft ziemlich heftig gestritten habe und die jetzt dabei sind, die derzeitige Krise mit weniger Entrüstung und mehr Weisheit zu betrachten. Es scheint mir, daß unsere gemeinsame Erfahrung unsere Vorstellung von politischer Subjektivität verwandelte und die Fähigkeit hervorbrachte, mit politischem Konflikt, ja sogar mit Zerstörungswut theoretisch und praktisch weniger destruktiv als damals umzugehen. Das ist der Grund, warum ich immer noch eine tiefe Beziehung zu dem Frankfurt von 1968 habe, mit all seinen Widersprüchen: Es waren unsere schwierigen, aber unverzichtbaren Lehrjahre.

[Aus dem Amerikanischen von Martin Sauter]

CHRISTOPHER HOPE

No Flowers, No Power

Ansichten aus Südafrika

In einigen Kreisen geht das Gerücht um, die Sechziger seien eine Zeit intellektueller Erneuerung und politischer Turbulenz gewesen. In Europa kulminierte diese Jugendrevolte vielleicht in den »evènements« von 1968. Haarige Massen junger Demonstranten füllten die Boulevards von Paris, stürzten die Regierung der Französischen Republik und schickten General de Gaulle in ein kurzes, unruhiges, wundervoll exzentrisches Exil an der Westküste von Irland.

In Holland, wo im Laufe der Nazibesetzung so viel geschah, daß es den Holländern schwerfiel zuzugeben, daß überhaupt etwas geschehen war, erfand eine jüngere Generation etwas, das »happening« genannt wurde. Für die spielerische Natur des Happening war von entscheidender Bedeutung, daß nichts geschah. In der Welt verbreitete sich die Empfehlung, daß man niemandem über dreißig trauen sollte.

Demonstrationen gegen den Vietnamkrieg zogen Zehntausende in Chicago, London, Berlin an. Junge Amerikaner der Mittelklasse ließen sich in großer Zahl in Arbeitervierteln von San Francisco nieder, experimentierten mit LSD und nahmen den Rat eines amerikanischen Intellektuellen an, »sich anzutörnen und auszusteigen«.

Deutschland lieferte seinen Beitrag wie in früheren Revolutionszeiten in der Form intellektuellen Exports. Daniel Cohn-Bendit wurde von den Franzosen adoptiert, was sie mit deutschen Exporten intellektueller Art gerne tun, und als »Dany le rouge« wiedergetauft.

Über die ganze Periode wurde fortan, wie es der englische Premier Gladstone einmal von einer bestimmten kommerziellen Seifenmarke sagte, in den Anzeigen nur noch in den höchsten Tönen gesprochen. 1968 entwickelte sich zu einem großen Karneval des Teenagerdenkens. Wer hätte dem widerstehen können?

Wir. In Südafrika gab es die Sechziger nur in den Zeitungen. Und die Zeit selbst war nicht mehr als ein Nachrichtenmagazin. Die Sechziger waren in Südafrika das Granitzeitalter. Die Jahre, da alles in Zement gegosssen war, da sich nichts bewegte. Und wenn doch, dann unterdrückten jene, die das Land regierten, die Männer des Apartheidregimes, jede Zuckung, brachten sie zum Stillstand. Sie warfen die Urheber ins Gefängnis oder erschossen sie, wie sie es getan hatten, als das Jahrzehnt in Sharpeville mit einer mörderischen Gewehrsalve eingeläutet wurde.

Man könnte sagen, daß die Dinge in Südfafrika unmittelbarer schienen, auch wenn die wirklichen Aufregungen der Sechziger uns sehr fern vorkamen. Wir hatten von den Freuden des Hippietums gehört, und der Preis seiner Musik war für uns erschreckend hoch. Aber von den wenigen Bildern geleitet, die uns durch die Magazine erreichten (das Fernsehen blieb in Südafrika ein verbotenes Medium), konnten wir zumindest eine verbilligte Imitation seines Lebensstils anstreben. Auch wir schmückten uns mit Glasperlen und Blumen. Marihuana kannten wir schon: in Südfafrika ist es bloß ein verbreitetes Unkraut.

Mit geblendeten Augen beobachteten wir, wie Präsident Kennedy in seinem amerikanischen Camelot hofhielt, und wir waren in Wahrheit, nehme ich an, ein wenig neidisch. Wir wußten, daß Jack Kennedy Berlin besuchte und erklärte: »Ich bin ein Berliner.« Obwohl uns rätselhaft blieb, warum er sich nun als Berliner bezeichnen wollte, da er doch offensichtlich Amerikaner war und die Amerikaner eine solch große Zukunft vor sich hatten. Wir erinnerten uns alle daran, wo wir gewesen waren, als Präsident Kennedy erschossen wurde. Wir wünschten uns, daß unser Premierminister mehr wie Jack Kennedy aussehen möge. Wir wünschten uns, daß unser Premierminister aufhören sollte, Leuten zu drohen, aufhören sollte, Leute zu verhaften. Unser Premierminister zu Kennedys Zeit war Dr. Hendrik Verwoerd, und wir wünschten uns vor allem, daß er sich das Haar länger wachsen lassen sollte, nur ein wenig. Es war über seinen Ohren so streng abrasiert, daß man, wenn man ihn ansah, wußte, es gab keine Hoffnung. Seine Hosen waren weit, in ihm war keine Musik. Außerdem neigte er sehr dazu, Leute einzusperren, die nicht seiner Meinung waren.

Wie sich herausstellte, hatten Jack Kennedy und Hendrik Verwoerd zwei Dinge gemein. Beide starben in Attentaten, und beiden folgten Männer, die stark am Krieg interessiert waren. Lyndon Baines Johnson setzte seine Truppen nach Vietnam in Marsch, Balthazar John Vorster zog jeden dienstfähigen weißen Mann über achtzehn ein. Man sagte uns, daß wir von Feinden umgeben seien, daß sie unsere Grenzen zu stürmen drohten, daß sie das Meer vor unseren Küsten unsicher machten. Wir standen in einer Schlacht gegen die Mächte der Dunkelheit. Jeder, der diese Diagnose nicht teilte, wurde zum Staatsfeind erklärt und auf längere Zeit ohne die Formalitäten eines legalen Prozesses ins Gefängnis gesteckt.

Natürlich hatten wir von Vietnam gehört. Es war in den Songtexten. Aber unser Vietnamkrieg, die Sache, die Tausende von Demonstranten auf die Straße brachte, war die weiße Regierung von Südafrika und ihre energische und begeisterte Politik der Rassentrennung. Man muß aber sagen, daß für viele von uns Vietnam ein weit idealerer Grund für den politischen Kampf war. Dieser Kampf war indessen nur den Studenten vertraut, die regelmäßigen Zugang zur überseeischen Presse hatten. Das heißt, sofern ausländische Zeitungen nicht unterdrückt wurden. Denn in Südafrika gingen damals fast alle importierten Materialien, von Zeitschriften und Büchern bis zu Filmen und Bühnenstücken, durch eine äußerst strenge Kontrolle der Regierungszensoren. In den mittleren Sechzigern sah ich die Premiere von *Wer hat Angst vor Virginia Woolf?* Da hatte ich Glück gehabt. Am nächsten Tag war das Stück verboten. So wie *Mutter Courage* kurz darauf. Es folgten andere Bannsprüche gegen alles mögliche, von *Das Kapital* bis zu den Gedichten Allen Ginsbergs.

Man kann in der Tat sagen, daß den Großteil der Sechziger hindurch alles Material, das ins Land kam und in den Verdacht geriet, intellektuell anregend zu sein, auf der Stelle unterdrückt wurde. Die Behörden waren stolz auf ihren Eifer und genossen es, sich öffentlich zu gratulieren, daß sie es geschafft hatten, subversive Texte von Martin Buber bis zu den Reklamesprüchen für Damenstrümpfe summarisch zu verbieten. Und als die Regierung alles verboten hatte, was ihr unangenehm war, vollendeten ausländische Autoren und Dramatiker die Aufgabe, indem sie die Veröffentlichung und Inszenierung ihrer Werke in Südafrika untersagten.

Aber wir hatten gegenüber Amerikanern und Europäern einen Vorteil. Die politischen Fragen, die sich uns stellten, waren klar und lagen vor unserer Nase. Schließlich war die herrschende Partei 1948 mit einem radikalen Programm rassischer Hygiene an die Macht gekommen. Jetzt, zwanzig Jahre später, im Jahre 1968, war klargeworden, daß die weiße nationalistische Regierung ihre Machtübernahme nicht als bloßen Wahlsieg betrachtete. Es war eine Afrikaaner-Revolution gewesen. Sie hatten die Macht ebenso herausfordernd ergriffen wie die Bolschewiken 1917 in Rußland, und sie beabsichtigten, das Land ebenso energisch nach ihren Mustern rassischer und ethnischer Korrektheit auszurichten.

Das Regime kannte zu der Zeit keine wirkliche Opposition. Was an legitimer Opposition existierte, würde, das hatte unsere nationalistische Regierung sehr deutlich gemacht, bei jeder Gelegenheit an den Wahlurnen vernichtende Niederlagen erleben. Und jede außerparlamentarische Opposition, ob von Schwarzen oder Weißen, würde mit Bannbefehlen oder, wenn nötig, Gefängnisstrafen aufgerieben werden. Der Selbsterhaltungstrieb hatte in den südafrikanischen Sechzigern stets den Vortritt vor der Moral. Und die Polizei, das Parlament und die Justiz trugen gemeinsam dazu bei, den Status quo zu gewährleisten. Das wiederum lief praktisch darauf hinaus, das weiße nationalistische Regime an der Macht zu halten. Was für die Bewahrung der ethnischen Integrität des Afrikaaner-Volkes gut war, war gut für das Land.

In den späten Sechzigern waren schwarze Oppositionelle, die vor langer Zeit zu Gefängnis verurteilt worden waren, unter weißen Südafrikanern so gut wie vergessen. Niemand sprach von Nelson Mandela, weit weg auf Robben Island. Damit die Versuchung, politische Gefangene zu erwähnen, gar nicht erst auftauchte, verbot das Gesetz Zitate aus ihren Reden, ihren Büchern, ihren Gesprächen. Es war ein Gesetz, das von der Presse sehr selten auf die Probe gestellt wurde, und bei den wenigen Gelegenheiten, als das geschah, wurden die Knebelgesetze von der Justiz unfehlbar angewendet.

Infolgedessen wurde in einem merkwürdigen Paradoxon fast alles und jedes subversiv. Es war durchaus möglich, einen Polizisten in schäumende Wut zu versetzen, indem man eine Augenbraue hob. In der alten Sowjetunion hat man früher gesagt, daß alles verboten sei, was nicht ausdrücklich erlaubt war. Die Studenten nutzten diese Verzerrung der natürlichen Ordnung weidlich aus. Gewisse Farben waren praktisch verboten. Rot war äußerst ungern gesehen. Grün und Gold und Schwarz waren verdächtig, weil sie an die ANC-Farben erinnerten. Lange Haare ließen vorbeikommende Autofahrer vor Empörung erbleichen. Sie fuhren an einer Kette von Studenten vorbei, die Spruchbänder mit der Forderung »Schluß mit Haft ohne Gerichtsverfahren!« trugen, und sie nahmen die politischen Slogans nicht zur Kenntnis. Es war die Länge der Haare, auf die sie ihren Zorn konzentrierten, und sie machten dies durch häufige Hinweise darauf deutlich, daß die Demonstranten ja dahin gehen könnten, wo sie hingehörten: nach Rußland oder zurück nach Ghana. Die Sechziger waren in jedem Sinne haarige Zeiten.

Wenn ich den sich verjüngenden Tunnel der Zeit hinunterblicke auf die sonnenbeschienenen Märsche der späten Sechziger, als Tausende junger Männer und Frauen unter den finsteren Blicken von Polizisten und den höhnischen Zurufen der Autofahrer entschlossen durch die Campustore hinausdrängten, kann ich nicht vergessen, daß diese Studenten Lunchpakete trugen, die ihnen von ihren Dienern gepackt worden waren. Sie gingen in Schuhen, die ihnen von denselben Dienern geputzt worden waren. Und wenn es zum Schlimmsten kam und sie festgenommen wurden, holten verlegene Eltern sie mit Kaution und schamerfüllten Versprechungen, daß so etwas nicht wieder passieren würde, heraus. Und sie fuhren dieselben Studenten im Familienmercedes zurück in die grünen, schattigen, eleganten Vorstädte Johannesburgs, wo die Swimmingpools überrascht die grünen Augen aufrissen, ihre Kinder so spät nach Hause kommen zu sehen. Schöne, anmutige Häuser mit sanft abfallendem Rasen, wo die großen

Limousinen still in ihren Doppelgaragen warteten. Und die Diener still am Tisch bedienten. Und nicht ein Demonstrant von hundert war je in einem schwarzen Township wie Soweto gewesen.

Aber wenn sich uns auch das Unzureichende unserer Reaktion langsam und schmerzlich enthüllte, wußten wir doch zumindest, daß das Wesen des südafrikanischen Regimes mit seiner freudlosen unbarmherzigen Mischung aus calvinistischen Gewißheiten, gehärtet von der schrillen Betonung des *volk*, des Kampfes, der Reinheit und rassischen Arroganz, durch und durch böse war. Und nicht nur böse, sondern langweilig. Intellektuell leer.

Trotzdem hatte das Ganze eine karnevalistische Atmosphäre. Zusammen mit einem Gefühl der Unwirklichkeit. Wie der exilierte russische Reformer Alexander Herzen bemerkte, als er in seinen Memoiren den eigenen revolutionären Eifer und seine Liebesaffäre mit den Feuern der Französischen Revolution schilderte, waren wir so von der Theatralik dessen, was wir sahen, betört, daß »wir alles glaubten, was man uns erzählte«.

Das taten wir wirklich. Aber unsere Haltung hatte, das muß man heute sagen, so schwer es fallen mag, einen fatalen Makel. Wir waren Teil genau jener Gruppe, die aus den Gesetzen und Geboten der Rassentrennung mit ihrer Gier und Stupidität und mit der religiösen Paranoia, auf der sie aufbaute, den glänzenden Nutzen zog. Das Leben im engen, geschlossenen Kreis der südafri-

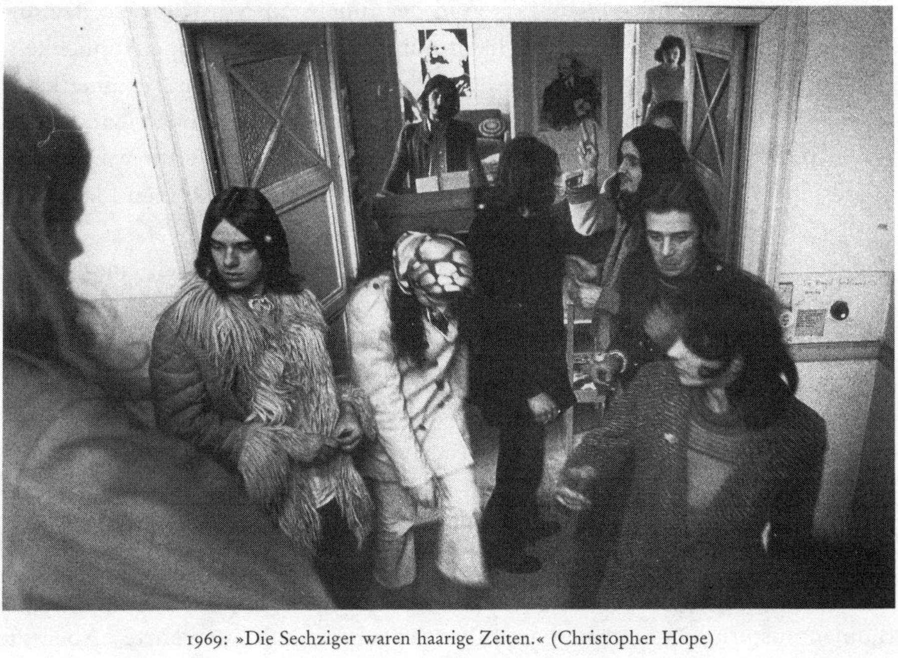

Foto Barbara Klemm

1969: »Die Sechziger waren haarige Zeiten.« (Christopher Hope)

kanischen Apartheid, mitten im Herzen des *laager*, machte die Seele stumpf. Die desperate Gewißheit und der fiebernde Glaube der politischen Führung Südafrikas taten einem das an. Ich bin dem nie wieder begegnet, bis ich vor kurzem durch die Länder des einstigen Jugoslawien reiste und in Serbien eine vergleichbare Paranoia fand. Sie gaukelt ihren Opfern vor, daß im Namen der Selbsterhaltung alles erlaubt sei, selbst die Zerstörung der eigenen Gesellschaft – wenn es nur die traditionellen Feinde unter Kontrolle hält. Unsere taditionellen Feinde waren der Kommunismus, die Geschichte, der Vatikan, der Liberalismus, Amerika und die Integration. Die Entdeckung ähnlicher Feinde in Serbien löste in mir Nostalgie aus.

Unter den Verfechtern und Unterstützern der Apartheid gab es in den späten Sechzigern nicht die Spur von Zynismus. Das kam später. Es war ihre Mission, nicht nur sich selbst zu retten, sondern die westliche Zivilisation. Sie hatten auch eine recht ruppige Tradition geerbt, mit Protestierenden auf den Straßen umzugehen, so wie es einer der Gründer des Afrikaanerstaates, Paul Krüger, einmal englischen Siedlern in der Transvaal-Republik erklärte, die sich bei ihm darüber beschwert hatten, daß sie nicht wählen durften: Protestiert soviel ihr wollt, sagte ihnen der alte Bure, »ich habe die Gewehre«.

So lag vielleicht einige Befriedigung in dem Gefühl, daß die südafrikanischen Behörden ihre revoltierenden Studenten mit etwa dem gleichen Haß betrachteten wie Bürgermeister Richard Daley die amerikanischen Studenten, die vor der Konvention der Demokraten in der Innenstadt von Chicago demonstrierten. Aber das war in Wirklichkeit nur eine vorübergehende Ähnlichkeit. Was den Rest angeht, lebten wir als schwache, blasse Kopien unserer amerikanischen und europäischen Originale dahin. Vietnam war in Südafrika nie eine große Streitfrage. Wie hätte es das sein können? Südafrika selbst war eine so unmittelbare und überwältigende Frage, daß es für anderes keinen Platz ließ.

Wenn ich indessen heute zurückblicke, gibt es vielleicht noch eine weitere Ähnlichkeit. Vielleicht war die andere Verbindung, die wir zu den fernen Libertären in Berkeley und an der Sorbonne hatten, das Ausmaß der Hybris, unter der wir litten. Aufmärsche und Schlagertexte stoppten den Vietnamkrieg nicht.

Und was den anderen großen Anspruch angeht, der sich mit 1968 verbindet: daß diese Jahre eine Generation politisierten, so glaube ich, daß es wahrscheinlich präziser ist zu sagen, daß diese große, haarige Armee von Konsumenten, die wir unleugbar waren, die Einkünfte von Plattenfirmen und Popstars und für ein paar selige Jahre die der Verkäufer von Glöckchen, Glasperlen, Hemden mit Blumenmustern, Tamburinen und Vorgartenhaschisch vermehrte. Aber zu behaupten, daß die Sechziger eine Generation politisierten, heißt 1968 neben 1789 oder sogar 1917 zu stellen. Das verursacht bei mir einen so akuten Anfall von Peinlichkeit, daß die einzig mögliche Reaktion darin besteht, ein Laken übers Gesicht zu ziehen – in der Art jener holländischen Spezialisten, die mit großem Vergnügen die Happenings in den lieben, toten, fernen Tagen organisierten.

Unsere begeisterten Versuche, in Südfafrika die Welt herauszufordern, zu untergraben oder zumindest zu verändern, litten, das muß gesagt sein, unter einem ähnlichen Scheitern. Im besten Falle war es ein Triumph der Hitze über das Licht. Es ist wahr, wir empfanden die Grausamkeiten und Idiotien der Apartheid tief (das konnte auch kaum anders sein, da wir mit dem Schienbein dagegenstießen, sobald wir aus der Tür traten), und sie waren unzweifelhaft real und für alle deutlich sichtbar. Ihre Zerstörung war unstreitig ein nobles Ziel. Wert, dafür zu leben, ja, und wert, dafür zu sterben. Das südafrikanische Regime ließ keinen, der es herausforderte, darüber im Zweifel, daß es, wenn die Herausforderung weit genug ging, nicht zögern würde, mit tödlicher Konsequenz zu reagieren.

Die Schlachtlinien waren also klar, die Chancen lagen fest, die Risiken waren anerkannt. Was geschah dann? Was immer wir taten, wie immer wir protestierten, wie weit wir auch gingen, wir kamen seltsamerweise nie an den Punkt, an dem wir die tödliche Reaktion auslösten. Und wenn man heute zurückblickt, sind die Gründe dafür einigermaßen klar. Als wir marschierten, als wir sangen und unsere Spruchbänder und Fahnen schwenkten und das Ende der Apartheid forderten, als wir zur Befreiung der politischen Gefangenen aufriefen, als wir willig in die Polizeilastwagen stiegen, um abtransportiert zu werden, enthüllten wir nur die Absurdität unserer Position. Und obwohl wir damals alle Existentialisten waren, Heidegger, Sartre und Jaspers lasen, war die Absurdität unserer eigenen Situation etwas, das wir nie zu sehen vermochten.

Die Studenten, die mit solchem Glauben und solchem Eifer demonstrierten, waren für die Afrikaaner-Regierung nie wirklich eine Herausforderung. Sie waren nie eine glaubhafte Bedrohung der Apartheidpolitik, und sie störten in keiner Weise die Pläne des Aufbaus ethnischer Kantone, welche die Herrschenden wie einen riesigen Flickenteppich über den südlichen Subkontinent legten. Was wir einfach nicht verstanden – und dies war eine Wahrheit, die die weißen Afrikaaner mit ihrer Politik der Rassentrennung von Anfang an begriffen hatten, genau wie es die schwarzen separatistischen Bewegungen später verstanden –, war das revolutionäre Wesen der Afrikaaner-Machtergreifung. Sie hatten das schon zwanzig Jahre früher, 1948, gesehen. Sie hatten den essentiell tribalen Charakter ihres rassischen Kampfes erkannt.

Der Tribalismus war etwas, das wir 1968 nicht auf der Rechnung hatten. Genausowenig erkannten wir den Chauvinismus oder den Haß auf Fremdes oder Fremde. Dies war eine Sprache, die zu sprechen wir ablehnten. Und noch während wir dies ablehnten, ging das Regime in Südafrika daran, vorzuführen, daß solche Möglichkeiten sich großer Effektivität erfreuten. Daß sie ein extrem effektives Mittel waren, ein ethnisch gemischtes Land zu teilen und zu beherrschen. Wir glaubten es immer noch nicht. Wir guckten zu, wie das geschah, aber wir sahen nicht. Wir glaubten, daß es alles sehr bedauerlich und schrecklich altmodisch sei.

Die Songtexte unserer Generation reichten nicht ganz an einen Ausdruck des wirklichen Kampfes, der vor unseren Augen ablief, heran. Die einfachen Lieder von Liebe und Frieden und Flower power erscheinen aus heutiger Sicht merkwürdig fehl am Platz in dem raubtierhaften Kampf der weißen Nationalisten von Südafrika um die Macht. Aber wir probierten unsere Zaubersprüche an ihnen trotzdem aus, zusammen mit so süßen Einfältigkeiten wie der »Herrschaft des Gesetzes« und der »Gleichheit vor dem Gesetz« und »Stimmrecht für alle«. Wir fühlten uns danach wohl sehr viel besser. Und es schien unsere Gegner zu ärgern. Aber es änderte natürlich nicht das geringste an ihren energischen Programmen der Rassentrennung.

Erst jetzt, ein Vierteljahrhundert später, begreife ich, wenn ich auf jene Periode zurückblicke, in der die Afrikaaner Pioniere einer militanten Balkanisierung Südafrikas waren, allem voran, was bisher außerhalb des Balkans unternommen wurde, wie weit sie ihrer Zeit voraus waren. Und wie altmodisch wir in unseren Bellbottom-Hosen, mit unseren Tamburinen, unserem einen Monat alten *Time Magazine*, unseren Spruchbändern und Märschen ausgesehen haben müssen.

Der entscheidende Punkt ist heute derselbe wie damals, nur viel dicker. Während die serbischen Truppen in Bosnien auf unheimliche Weise die Methoden rassischer Säuberung wiederaufnehmen, deren Pionier Hitler war und die vom südafrikanischen Regime in seinen Jahrzehnten der Macht wissenschaftlich weitergetrieben wurden; während in Land auf Land Ausländer, Gastarbeiter, Fremde, Roma und Sinti behelligt, ausgewiesen, verbrannt und immer weiter von den Zentren der Zivilität und Macht fortgetrieben werden, trifft einen der immens verstörende Gedanke, daß vielleicht trotz allem die bäurischen, zurückgebliebenen, törichten Buren gar nicht zurückgeblieben waren. Sie waren entsetzlich modern. Alles, was sie taten, war, in eigentümlicher Weise eine Art der rassischen Exklusivität zu praktizieren, in deren Nachahmung die europäischen Länder jetzt wetteifern. Man kann es »Kantonisierung«

oder »ethnische Säuberung« oder »Chauvinismus« nennen. Aber warum nicht ein gutes Wort benutzen, das wir den Holländern verdanken: »Apartheid«?

Und an dieser Stelle sollte man vielleicht den Grund nennen, aus dem die Irrealität unserer Revolution, die uns selbst damals dunkel bewußt war, verständlicher wird. Denn es war eigentlich gar keine Revolution. Es war eine Generalprobe für einen weit vitaleren Kampf, der noch kommen sollte und der sich jetzt von Belgien bis Baku entfaltet. Und es ist nicht mehr, wenn es das je war, etwas, das man fortwünschen kann. Was wir jetzt beobachten, ist das Wiedererstehen des europäischen Tribalismus – jetzt nicht als Gegenstand der Kritik, sondern als Programm des Fortschritts.

Und wie steht es mit der Opposition dagegen? 1968 erfaßte diese Opposition vielleicht etwas von dem, worum es in Wahrheit ging, selbst wenn sich das in einem Nebel von Blumen und Weihrauch abspielte. Denn was war der Kern des Protestes der Antikriegsbewegung in der Vietnam-Zeit? Dieser Krieg enthielt in sich klare Anzeichen eines rassischen oder ethnischen Kampfes. »Der Feind«, die Nordvietnamesen und Vietcong, wurden nicht nur als ideologisch krank angesehen, sondern auch als rassisch unterlegen, eine fremde Rasse, die überwunden, die im Namen irgendeines größeren Vorhabens beiseite gefegt werden mußte. War unser Protest damals zum Teil richtig, so ist er dazu verurteilt, jetzt ganz richtig zu sein. Heute ist es schwierig, auch nur an eine europäische Nation zu denken, die nicht zumindest eine Minderheit hat, auf die sie ihren tribalen Haß lenken kann. Wie die Dinge heute stehen, wäre es theoretisch möglich, ein Vietnamkriegs-Szenario in jedem Land Europas zu haben. Ein Bosnien, das sich von Irland bis zum Ural erstreckt.

Wenn die Erfahrungen Südafrikas in den Sechzigern irgendein Maßstab sind, dann gibt es Anzeichen, daß die Realität sich jetzt mit Macht durchsetzt. Denn unsere Proteste, Märsche und Versammlungen änderten nichts. Die Sechziger in Südafrika endeten damit, daß sich der Beton über unseren Köpfen härtete. Die Siebziger und Achtziger brachten einen sich beschleunigenden Wandel, da die schwarze Mehrheit sich zu behaupten begann. Aber gerade im äußersten Extrem klären sich die Wahrheiten der ethnischen Feindseligkeiten. Erst in der Verhärtung dringen diese Wahrheiten durch.

Und die Wahrheit, die Südafrika heute zerreißt, ist nicht mehr die Apartheid, obwohl dieses unverfrorene Experiment in sozialer Technik das Land so gründlich geteilt hat, daß es Jahrzehnte dauern wird, bevor seine Flicken wieder zusammenwachsen, wenn überhaupt jemals. Es ist nicht die Apartheid, was die Gewalttätigkeit auslöst, die heute in Südafrika ausgebrochen ist und es zum vielleicht blutigsten Land der Welt macht. Diese Gewalt ist in vielen Fällen im wesentlichen tribal und ethnisch. Jetzt ist der Afrikaaner ein kämpfender Stamm unter vielen. Jene, die glauben, daß er stark genug sei, Südafrika nach seinem Willen zu formen, täuschen sich ebenso wie jene, die sich vorstellen, man könnte ihn durch Bomben in die Unterwerfung zwingen. Und in dieser Hinsicht zumindest scheint es eine wirkliche Ähnlichkeit mit Europa zu geben. In unserer Vergangenheit, so könnte man sagen, liegt unsere Zukunft, während wir unseren europäischen Freunden und Feinden, leider, nähergerückt zu sein scheinen als in jenen Tagen, als einige von uns Walroßschnurrbärte und Blumen trugen.

[Aus dem Englischen von Arnulf Conradi]

Forum

Jorge Luis Borges
Shakespeares Gedächtnis

Heinz Schlaffer
Ideen und Fiktionen

Steffen Jacobs
In den lodernden Städten

Ludger Lütkehaus
Vom Zauberberg *zum* Zauberbaum

JORGE LUIS BORGES

Shakespeares Gedächtnis

Eine unbekannte Erzählung

1980 beendete Jorge Luis Borges die Arbeit an der vorliegenden Erzählung. Im selben Jahr wurde sie in verschiedenen spanischsprachigen Zeitungen veröffentlicht. 1989 ging der Text in die dreibändige Gesamtausgabe der Werke Borges' ein und erschien damit erstmals in einem Buch. In deutscher Sprache ist er bislang unpubliziert.

Es gibt Anhänger Goethes, der *Eddas* und des verspäteten *Nibelungenlieds*; mein Los war Shakespeare. Er ist es noch immer, aber auf eine Art, die keiner hätte vorhersehen können, außer einem einzigen Mann, Daniel Thorpe, der nun in Pretoria gestorben ist. Es gibt noch einen; dessen Gesicht habe ich nie gesehen.

Ich bin Hermann Soergel. Der neugierige Leser mag meine *Shakespeare-Chronologie* durchgeblättert haben, die mir einmal zum rechten Verständnis der Texte nötig schien und die in mehrere Sprachen übersetzt wurde, so auch ins Spanische. Möglicherweise entsinnt er sich auch einer langwierigen Polemik über eine gewisse Verbesserung, die Theobald in seine Kritische Ausgabe von 1734 einschob und die seither unbestrittener Teil des Kanons ist. Heute überrascht mich der grobe Ton jener beinahe fremden Seiten. Um 1914 verfaßte ich (ohne sie drucken zu lassen) eine Studie über die zusammengesetzten Wörter, die der Hellenist und Dramatiker George Chapman für seine Homer-Übersetzungen prägte und die das Englische – ohne daß er dies hätte vermuten können – zu seinem angelsächsischen Ursprung zurückführen. Ich hätte nie gedacht, daß mir seine Stimme, die ich nun vergessen habe, vertraut sein könnte ... Ein mit Initialen unterzeichneter Sonderdruck vervollständigt, glaube ich, meine literarische Biographie. Ich weiß nicht, ob es zulässig ist, eine unveröffentlichte Übersetzung von *Macbeth* anzuführen, die ich unternahm, um nicht mehr an den Tod meines Bruders Otto Julius zu denken, der 1914 an der Westfront fiel. Ich schloß sie nicht ab; ich begriff, daß das Englische den Vorzug hat, über zwei Register zu verfügen – das Germanische und das Romanische –, während sich unser Deutsch trotz seiner schöneren Musik auf ein einziges beschränken muß.

Ich habe bereits Daniel Thorpe erwähnt. Major Barclay stellte ihn mir vor, bei einem gewissen Shakespeare-Kongreß. Ich werde weder Ort noch Datum nennen; ich weiß zu gut, daß derlei Genauigkeiten in Wahrheit vage sind.

Wichtiger als Daniel Thorpes Gesicht, das zu vergessen meine partielle Blindheit mir hilft, war sein notorisches Unglück. Nach langen Jahren kann einer vieles simulieren, nicht jedoch Glück. Auf eine nahezu physische Art verströmte Daniel Thorpe Melancholie.

Nach einer langen Sitzung fand uns die Nacht in irgendeiner Schänke. Um uns in England zu fühlen (wo wir längst waren), tranken wir laues schwarzes Bier aus rituellen Zinnkrügen.

»Im Punjab«, sagte der Major, »hat man mir einen Bettler gezeigt. Die islamische Überlieferung schreibt König Salomon einen Ring zu, der ihn die Sprache der Vögel verstehen ließ. Angeblich hatte der Bettler den Ring in seinem Besitz. Der Wert war so unschätzbar, daß er ihn nie verkaufen konnte, und gestorben ist er in einem der Höfe der Wazir-Khan-Moschee von Lahore.«

Ich überlegte, daß Chaucer die Geschichte von dem wunderbaren Ring bereits gekannt hatte; dies laut zu sagen hätte aber Barclays Anekdote verdorben.

»Und der Ring?« fragte ich.

»Ist verlorengegangen, wie das bei magischen Objekten so ist. Vielleicht ist er heute in einer Nische der Moschee versteckt oder in der Hand eines Menschen, der an einem Ort ohne Vögel lebt.«

»Oder wo es so viele gibt«, sagte ich, »daß man nicht auseinanderhalten kann, was sie sagen. – Ihre Geschichte, Barclay, hat etwas von einer Parabel.«

An dieser Stelle ergriff Daniel Thorpe das Wort. Er tat es unpersönlich, ohne uns anzusehen. Er sprach das Englische ein wenig seltsam aus, was ich einem langen Aufenthalt im Orient zuschrieb.

»Sie ist keine Parabel«, sagte er, »und wenn, dann entspricht sie der Wahrheit. Manche Dinge haben einen so unschätzbaren Wert, daß sie nicht zu verkaufen sind.«

Die Wörter, die ich zu rekonstruieren versuche, beeindruckten mich weniger als die Überzeugung, mit der Daniel Thorpe sie sagte. Wir dachten, er werde weitersprechen, aber er schwieg plötzlich, als ob er etwas bereute. Barclay verabschiedete sich. Thorpe und ich gingen zusammen zum Hotel zurück. Es war schon sehr spät, aber er schlug mir vor, die Plauderei in seinem Zimmer fortzuführen. Nach einigen Nebensächlichkeiten sagte er:

»Ich biete Ihnen den Ring des Königs an. Natürlich handelt es sich um eine Metapher, aber was diese Metapher verhüllt, ist nicht weniger wunderbar als der

Ring. Ich biete Ihnen Shakespeares Gedächtnis, von den ältesten Tagen der Kindheit bis zu denen von Anfang April 1616.«

Ich brachte kein Wort hervor. Es war, als böte man mir das Meer.

Thorpe fuhr fort: »Ich bin kein Schwindler. Ich bin nicht wahnsinnig. Ich bitte Sie, erst zu urteilen, wenn Sie mich zu Ende angehört haben. Der Major wird Ihnen gesagt haben, daß ich Militärarzt bin, oder war. Die Geschichte ist mit wenigen Worten erzählt. Sie beginnt im Orient, in einem Feldlazarett, im Morgengrauen. Das genaue Datum ist unwichtig. Mit seinen letzten Worten hat mir ein Gemeiner, Adam Clay, den zwei Gewehrkugeln getroffen hatten, kurz vor dem Ende das kostbare Gedächtnis angeboten. Todeskampf und Fieber sind erfinderisch; ich habe das Angebot angenommen, ohne daran zu glauben. Außerdem ist nach einem Kampfeinsatz nichts mehr seltsam. Er hatte kaum noch Zeit, mir die eigenartigen Bedingungen des Geschenks zu erklären. Wer es besitzt, muß es laut anbieten, der andere muß es laut annehmen. Wer es gibt, verliert es für immer.«

Der Name des Soldaten und die pathetische Übergabe-Szene schienen mir literarisch, im schlechten Sinne des Worts. Ein wenig eingeschüchtert fragte ich ihn: »Sie haben also jetzt Shakespeares Gedächtnis?«

Thorpe erwiderte: »Noch besitze ich zwei Gedächtnisse. Mein eigenes und das jenes Shakespeare, der ich teilweise bin. Besser gesagt, zwei Gedächtnisse besitzen mich. Es gibt einen Bereich, in dem sie sich vermischen. Es gibt da das Gesicht einer Frau; ich weiß nicht, aus welchem Jahrhundert.«

Ich fragte ihn: »Was haben Sie mit Shakespeares Gedächtnis gemacht?«

Er schwieg einen Moment. Dann sagte er: »Ich habe eine Roman-Biographie geschrieben, der die Geringschätzung der Kritik beschieden war und ein gewisser finanzieller Erfolg in den Vereinigten Staaten und den Kolonien. Ich glaube, das ist alles. Ich habe Sie ja gewarnt; mein Geschenk ist keine Sinekure. Ich warte immer noch auf Ihre Antwort.«

Ich überlegte. Hatte ich denn nicht mein Leben, ebenso farblos wie seltsam, der Suche nach Shakespeare geweiht? Wäre es nicht gerecht, wenn ich ihn am Ende meines Tagewerks fände?

Ich sagte, wobei ich jedes Wort sorgsam artikulierte:

»Ich nehme Shakespeares Gedächtnis an.«

Zweifellos geschah etwas, aber ich spürte es nicht.

Kaum ein Anflug von Müdigkeit, vielleicht eingebildet.

Ich weiß noch genau, daß Thorpe mir sagte:

»Das Gedächtnis ist schon in Ihr Bewußtsein eingegangen, aber Sie müssen es noch entdecken. Es wird in den Träumen auftauchen, im Wachen, wenn Sie in einem Buch blättern oder um eine Ecke biegen. Verlieren Sie nicht die Geduld;

erfinden Sie keine Erinnerungen. Der Zufall mag Ihnen günstig sein oder Sie warten lassen, seiner geheimnisvollen Gepflogenheit gemäß. In dem Maß, in dem ich vergesse, werden Sie sich erinnern. Eine Frist kann ich Ihnen nicht versprechen.«

Den Rest der Nacht verbrachten wir mit einer Diskussion über den Charakter Shylocks. Ich verzichtete darauf zu erfragen, ob Shakespeare persönlichen Umgang mit Juden gehabt habe. Ich wollte nicht, daß Thorpe meinte, ich unterzöge ihn einer Prüfung. Ich stellte fest – ich weiß nicht, ob erleichtert oder beunruhigt –, daß seine Meinungen ebenso akademisch und konventionell waren wie meine.

Trotz der vorangegangenen Wache konnte ich in der nächsten Nacht kaum schlafen. Wie so oft entdeckte ich, daß ich ein Feigling war. Aus Angst davor, betrogen worden zu sein, gab ich mich keiner großen Hoffnung hin. Ich wollte glauben, Thorpes Geschenk sei illusorisch. Unwiderstehlich setzte sich die Hoffnung durch, Shakespeare würde mein sein, wie niemand je einem gehört hatte, weder in Liebe noch in Freundschaft noch auch in Haß. Irgendwie würde ich Shakespeare sein. Ich würde weder die Tragödien schreiben noch die vielschichtigen Sonette, mich aber des Moments entsinnen, da mir die Hexen offenbart worden waren, die auch die Parzen sind, und jenes anderen Moments, in dem mir diese gewaltigen Zeilen gegeben wurden:

And shake the yoke of inauspicious stars
From this worldweary flesh.

An Anne Hathaway würde ich mich erinnern wie an jene andere reife Frau, die mich vor so vielen Jahren in einer Wohnung in Lübeck die Liebe gelehrt hatte. (Ich versuchte, mich an sie zu erinnern, und konnte mich nur auf die Tapeten besinnen – sie waren gelb – und die Helligkeit vom Fenster her. Dieser erste Fehlschlag hätte mich auf die weiteren vorbereiten müssen.)

Ich war sicher gewesen, die Bilder des wundersamen Gedächtnisses würden vor allem visuell sein. Das war nicht der Fall. Tage später, beim Rasieren, sprach ich vor dem Spiegel einige Wörter, die mich verblüfften; ein Kollege sagte mir, sie seien aus Chaucers *A. B. C.* Eines Abends, als ich das British Museum verließ, pfiff ich eine sehr schlichte Melodie, die ich nie gehört hatte.

Der Leser wird bereits die Gemeinsamkeiten dieser ersten Offenbarungen eines Gedächtnisses bemerkt haben, das trotz der Pracht einiger Metaphern eher auditiv war denn visuell.

De Quincey behauptet, das menschliche Gehirn sei ein Palimpsest. Jede neue Schrift überdeckt die vorige und wird von der folgenden verdeckt, aber das allmächtige Gedächtnis kann jeden noch so flüchtigen Eindruck exhumieren, wenn man es ausreichend stimuliert. Geht man von seinem Testament aus, so gab es in Shakespeares Haus kein einziges Buch, nicht einmal die Bibel, aber jeder weiß, mit welchen Werken er sich häufig befaßte. Chaucer, Gower, Spenser, Christopher Marlowe, Holinsheds Chronik, der Montaigne von Florio, der Plutarch von North. Latent besaß ich Shakespeares Gedächtnis; die Lektüre – das heißt, die erneute Lektüre – dieser alten Bände sollte das Stimulans sein, das ich suchte. Ich las auch die Sonette von neuem, sein unmittelbarstes Werk. Hin und wieder fand ich die Erklärung, oder die vielen Erklärungen. Gute Verse verlangen danach, laut gelesen zu werden; nach wenigen Tagen gelangte ich ohne Mühe zum harten *r* und den offenen Vokalen des 16. Jahrhunderts.

In der *Zeitschrift für Germanische Philologie* schrieb ich, das Sonett 127 beziehe sich auf die denkwürdige Niederlage der Unbesiegbaren Armada. Ich erinnerte mich nicht daran, daß Samuel Butler bereits 1889 diese These aufgestellt hatte.

Ein Besuch in Stratford-on-Avon war fruchtlos, wie zu erwarten.

Dann begann die allmähliche Umformung meiner Träume. Mir wurden keine prächtigen Albträume zuteil wie De Quincey, noch fromme allegorische Visionen nach Art seines Meisters Jean Paul. Unbekannte Gesichter und Räume drangen in meine Nächte. Das erste Gesicht, das ich identifizierte, war das von Chapman; später das von Ben Jonson und das eines Nachbarn des Dichters, der in den Biographien nicht erwähnt wird, mit dem Shakespeare aber oft verkehrte.

Wer eine Enzyklopädie erwirbt, erwirbt nicht jede Zeile, jeden Abschnitt, jede Seite und jeden Strich; er erwirbt die bloße Möglichkeit, das eine oder andere davon kennenzulernen. Wenn dies schon bei einem konkreten und, dank der alphabetischen Abfolge der Teile, relativ einfachen Gegenstand so ist, wie soll es da mit einem abstrakten und variablen Wesen sein, *ondoyant et divers*, wie dem magischen Gedächtnis eines Toten?

Niemandem ist es gegeben, in einem einzigen Moment die Fülle seiner Vergangenheit zu erfassen. Weder Shakespeare, soweit ich weiß, noch mir, der ich sein Teil-Erbe war, wurde diese Gabe gewährt. Augustinus spricht, wenn ich mich nicht irre, von den Palästen und Höhlen der Erinnerung. Die zweite Metapher ist treffender. In diese Höhlen drang ich ein.

Wie unseres umfaßte Shakespeares Gedächtnis Zonen, große Zonen des Schattens, von ihm absichtlich verdrängt. Nicht ohne gewisse Empörung erinnerte ich mich, daß Ben Jonson ihn lateinische und griechische Hexameter rezitieren ließ und daß sich das Gehör, Shakespeares unvergleichliches Ohr, oft bei einer Quantität irrte, unter dem Hohngelächter der Kollegen.

Ich erfuhr Zustände von Glück und Schatten, die die gewöhnliche Erfahrung des Menschen überschritten. Ohne daß ich es gewußt hätte, hatte mich die lange, lernbeflissene Einsamkeit vorbereitet, das Wunder gierig aufzunehmen.

Nach etwa dreißig Tagen belebte mich das Gedächtnis des Toten. Eine ganze Woche voll seltsamer Seligkeit glaubte ich beinahe, Shakespeare zu sein. Das Werk erneuerte sich für mich. Ich weiß, daß für Shakespeare der Mond weniger der Mond war als Diana, und weniger Diana als jenes dunkle, weilende Wort *moon*. Ich notierte eine weitere Entdeckung. Shakespeares scheinbare Nachlässigkeiten, jene *absences dans l'infini*, von denen Hugo entschuldigend spricht, waren beabsichtigt. Shakespeare nahm sie hin – oder schob sie ein –, damit sein für die Bühne gedachter Text spontan wirke und nicht allzu glatt und gekünstelt. Der gleiche Grund bewegte ihn dazu, seine Metaphern zu vermischen:

... my way of life
Is fall'n into the sear, the yellow leaf.

Eines Morgens entdeckte ich eine Schuld auf dem Grunde seines Gedächtnisses. Ich will nicht versuchen, sie zu präzisieren; das hat Shakespeare für ewig getan. Es mag die Erklärung genügen, daß diese Schuld nichts mit Perversion gemein hat.

Ich begriff, daß die drei Fakultäten der menschlichen Seele – Gedächtnis, Verstand und Wille – keine Fiktion der Scholastik sind. Shakespeares Gedächtnis konnte mir nur Shakespeares Lebensumstände offenbaren. Natürlich machen diese nicht die Einzigartigkeit des Dichters aus; es zählt das Werk, das er mit diesem hinfälligen Stoff ausführte.

Naiv hatte ich mir, wie Thorpe, eine Biographie vorgenommen. Ich entdeckte bald, daß dieses literarische Genre schriftstellerische Qualitäten fordert, die gewiß nicht die meinen sind. Ich kann nicht erzählen. Ich kann meine eigene Geschichte nicht erzählen, und die ist kaum ungewöhnlicher als die Shakespeares. Außerdem wäre ein solches Buch unnütz. Zufall oder Schicksal gaben Shakespeare die schrecklichen trivialen Dinge, die jeder Mensch kennt; er verstand es, sie in Fabeln zu verwandeln, in Personen, die viel lebendiger sind als der graue Mann, der sie träumte, in Verse, die die Generationen nicht aufgeben werden, in Wortmusik. Wozu dieses Netz aufknüpfen, wozu diesen Turm untergraben, wozu Klang und Tosen von *Macbeth* auf die bescheidenen Proportionen einer dokumentarischen Biographie oder eines realistischen Romans reduzieren?

Goethe stellt bekanntlich Deutschlands offiziellen Kult dar; intimer ist der Shakespeare-Kult, zu dem wir uns nicht ohne Nostalgie bekennen. (In England stellt Shakespeare, der den Engländern so fern steht, den offiziellen Kult dar; Englands Buch ist die Bibel.)

Auf der ersten Etappe des Abenteuers empfand ich das Glück, Shakespeare zu sein; auf der letzten Bedrückung und Entsetzen. Zu Beginn vermischten sich die Wässer der beiden Gedächtnisse nicht. Shakespeares großer Strom bedrohte – und vernichtete beinahe – mit der Zeit meinen bescheidenen Bach. Mit Schrecken bemerkte ich, daß ich die Sprache meiner Väter zu vergessen begann. Und da die persönliche Identität auf dem Gedächtnis beruht, fürchtete ich um meinen Verstand.

Meine Freunde kamen mich besuchen; es verblüffte mich, daß sie nicht wahrnahmen, daß ich in der Hölle war.

Ich begann, die alltägliche Umwelt nicht mehr zu verstehen. An einem bestimmten Morgen verlor ich mich zwischen großen Formen aus Eisen, Holz und Glas. Pfiffe und Geschrei betäubten mich. Erst nach einem Moment, der mir unendlich schien, erkannte ich die Maschinen und Waggons des Bahnhofs von Bremen. Mit dem Verstreichen der Jahre ist jeder Mensch verpflichtet, die wachsende Last seines Gedächtnisses zu ertragen. Mich erdrückten zwei, die sich zuweilen vermischten: meines und das des anderen, unmitteilbar.

Alle Dinge wollen in ihrem Sein verharren, hat Spinoza geschrieben. Der Stein will ein Stein sein, der Tiger ein Tiger; ich wollte wieder Hermann Soergel sein.

Ich habe das Datum vergessen, an dem ich beschloß, mich zu befreien. Ich fand die einfachste Methode. Aufs Geratewohl wählte ich Telefonnummern. Kinder- und Frauenstimmen antworteten. Ich bedachte, daß es meine Pflicht sei, sie zu respektieren. Endlich kam ich an die kultivierte Stimme eines Mannes. Ich sagte ihm:

»Willst du Shakespeares Gedächtnis haben? Ich weiß, daß das, was ich dir anbiete, sehr schwerwiegend ist. Überleg es dir gut.«

Eine ungläubige Stimme antwortete: »Das Risiko will ich eingehen. Ich nehme Shakespeares Gedächtnis an.«

Ich erklärte die Bedingungen des Geschenks. Paradoxerweise fühlte ich gleichzeitig Sehnsucht nach dem Buch, das ich hätte schreiben sollen und das zu schreiben mir verwehrt war, und die Furcht, daß mein Gast, das Gespenst, mich nie verlassen würde.

Ich hängte den Hörer ein und wiederholte, wie eine Hoffnung, diese resignierenden Wörter:

Simply the thing I am shall make me live.

Ich hatte mir Verfahren ausgedacht, um das uralte Gedächtnis zu erwecken; ich mußte andere finden, um es zu tilgen. Eines der vielen war das Studium der

Mythologie von William Blake, Swedenborgs aufsässigem Jünger. Ich stellte fest, daß sie weniger komplex war denn verwickelt.

Dieser und andere Wege waren nutzlos; alle brachten mich zu Shakespeare.

Schließlich fand ich die einzige Lösung, das Warten auszufüllen: die strenge, weitläufige Musik: Bach.

PS 1924: Ich bin wieder ein Mensch unter den Menschen. Im Wachen bin ich der emeritierte Professor Hermann Soergel, hantiere mit einem Zettelkasten und verfasse gelehrte Bagatellen, aber im Morgengrauen weiß ich, manchmal: Der träumt, ist der Andere. Abends überraschen mich hin und wieder kleine flüchtige Erinnerungen, die vielleicht authentisch sind.

(Übersetzt von Gisbert Haefs)

HEINZ SCHLAFFER

Ideen und Fiktionen

Notiz zu Borges

Borges stellt dadurch eine Ausnahme unter den Schriftstellern der Moderne dar, daß sein bevorzugtes, wenn nicht sein einziges Sujet Ideen sind. Es ist lange her, daß es als vornehmste Aufgabe des Dichters galt, sie zu verkörpern. Borges nimmt jedoch nicht dieses Ziel der klassizistischen Poetik und der idealistischen Ästhetik wieder auf. Bei ihm haben Ideen eine andere Bedeutung, da er nicht mehr von ihrer Gültigkeit überzeugt ist, entschiedener gesagt: da er von ihrer Ungültigkeit überzeugt ist. Absichtlich wählt er gerade solche Ideen zum Gegenstand seiner Essays, Erzählungen und Gedichte, die besonders unwahrscheinlich (wie etwa die Idee der Wiederkehr) oder sogar von vornherein unmöglich sind (wie etwa das mathematische Paradox im Wettlauf zwischen Achill und der Schildkröte). Er teilt alle aufgeklärten, skeptischen, analytischen und, um auch die neueste Spielart zu nennen, dekonstruktivistischen Einwände gegen die Metaphysik der Ideen – und hält ihnen dennoch melancholisch die Treue: als Thema, nicht als Glaube. Er weiß, daß sie falsch sind, aber er bedauert, daß sie falsch sind – ohne in den romantischen Trotz zu verfallen, der das Abgelegte und Widerlegte zur verborgenen höchsten Wahrheit erklärt.

Es gelingt Borges, vergangene Ideen durch theoretische Rekonstruktion verständlich zu machen und auf poetische Weise wieder ins – freilich fiktive – Leben zurückzurufen, weil er sie sich gerne selbst zu eigen machen würde, wenn dem nicht seine kritische Wachsamkeit im Wege stünde. Er muß seine eigenen Wünsche abweisen und seine Träume widerlegen, wenn er von überholten Weltbildern spricht. Borges ist Historiker genug, um zu wissen, daß er selbst von dem, was er historisch rekonstruiert, durch sein skeptisches Bewußtsein ausgeschlossen ist. Er gerät in die ironische Situation eines Theologen, der nicht an Gott glaubt. Es ist eine Eigentümlichkeit von Borges' literarischer Produktivität, daß sie nicht in einer Zustimmung, sondern in einem Vorbehalt, also nicht in einer Affirmation, sondern in einer Negation ihren Ursprung hat. Dies mag einer der Gründe sein, weshalb Borges nur ein schmales Werk hervorgebracht hat.

Das Gedicht »Die Rätsel« (»Los enigmas«) beginnt:

> Ich, der ich der bin der nun singt, ich werde
> morgen der Rätselhafte, Tote sein,
> der weilt in einem magischen und wüsten
> Bereich ohne Vorher, Nachher und Wann.

Kaum ein Leser wird zögern, diese Verse als Aussage des Dichters ernst zu nehmen. Borges, so scheint es, spricht davon, wie er sich den Zustand nach dem Tod vorstellt. Doch der fünfte Vers fährt anders fort: »Así afirma la mística« – »So behauptet die Mystik«. (Die deutsche Übersetzung – »So spricht der Mystiker« – ist irreführend und vermutlich aus der Absicht entstanden, den vorangehenden Satz weiterhin dem zum Mystiker verklärten Dichter zuschreiben zu können.) Was im Indikativ gesagt ist, gilt lediglich im Konjunktiv. Nur unter der Bedingung, daß die Behauptung der Mystik wahr wäre, dürfte ein »Sänger« (»cantando« ist ebenfalls eine poetische Fiktion des Schriftstellers, der sein Gedicht ja nicht mehr singt, sondern es zum Druck gebracht hat) so bestimmt von seiner künftigen Existenz im Jenseits sprechen. Die scheinbar persönliche Mitteilung eines lyrischen Dichters erweist sich im nachhinein als Rollengedicht. Für die Idee, die es vorträgt, für den Sinn, den es verspricht, steht Borges nicht ein. Leidenschaftlich verfolgt er Ideen und Sinnentwürfe – aber er eignet sie sich nicht an, sondern überläßt sie am Ende ihren rechtmäßigen Eigentümern: den Zitaten, der Vergangenheit, den fremden Kulturen, den erfundenen Figuren. Damit sind alle göttlichen Wahrheiten bei ihren menschlichen Urhebern angelangt und um ihre Glaubwürdigkeit gebracht, wenngleich nicht um ihr Interesse. Der Autor selbst begnügt sich mit »Rätseln«, die er nicht zu lösen vermag.

Sogar gegenüber den eigenen Lieblingsideen bewahrt Borges eine skeptische Haltung. So bietet er allen Scharfsinn für eine Widerlegung der physikalischen Objektivität von Zeit auf, um schließlich zu erklären, daß er an diese Widerlegung »selbst nicht glaube«. Auch solche Ideen, die eng mit Borges' Namen assoziiert werden, sind von ihrem Begründer nicht ganz ernstgenommen worden. Zwar fasziniert ihn die Idee des Labyrinths, doch sein Denk- und Schreibstil folgt dem Ideal der Klarheit; zwar verehrt er Bücher und Bibliotheken, aber er begnügt sich mit lakonischen Zitaten. Die Darstellungsform also widerspricht dem dargestellten Gehalt; die angekündigten Bedeutungen erweisen sich als leer; Ideen sind nichts als Namen. Den metaphysischen Spekulationen, die Borges anstellt, geht die Erwartung des Mißerfolgs voraus: »Bekanntlich existiert keine Klassifikation des Universums, die nicht willkürlich und mutmaßlich wäre. Aus einem sehr einfachen Grund: wir wissen nicht, was das Universum ist.«

Ein Universum, das für die menschliche Erkenntnis durchsichtig wäre, müßte eine menschliche Erfindung sein. Eben zu dieser Erfindung ist Borges bereit: ihr Ort ist die Literatur. Indem er die platonische Verbindung von Idee und philosophischer Wahrheit auflöst, knüpft er zugleich eine neue Verbindung: die von Idee und poetischer Phantasie. Dem Dichter ist das Falsche gerade gut genug, um daraus eine fiktive Welt zu erschaffen. Wenn Borges in seinen historischen und kritischen Essays die verschiedenen »Klassifikationen des Universums« als übereilte Antworten auf unvermeidliche Fragestellungen interpretiert und sie gleichzeitig als sprachlich, psychologisch und kulturgeschichtlich bedingte Irrtümer relativiert, so macht er sich damit den Weg für seine eigenen Fiktionen frei. Diese geben nun offen zu erkennen, daß sie Erfindungen der Phantasie sind, und ersparen also dem kritischen Leser den komplizierten Umweg, zunächst die unbewußten Fiktionen der Ideenlehre freizulegen und sie dann zu genießen, als wären es bewußte. Mehrfach hat Borges dieses Schicksal der Idee beschrieben, die als Erfindung beginnt und über Glaube, Dogma, Zweifel, Widerlegung, Erklärung wieder bei der Erfindung endet.

Da jedes Bild des Universums, das die Metaphysik oder die Theologie entwerfen, so unbeweisbar bleibt wie eine mythische Erzählung, rechnet Borges diese Entwürfe zu den literarischen Fiktionen – ohne ihnen damit ihren Ernst zu nehmen. Er degradiert sie nicht zum bloßen Spiel, denn sie sind Ausdruck eines humanen Dilemmas. Die tragische Kondition des menschlichen Bewußtseins ist darin begründet, daß es sich in dem außermenschlichen Universum orientieren muß, aber nicht mit zuverlässigen Hilfsmitteln für eine solche Orientierung ausgestattet ist. Daher läßt sich nur mit trauriger, nicht mit amüsierter Ironie verfolgen, wie sich die Theologie der Poesie, die Philosophie der Sciencefiction, die epistemologischen Normen der künstlerischen Komposition annähern. Es fehlt in Borges' Texten nicht an sarkastischen Bemerkungen über den Status der religiösen und philosophischen Weltbilder. In dem fiktiven Land Tlön, in dem die decouvrierende Psychologie als klassische Disziplin gilt, lehren die Philosophen selbst, »daß jede Philosophie von vornherein ein dialektisches Spiel, eine ›Philosophie des Als Ob‹ ist«, daß ihr Ziel nicht die Wahrheit, sondern das Erstaunen, und »daß die Metaphysik ein Zweig der phantastischen Literatur sei«. An anderer Stelle hat Borges Parmenides, Platon, Spinoza, Leibniz, Kant zu den »größten Meistern« der phantastischen Literatur erklärt. Doch dürfen diese kompromittierenden Zuordnungen nicht vergessen machen, daß sie die Konsequenz einer resignierenden Einsicht sind. Das »Erstaunen« ist lediglich ein ästhetischer Trostpreis für den, der ursprünglich von der Philosophie Wahrheit erhofft hatte.

In der Interpretationsgeschichte der europäischen Literatur hat bis weit in die Neuzeit hinein die Neigung überwogen, Dichtung als verborgene Theologie oder als verkleidete Philosophie zu verstehen. Borges kehrt die Richtung der Interpretation um und entdeckt in der Theologie wie in der Philosophie Metaphern der Literatur. Was er über die Auffassung des Hl. Geists bei den Sozinianern feststellt: für sie sei er »mit zureichendem Grund, wie ich fürchte, nur eine personifizierte Redensart, eine Metapher« gewesen, das gilt für sämtliche metaphysischen Begriffe. Sie sollen objektive Substanzen bezeichnen und stellen in Wahrheit nur von anthropomorphen Projektionen beflügelte Wortbildungen dar, stammen also aus derselben Quelle der Imagination wie die poetische Fiktion. Drastisch illustriert die »Lotterie in Babylon« die dubiose Genese von Texten, denen die spätere Überlieferung eine sakrosankte Geltung zuschreiben wird, mit der Anekdote, daß die Lotteriegesellschaft die Proteste der Teilnehmer gegen die ungerechte Verteilung der Schicksalslose niedergeschlagen habe, indem sie »in den Abfall einer Maskenfabrik ein knappes Argument hinschmieren ließ, das heute zu den heiligen Schriften zählt«. (Dieses »knappe Argument«, dessen Wortlaut wir nicht erfahren, das aber die verbreitete Unzufriedenheit mit dem Zufall des individuellen Schicksals zum Verstummen bringt, hätte Borges gewiß gerne selbst geschrieben. Die heiligen Texte, an die er nicht glaubt, bleiben dennoch als Vorbild seines Stils gültig.)

»Es gibt in der Geschichte der Philosophie Lehren, die vermutlich falsch sind, die aber mit dunklem Zauber auf die Phantasie der Menschen wirken«, nicht anders als die Erfindungen der Dichter; und die Vermutung, daß jene Lehren falsch sind, macht sie diesen nur noch ähnlicher. Der dunkle »Zauber« (»un oscuro encanto«) der metaphysischen Spekulation besteht darin, daß sie sich eine Welt denkt, in der alles notwendig und alles durchsichtig wäre. Eine solche Überwindung der kontingenten und opaken Beschaffenheit der Wirklichkeit kann der Philosoph zwar wünschen, aber nur um den Preis erreichen, daß seine Lehre »vermutlich falsch« ist. Der Dichter jedoch darf eine derartige Welt in seiner Dichtung realisieren, und zwar ohne Betrug und Irrtum, da er von vornherein bereitwillig zugestanden hat, daß sie falsch ist. Unter diesen Voraussetzungen wird die poetische Welt sogar wieder glaubwürdig: sie macht glauben, obgleich man nicht an sie glaubt. Als solches Paradox bestimmt Borges das Jenseits in Dantes »Göttlicher Komödie«: »Dante konnte das nicht geglaubt haben. Ich glaube jedoch an die Zweckmäßigkeit dieser naiven Vorstellung, daß wir einen wahrhaften Bericht lesen. Sie bringt uns dazu, uns von der Lektüre forttragen zu lassen.« Die strikten Gegensätze Wahrheit und Fiktion müssen zusammenwirken, um den Leser zu verzaubern. Er benötigt den Schein von Wahrheit, damit er die Darstellung ernst nimmt, und gleichzeitig das Bewußtsein der Fiktion, damit er ihr nicht im Ernst widerspricht.

Borges' Einsicht, daß zwischen philosophischer und ästhetischer Konstruktion Parallelen bestehen, hat Folgen für seine poetische Produktion. Seine Dichtung ist nicht um eine Wiedergabe der Empirie bemüht, und nur selten folgt sie typischen literarischen Stoffen. Es sind die großen Themen der philosophischen Tradition, die er zum Sujet seiner Erzählungen und Gedichte wählt: Notwendigkeit, Schicksal, Tod, Unsterblichkeit, Gott, Ewigkeit. Während er dadurch die Metaphysik dem Verdacht aussetzt, sie sei lediglich eine pompöse Gestalt der Fiktion, verleiht er im Gegenzug seinen Fiktionen ein metaphysisches Gewicht. Die Formexperimente, denen sich die künstlerischen Avantgarden des 20. Jahrhunderts verschrieben haben, erscheinen zweitrangig, ja fast albern, gegenüber den gewichtigen Inhalten, die Borges an Texten anderer Autoren wahrnimmt und seinen eigenen Texten integriert.

Es ließen sich die verschiedenen Gattungen von Texten nach dem Gewicht ihrer Wörter unterscheiden, d. h. nach Umfang und Zuverlässigkeit der Wahrheit, die sie verkünden sollen. Zweifellos käme danach die gewichtigste Bedeutung den Wörtern in den heiligen Schriften zu, die angeblich von Gott selbst oder zumindest in seinem Sinne verfaßt wurden. In ihrem Schatten bewegen sich die menschlichen Schriften über göttliche Dinge, die theologischen und die metaphysischen. Ihnen folgten die empirischen Wissenschaften, historische Dokumente und aktuelle Nachrichten. Fast ganz am Ende der Skala, noch unter den alltäglichen Mitteilungen und nur wenig über den alltäglichen Lügen, stünden die Fiktionen der Dichter. Ihre Wörter haben das geringste Gewicht, weil ihr Wahrheitsgehalt am wenigsten zuverlässig ist. Diesem hierarchischen Gefälle wirkt Borges entgegen, indem er die leere Form der Schrift, die literarische, als eine Mimesis der vollen Formen der Schrift, der religiösen und philosophischen, ausgibt und sie so mit einer Poesie der Begriffe auffüllt, die über die Konvention der literarischen Sprache hinausgeht. Ein historisches Recht zieht diese Entlehnung daraus, daß sakrale, poetische und theoretische Sprache auf den archaischen Stufen der Kultur nicht so streng voneinander geschieden waren wie im wissenschaftlichen Zeitalter. An diesen gemeinsamen Ursprung erinnert Borges' Nachahmung vorwissenschaftlicher und vorliterarischer Redeweisen, ohne eine Rückkehr zu ihnen zu propagieren. Daher kann auch für ihn, den Schriftsteller, der an theologische Lehren nicht glaubt, die theologische Hochschätzung von Wort, Schrift, Buch, Zitat, Exegese ein Vorbild sein, um über literarische Phänomene so zu reden, als hätten sie eine absolute Bedeutung.

Die Anknüpfung an die ernsten Formen der Schrift bringt den spielerischen einen doppelten Vorteil: Sie gewinnen aus der Erbschaft Ansehen, Thema und Stil; sie gewinnen aber auch aus der Unmöglichkeit, das an den Glauben gebundene Erbe wirklich fortzuführen, eigentümliche Stimmungen. Denn gerade aus dem Verlust – und nicht aus der Fortsetzung – einer Welt substantieller Ideen zieht die Welt poetischer Fiktionen ihre genuine Schönheit: die Melancholie der Erinnerung, die Tragik des Abschieds, die Ironie des Widerspruchs, die Heiterkeit des Unverbindlichen. Letztlich spiegeln die Fiktionen die condition humaine treffender, als es Ideen je vermocht haben. Vielleicht, so gibt Borges zu erwägen, wäre unsere Erfahrung der Welt angemessen beschrieben, wenn wir unterstellen, wir hätten die Welt geträumt. »Wir haben sie geträumt: widerständig, geheimnisvoll, sichtbar, allgegenwärtig im Raum, feststehend in der Zeit, doch haben wir in ihrem Bau schmale und ewige Zwischenräume von Sinnlosigkeit offengelassen, um dessen eingedenk zu bleiben, daß sie falsch ist.«

STEFFEN JACOBS

In den lodernden Städten

Fünf Festtagsgedichte

Neues von der Klimakatastrophe

Du denkst noch: Altweibersommer,
doch dann
wärmen die Weiber den Leib
einen Winter lang.
Ja, manchmal vermisse ich schon
das Klirren der Eiszeit draußen,
hier oben bei mir,
im feinversponnenen Kopfkokon –
Bald tapsen die Bären jahraus
jahrein in den lodernden Städten.
Kein Mammut mehr
fordert mich auf und heraus
zu Freistil und Tanz
auf dem Gletscherkamm.
Die Larven, die Knospen im März,
die allseits buhlende Herbstzeitlose
gebe ich hin, kann ich nur
meine einsam vereiste Askese bewahren.

Lenz zum Letzten

So ganz am Rand,
nur halb an Land,
die Stirn schlägt an das Sternenzelt.
Mein Kopf bringt mich
nicht zu Verstand,
auf Händen erst faß ich die Welt.

’s ist Jänner jetzt,
zum letzten Mal:
Geh baden, bin gestrandet.
Was mich zerfetzt,
ist keine Qual:
Wär gern im Naß versandet.

So leb ich hin –
in dieser Schlucht
(ich spreche nicht in Gleichnissen);
den Mond am Kinn,
die Knie auf Flucht,
von Drüber bis Drunter zerrissen.

Über die Berge

Die Berge kenne ich kaum.
Aber, ehrlich gesagt,
ich vermisse sie nicht.
Immer so eisig, heißt es,
da oben – selbst jetzt,
wo die Pole schon brennen.
Zeit ihres Lebens
verreisten die Eltern ans Meer.
Auch meine Ahnen
kamen von dort, das
hab ich davon: Ich
Städter zerreiße mich
mehr und noch mehr
in den Maschen der Straße.
So gibt die Zeit
ihnen nachträglich recht:
Seht doch die Kuppen
sich lösen. Und die
Senke der See nimmt sie auf.

Leipziger Impression 1991

Stellwerk und Stahlrohr,
die Schnellrestaurants, der
Abwasch von ranzigen Tagen,
der freudig verdorbene Magen.

Ganz großer Bahnhof
für brüchige Zeiten.

So oder sozusagen, es ist
nicht zu ertragen, schon
jetzt gleicht die Uhr
einem Schußziel.

Wie braut sich das alles zusammen,
wie sagt sich das leichthin daher,
im Dampfbad von Ankunft und Abfahrt,
in Rausch oder Bausch oder Bogen.

Woher bloß der Mensch, so ein
Schlußlicht, die ewige
Heldenstadtstimmung hernimmt.

Bilanz eines Jahres

Auf schiefer Bahn
dem Altern aus dem Weg gegangen,
der Zeit den Zahn geschickt gezogen.
Darüber spannen sich
auch jetzt noch straffe Wangen;
um den Preis der Hohlheit zwar,
doch nicht infolge von Askese –
Was habe ich gelebt mein letztes Jahr:
Gesoffen oft, doch kaum gehurt;
meist waren mir das
rotverschmierte Lieben und

der schale schwarze Tee die
uraltbekannte Melodie. Ja, ich gestehe:
So Kind, wie ich vorm Kiefer aussehe,
war ich hinterm Rachen nie.

LUDGER LÜTKEHAUS

Vom *Zauberberg* zum *Zauberbaum*

Peter Sloterdijks Entdeckung der Psychoanalyse im Jahre 1985

I.

»Schweifend wie Nomaden, ekstatisch wie Derwische, still wie Bäume« möchte Peter Sloterdijks Roman *Der Zauberbaum* mit dem eher schweifenden als stillen Untertitel »Die Entstehung der Psychoanalyse im Jahr 1785. Epischer Versuch zur Philosophie der Psychologie« die lebendigen Menschen sehen (S. 288).[1] Das ist gewiß ein reichhaltiges Programm. Ob damit aber nicht zumindest die Mitglieder akademischer Sozietäten überfordert sind?[2] Immerhin können sie auch bei Sloterdijk noch in die »Schule« gehen: in eine Schule, in der sich das Leben- auf das Schweben-Lernen reimt. Nur ist diese Schule wiederum an einem »schmalen Grat« situiert: am »schmalen Grat des Weder-Noch« (S. 287); und es ist die Frage, ob man sich ausgerechnet in einer derart exponierten Situation ins Schweben begeben will.

Wer so fragt, versucht, ironisch zu sein. Die Ironie aber – gehört sie nicht zum «System der Hemmungen« und »Indirektheiten« (S. 254, 112)? Meldet sich in ihr nicht das »in seine Selbstbehauptungskämpfe verstrickte« (S. 248), angeblich »autonome kritische Subjekt« (S. 254) zu Wort? Wehrt es mit ihr nicht die »Zumutungen« der »Entspannung«, der »Verausgabung«, der »Hingabe« (S. 54 u. ö.) ab – »in jedem Muskel eine Tendenz, in jeder Pore die Defensive, vor jeder Öffnung ein verstärkter Schließmuskel« (S. 174)? Und wie stellen sich diese »Selbstbehauptungskämpfe« gar dar, wenn sich das »Subjekt« noch die Situation vergegenwärtigt, in der es sich als akademisches befindet? Versucht es nicht, »kulturkrumm« und »höhensteif«, wie es zugleich ist (S. 54), sich in die Attitüde des ironischen Souveräns zu retten? Ja, macht es nicht institutionenkrumm seinen Kotau, wenn es sich gegen die Intentionen des *Zauberbaum*-Autors mit dem identifiziert, was in der Regel das Selbstverständnis wissenschaftlicher Sozietäten bestimmt? Denn ganz offensichtlich versteht es die Wissenschaft weder als »bösen Traum« (S. 321) noch als »Krankheit« oder gar »größte aller Lebenslügen« (S. 249). Mit den »Steigerungsphantasien des Erkenntniswillens« hat es offenbar ebensowenig Schluß gemacht (S. 280) wie mit der Lust am

Zweifel und an der Negation – auch auf das Risiko, ein »Sumpf aus stagnierter Negativität« (S. 253) zu bleiben. Und wo ihm die »Hochzeit der Transparenz mit dem Geheimnis« (S. 292) in Aussicht gestellt wird, wo statt der »Beziehungen« nur noch »Winke von Meteor zu Meteor« grüßen (S. 292) und »im Grunde ... alles ungeheuer einfach« ist (S. 280), da fühlt es sich weder insgeheim noch öffentlich »so wollüstig hingabesüchtig wie das sprödeste Weibsbild« (S. 279), wie es bei Sloterdijk die Männerphantasie eines fürstlichen Weibsbildes weiß – obschon dabei die Gefahr besteht, zum neutralisierenden akademischen Neutrum zu werden (S. 158). Unironisch gesagt und aus welchen Motiven auch immer: Wenn für den »Zauberbaum« sich in der Forschung das »autonome kritische Subjekt« als »Prinzip der Krankheit schlechthin« (S. 54) artikuliert, so beharrt dieses Subjekt *bei* der Erforschung des »Zauberbaums« prinzipiell auf sich selbst. Noch deutlicher: Es analysiert seinerseits ein Symptom. Und es arbeitet dabei durchaus nicht mit dem Symptom zusammen (S. 254).

Freilich muß das analysierende Subjekt nicht notwendigerweise durch alle Erfahrung hindurch immer ein und dasselbe bleiben (S. 249). Oft ist es sogar in der glücklichen Lage, *mit* dem Text paktieren zu können. Es weiß nicht nur, es spürt sogar, daß es leibhaft ist und von den »Zumutungen der Entspannung« einiges haben könnte. Und es stimmt darin zu, daß »ordentliche« Verwirrungen besser als zwangsneurotische Klärungsversuche sind (S. 250).

2.

Man sieht: Dem *Zauberbaum* kann man sich nicht nähern, ohne sogleich mitten in den von ihm aufgeworfenen Problemen zu sein; die von Sloterdijk repräsentativ für etliche andere Unternehmungen dieser Art versuchte Dekonstruktion des »kritischen Subjekts« kann dieses in keiner Form und in keinem Moment »draußen« lassen. So hat es sich denn auch mit einem fortlaufenden Sloterdijk-Zitat in den Roman selber hineinzukommen bemüht.

Der Zitatcharakter nämlich ist einer der augenfälligsten Züge dieses »epischen Versuchs«. Ja, der *Zauberbaum* ist von Anfang bis Ende ein Zitatroman. Formgeschichtlich könnte man geradezu von einer Art epischem Cento sprechen. Insgesamt sind über hundert Autoren zu zählen, deren Werke oder Lebensläufe hier zitiert werden, sei es nun offenkundig oder kryptisch, in Anspielungen oder wortwörtlich, motivisch oder szenisch, strukturell oder personell, enthusiastisch oder kalauernd, einverständig oder in bestimmter Negation. Nur die wichtigsten Bereiche und Autoren:

– die französische Literatur und Philosophie vom 17. Jahrhundert bis zur

Gegenwart: die Marquise de Sévigné, Beaumarchais, Chamfort, Diderot, Condorcet, d'Argens, Voltaire, Galiani, Marat, Chateaubriand, Baudelaire, Rimbaud ..., eingeschlossen der Neostrukturalismus, über den Sloterdijk bereits 1971 seine ersten Arbeiten vorgelegt hat: vor allem Lacan und – immer wieder – Foucault, dessen Ingenium mit einer »sprechenden Maschine« vor dem Collège de France präsentiert wird (S. 135); nicht zu vergessen die »Nouvelle Philosophie« neben der »Nouvelle Cuisine«;

– die deutsche Literatur: Karl Philipp Moritz, August von Thümmel, Schikaneder, Goethe, Kleist, Novalis, Heine, Rilke, Musil und besonders Thomas Mann;

– die deutschsprachige Philosophie: Leibniz, Fichte, Schelling, Marx, Nietzsche, Wittgenstein, Heidegger, die Kritische Theorie ...;

– der Mesmerismus, seine Rezeptions-, seine Erforschungsgeschichte: Mesmer, Puységur, Stefan Zweig, Ellenberger, Darnton ...;

– die Psychiatrie und Anti-Psychiatrie: Charcot, die Schule von Nancy, Laing, Cooper, Basaglia ...;

– die titelgebende Psychoanalyse: Freud, Rank, Reich, Lowen, Grof, Moser, Miller ...;

– nicht zu vergessen der Bhagwan Shree Rajneesh und ein für Sloterdijk typisches Selbstzitat vor allem der *Kritik der zynischen Vernunft*, das in dieser Auffälligkeit wohl als literarisch-repetitive Form des Narzißmus verstanden werden kann.

Das alles ist immer kunstvoll, oft geistreich, manchmal witzig inszeniert – wie überhaupt unabhängig von allen weiteren Streitfragen dieser Roman eine virtuose literarische Leistung ist. Zweifellos verfügt Sloterdijk über ganz außerordentliche rezeptive und reproduktive Kapazitäten, angesichts deren der Literaturwissenschaftler, sekundär, wie er ohnehin, tertiär, wie er in diesem Falle ist, sich nur in ein historisch-ironisch gebrochenes Lob retten kann: Ich habe seit langem keinen schöneren, keinen authentischeren Roman aus dem 18. Jahrhundert mehr gelesen. Mein Behagen in und an dieser Zitat-Kultur, die Freude am Wiedererkennen, an der dem Menschen, nicht nur dem Bildungsbürger, nach Thomas Mann so sehr gelegen sein soll, waren indessen nicht ungebrochen. Denn neben dem unbestreitbaren Pläsier habe ich bei diesem Recycling der *literarischen* Wiederverwertungsgesellschaft mitunter eine gelinde Langeweile verspürt: Dieser Zauberbaum brauchte gar nicht erst zu Papier gemacht zu werden – er bestand von Anfang an aus bedrucktem Papier.

Diese polemische Feststellung hätte nun weiter kein Gewicht, zumal sie selber von offenkundiger Zitierfreude begleitet ist, wenn es nicht der vitalistisch-postnietzscheanische, das heißt: der sentimentalische Kritiker des »kulturkrummen« modernen Ichs wäre, der hier, seinerseits »kulturkrumm«, permanent zitierte. »Pragmatische Paradoxie« hätte die linguistische Diagnose zu lauten. Es liegt nahe, Sloterdijk revanchistisch beim Wort zu nehmen, auch wenn – Zitat – Zitate »nichts beweisen« (S. 158). Dieser Roman – besteht er nicht aus »Wörtern, nichts als Wörtern« (S. 280)? »Lebensmüde, von tausend *déjà vus* verfolgt, vom Erinnerungsgift geschwollen« (S. 138), finden wir uns jedenfalls von tausend *déjà lus* umstellt. Und wenn Sloterdijk andernorts auf die »condition postmoderne« reflektiert, so beginnt er mit dem gewiß zutreffenden Satz, daß »postmodern« die »Trostlosigkeit« ist, »die man nicht einmal mehr originell formulieren kann«![3] Recht hat er ja, denn selbst die Klage darüber, daß es nichts Neues unter der Sonne mehr gibt, ist – noch weit über den Prediger Salomo hinaus auf die achtzehnte ägyptische Dynastie zurückführend – fast schon viertausend Jahre alt. Die Postmoderne fällt eben manchmal mit der ganzen Geschichte zusammen.

Aber ich bin nach der Äußerung meiner Allergien eine Beantwortung der Frage schuldig, wer und was hier wie und warum zitiert wird. Titel und Thema, Haupt- und Nebenfiguren, Struktur und Detail sollen auf ihre Bedeutung für Sloterdijks Entdeckung der Psychoanalyse im Jahre 1985 hin analysiert werden – und zwar eben als die Zitate, die sie sind. Indessen soll das nicht heißen, daß diesen Zitaten die spezifische Differenz fehlte. Ganz im Gegenteil möchte ich zeigen, daß unter der Hülle des Zitatromans eine tiefreichende Verkehrung stattgefunden hat, deretwegen ich den *Zauberbaum* letzten Endes als Symptom auffasse.

3.

Ich beginne zwischen *Zauberflöte* und *Zauberberg* mit dem letzteren – die erstere werde ich aus Raum-, nicht aus Unlustgründen über Gebühr vernachlässigen. Die Tatsache, daß Thomas Manns Roman nicht nur im Titel des *Zauberbaum* präsent, sondern nahezu omnipräsent ist, zeigt zunächst noch einmal die Paradoxie von Sloterdijks Lektürekultur: »Kulturkrummeres« als das Zitat dieses seinerseits äußerst zitierfreudigen Romans gibt es wohl kaum. *Der Zauberbaum* ist ein Zitatroman in der zweiten, manchmal dritten und vierten Potenz.

Doch halten wir uns an ein, wie es scheint, vitaleres, ja, geradezu erfreulich obszönes Detail. Im sechsten Kapitel des *Zauberberg* richtet sich bekanntlich plötzlich ein Pilz auf, den der Erzähler nicht ohne ironisches Vergnügen in seiner fleischlich-üppigen Mehrdeutigkeit umkreist. Allerdings nennt er ihn hier (im

Gegensatz zu seinem Tagebuch) nur mit einem Teil seines lateinischen Namens; im übrigen nimmt er ihn symbolisch-sublimierend für die Spannung zwischen Liebe und Tod. Sloterdijk hingegen läßt den »Phallus impudicus«, der bei ihm natürlich zynisch stinkt, bei seinem vollen Namen nennen; und die toten Kavaliere, denen er, dieses »Maximum männlicher Animalität«, wächst, dürfen sogar nach der Logik des »pflanzlichen Exhibitionismus«, zum Schrecken aller »jungen Frauen aus gutem Haus«, den »pneumatischen Finger« heben (S. 295). Was ist also auf dem Weg vom *Zauberberg* zum *Zauberbaum* passiert? Zweifellos eine gewisse Verdeutlichung, sonst aber anscheinend nicht sonderlich viel: Es bleibt bei der »pneumatischen« Drechslerei.

Die freilich ist beabsichtigt, wird hier doch einem von Thomas Mann her bekannten Redner das Wort erteilt: Girolamo Decembrini alias Lodovico Settembrini im Gespräch mit Jan van Leyden alias Hans Castorp und der Fürstin Golowin aus dem Geschlecht Chauchat. Ich überspringe die Interpretation der Namensveränderungen, halte jedoch fest, daß bei Sloterdijk die symbolische Pilzkennerschaft einem Philosophen anvertraut wird, für dessen »forcierten Rationalismus« (S. 13) es »wahre Theorie« eigentlich nur von »trockenen Dingen« gibt, ja, die Psychologie schlicht eine »Sumpfpflanze« ist (S. 294), während Thomas Manns zwielichtiger Analytiker Dr. Krokowski durchaus eine innere Affinität zu Sumpfgewächsen und zur Pilzkunde hat. Des Rätsels Lösung: Die »trockenen Dinge« implizieren eine Freud-Anspielung, die weniger zitierend als glossierend ist (ich komme darauf zurück). Die psychoanalytische Symboldeutung verbindet sich bei Decembrini mit einer rationalistisch bereinigten Bewußtseinsphilosophie.

Das Petrarcisch-Settem-Decembrinische »Placet experiri« wiederum will sich in beiden Romanen nicht recht mit der pädagogischen Warnung vor Sumpfpflanzen, »Steigerungs«-Erfahrungen und »Unterweltfahrten« (S. 294) vertragen. Um so mehr umreißt es den Charakter der Helden: Es steht gleichsam als Motto über der Struktur ihres »Experimental«-Romans.

Sloterdijk hat seinen Jan van Leyden wiederholt als »Typus« bezeichnet, als »Typus« des Raum *und* Zeit durchreisenden »Psychonauten« (S. 11), der nicht bloß polymorph-erotisch talentiert, sondern wegen seines »passiven«, leicht beeinflußbaren, weichtierhaften Charakters, seines Lernvermögens und seiner spekulativen Begabung zu neuen Erfahrungen und Selbsterfahrungen, zur »Wehrlosigkeit vor der Wahrheit« (S. 246) imstande ist. Das, nicht die unbeteiligte Zeugenschaft, die Sloterdijk mit Gottfried Keller seinem Helden zuschreibt, ist es, was dieses an sich unbedeutende »Individuum« (S. 16) zum »Urheber« der »modernen Tiefenpsychologien« (S. 16) disponiert.

Dieser Charakter, der zugleich ein Progamm meint, ist tatsächlich ein

»Typus«, der etliche weitere Repräsentanten kennt. Natürlich ist hier, abgesehen von den vertrauten Theater- und Bettgeschichten, die Plastizität Wilhelm Meisters ebensowenig fern wie das romantische Vagantentum seiner taugenichtshaften Nachfahren oder die Suchbewegungen seiner ›tumben‹ parzivalesken Vorfahren. Am nächsten aber liegt eben Hans Castorp, dieser »schlichte« und ungeniale, doch steigerungsfähige Mensch, auch wenn im *Zauberberg* die Metaphern der Höhe dominieren, denen der *Zauberbaum* mit seiner Lust an der radikalen Verwurzelung zumeist abgeneigt ist.

Außerdem besteht ein beträchtlicher Unterschied in der Figuren-Konstellation: Thomas Manns »simples« Weltkind wird in die Aufklärungs-, Vernunft- und Fortschrittsdebatten *zweier* Propheten eingespannt – und entwickelt dabei immer *mehr* Selbständigkeit. Van Leyden hingegen tummelt sich zunächst unter *etlichen* konkurrierenden Lehrern – und gibt sich schließlich *einem* anheim.

Thomas Mann nun hat den »Experimental«-Roman dieses passiv-plastischen »Typus« in die Tradition des Initiations- und Bildungsromans als eines vergeistigten Abenteuer- und Reiseromans eingereiht. So kann und soll man auch Sloterdijks »Versuch« in dieser Tradition sehen[4]: Nichts Geringeres als der Bildungsroman der Psychoanalyse ist es, den der *Zauberbaum* zu bieten sucht.[5]

Die zahlreichen biographischen Freud-Reminiszenzen dieses Bildungsromans möchte ich nur kurz andeuten. Offensichtlich handelt es sich bei der Namengebung des Helden um eine ironische Opposition: van Leyden versus Freud. Die Berggasse 19 hingegen; Marthe alias Martha, die am Schluß des *Zauberbaum* sogar mit voller Endung figuriert (S. 320); die Mutter (nicht ganz so der Vater) mit ihrer tyrannischen Hingabe an den Erstgeborenen (S. 15 f.); die Geschwister; der Jugendfreund Silberstein[6]; dann die Lust des analytischen Sammlers an Antiken und an der Archäologie; schließlich Freuds Forschungsreisen in die psychiatrischen Zentren von Frankreich, vor allem die von 1885 nach Paris an die Salpêtrière – das alles wird mehr oder minder getreu einbezogen. Indes war der Begründer der Psychoanalyse um 1885 keineswegs mehr, wenn überhaupt je, ein ehrgeizloser und leicht beeinflußbarer Charakter. Mit Jan van Leydens Entdeckung des Unbewußten »weder aus einer klinischen Beobachtung noch auf dem Weg einer akademischen Begriffsanalyse« (S. 186) hatte er ohnehin kaum etwas gemein.

Nun soll van Leyden ja auch nur so etwas »wie ein *jüngerer* Bruder« Freuds sein (S. 15). Und erklärtermaßen schreibt Sloterdijk im ganzen keinen historischen oder gar wissenschaftshistorischen Roman. Seine »Ankündigung«, die den »Vorsatz« des *Zauberberg* herbeizitiert, aber nur, um sich dessen Berufung der vergangensten Vergangenheit als des wahren Raums der epischen Poesie entgegenzustellen, bezieht sich ausdrücklich auf die »reine Gegenwart und nichts als die Gegenwart« (S. 15): die Gegenwart der »aktuellen Seelenverfassungen«. Was ist das aber für eine Psychoanalyse, von der die Gegenwart hier den Stand ihrer Seelenverfassung erfährt – hier, »unterm Zauberbaum«?

4.

Schon im Vorwort zur *Kritik der zynischen Vernunft* hatte Sloterdijk, Heines »Bäder von Lucca« zitierend, von einem Zauberbaum gesprochen. Dort war es der sterbende Baum der Philosophie gewesen, den der Autor noch einmal blühen sehen wollte. In seinem »epischen Versuch zur Philosophie der Psychologie« hingegen – diesem »Tractatus psychologico-philosophicus«, der mit dem Mut zu großen Vergleichen schon am Ende der *Kritik* angekündigt worden war: »Worüber man nicht argumentieren kann, davon sollte man bei besserer Gelegenheit erzählen« – ist daraus der Zauberbaum der Psychologie geworden. Gemäß einer an Kleists »Marionettentheater« orientierten Dialektik unterscheidet Sloterdijk dabei näherhin eine erste Psychologie, die Wissenschaft vom noch nicht reflektierten, instinktsicheren tierischen Wesen ist; eine zweite, die eigentlich Psychopathologie ist, weil sie den mit sich selber zerfallenen Menschen zum Gegenstand hat; schließlich eine dritte, die sich mit dem selbstreflexionslosen und dennoch bewußten Leben jenseits aller zivilisatorischen Zerrissenheit befassen würde (S. 289ff.). Doch die ist entschieden zukünftig. Gegenwärtig bestimmend ist die zweite, die als Nachfolgerin der Philosophie, als die »schwarze Philosophie der Moderne« über die »verpönten Hinteraufgänge des Bewußtseins« die Bühne betritt, nach Art einer Seelenwanderung (S. 186), in deren Verlauf die Psychologie der Philosophie als ihr »Schatten« (Jung) folgt. Kurz, nach dem angeblichen Ende der »Kunstperiode« und dem bevorstehenden Ende der Philosophieperiode bricht die Psychologieperiode an.

Die Philosophie, die sich da zu sterben anschickt, datiert und definiert sich für Sloterdijk von der cartesianischen Philosophie des »Cogito« her: Im *Zauberbaum* wird es als ein »Ich denke, daß ich bin« (S. 284) übersetzt. Das Dilemma, in dem sich das denkende Subjekt dabei freilich immer schon befindet, wird von Sloterdijk in Anlehnung an eine Sequenz aus dem *Neveu de Rameau* prägnant mit einem Satz formuliert, der von Karl Philipp Moritz und Lichtenberg über Feuerbach bis zu Eduard von Hartmann und Nietzsche eine zentrale Rolle in der Entdeckungsgeschichte des Unbewußten vor Freud spielt[7]: »Die Kernfrage heißt ...: wer bin *ich*? Die Frage quält mich, seit *es* in mir denkt« (S. 151).

Die Symptome des »Cogito« im einzelnen: Das »Sein«, an dessen Heideggerscher »Lichtung« sich Sloterdijk gerne beteiligt, wird vom Bewußtsein her totgedacht, jenes »Glühen«, das der Mensch als »denkender Meteorit« (S. 282) nicht sowohl empfindet als ist, just vom Licht des Denkens »abgedunkelt«. Doch diese Metapher einer *Anti*-Lichtmetaphysik ist nicht so paradox, wie es scheinen mag; denn das »Cogito« meint das transitive Erfrieren des »Glühens«, nicht das »Denken *des* Draußen«, vielmehr ein Denken *von* draußen, das verdinglichend und in letzter Instanz vernichtend ist. Mit ihm ist im »Cogito« eine »Höhenkrankheit« verbunden, die zum »Prinzip der Krankheit schlechthin« (S. 54) avanciert. Höhenkrank ist zunächst die vordergründig gottesmörderische, in Wahrheit aber dem Höhengott im Amt folgende Vertretung des »vertikalen Prinzips« (S. 68): »... alles, was oben und Gott ist, ist tot« (S. 299); in einem Zug damit die Entfernung vom Boden, von der »böse« gewordenen Muttererde, von der »alten«, »wilden« Natur; dann die Zerreißung des Leibes und die Abspaltung des Unter-Leibes; schließlich die Trennung und Unterjochung von allen und allem, was gleich und gemeinsam ist.

In der Fortschrittsideologie einer bornierten Aufklärung gewinnt diese Höhenkrankheit ihre das »Ereignis« des »Seins« und der Präsenz verfehlende Dimension. In der »Ordnung der Dinge« (Foucault) hat sie ihren äußerst harten pathologischen Kern – in einer Ordnung, die definierend und ausschließend die Unordnung, die sie zu bändigen vorgibt, erst als solche erzeugt. Ihr relativer Normalfall sind die Rollendiktate, das Sehen und Gesehenwerden aus der Perspektive des »bösen Blicks«, (S. 105); ihr Ernstfall die Totgeburten der Psychiatrie, der Klinik und des Gefängnisses, die das delinquente Leben zunächst kasernieren, danach guillotinieren.

Zentrum der »Ordnung der Dinge« ist das »Ich« des »Cogito«. In seinem Identitätsgefängnis sitzend, aber zugleich mit den Rollendiktaten dieser Ordnung kollaborierend, ist das sogenannte »Individuum« eingespannt zwischen »Jemand« und »Niemand« (S. 285), zwischen »Paranoia« und »Depression«. Bestenfalls erfreut es sich autonom und kritisch eines Krankheitsgewinns, der der Ganzheit des Lebens keine Chance läßt. In der Regel führt es jedoch, von sich selbst und den anderen abgrundtief getrennt, mit sich selbst und den anderen lebenslang Krieg: als »unterworfener Unterwerfer, isolierter Isolierer, geschlagener Schläger, verrücktgemachter Verrücktmacher, ausgebeuteter Ausbeuter« – so die Dialektik einer universell gewordenen Sozialpsychopathologie (S. 291).

Das Symbol dieser mühsam aufgerichteten, siegesstarken, höhensteifen, cogitierenden Seelen ist der Turm, das Symbol eines gänzlich lustlosen, logo- und egozentrischen Priapismus, der prägnant auf den Namen eines »vertikalen Komplexes« getauft wird (S. 220). Ihn darf man als fatalen Abkömmling eines weitaus harmloseren Komplexes auffassen: Die verdrängte Lust auf die Mutter und die Konkurrenz mit dem Vater haben sich in ein globales Inzesttabu in bezug auf die Mutter-Erde-Leib-Natur und die Statthalterschaft des »vertikalen Prinzips« transformiert.[8]

5.

Diesem Sloterdijkschen Turm steht nun ein Zauberbaum entgegen, dem es zwar auch nicht an Höhe und Größe fehlt, der sich aber sichtlich aus anderen Zusammenhängen nährt und zu anderen Erleuchtungen als denen des höhenkranken »Cogito« inspiriert.[9] Unter ihm nämlich wächst die Psychoanalyse, die wahre Psychoanalyse.

Van Leydens Funde deuten sich freilich schon sehr viel früher an. Sie werden nach den romantisch-naturphilosophischen Expeditionen auf die »dunkle Seite des Mondes« (S. 33ff.) vom Straßburger »pavor altitudinis« initiiert, durch die Therapie einer vom Verführungstrauma neurotisierten, aus der Rolle fallenden Hysterikerin gefördert, durch etliche Psycho-Dramen zwischen Müttern und Söhnen, Vätern und Söhnen, später auch zwischen Müttern und Töchtern weitergetrieben, durch Träume und Liebesabenteuer stimuliert, die sich neben einem »Geschmack von Anarchie« durch geschwisterliche Sinnlichkeit (S. 112) und Zuneigung zum Mütterlich-Üppigen auszeichnen, schließlich durch die labyrinthische »Topologie der Pariser Seele« (S. 184) vertieft, bevor sie in Buzancy die höheren Weihen erhalten. Was Sloterdijk im Verlaufe dieses biographisch-(auto)therapeutischen Stationen-Dramas zu zeigen versucht, ist die Geburt der Psychoanalyse aus dem Geist einer erweiterten und vertieften Selbsterfahrung.

Besonders zwei Motive der *Kritik der zynischen Vernunft* werden in diesem Zusammenhang schlüssig wiederaufgenommen. Mit der »Kritik des privaten Scheins«, d. h. der »Basisfiktionen« der Privat-Persönlichkeit und der Identität (S. 129ff.), und mit der »Kritik der Transparenz«, d. h. der Transparenz-*Illusionen* des menschlichen Bewußtseins (S. 107ff.), hatte Sloterdijk schon dort ein Syndrom analysiert, dem er nun die privatistische Exklusion der äußeren »Sperrbezirke« und die bewußtseinspathologische Exkommunikation der »inneren Kellerwelten« hinzufügt (S. 184ff.). Positiv gesagt – und auf der Therapie liegt hier nach der *Kritik der zynischen Vernunft* der Akzent –: Die Kommunikation mit der verdrängten Innerlichkeit und der bekämpften Äußerlichkeit gehören zusammen. Das ist in der Tat der unabgegoltene Überschuß der Entdeckungsgeschichte des Unbewußten. Wo das Ich mit seinen Abwehrmechanismen sagt: »Ich bin ich und das heißt: Dieser, Du bist Du und das heißt:

Jener«, da lautet der Grundsatz des *Zauberbaum* mit Rimbaud und Lacan so, daß zugleich die zentrale Lehre der Chandogya-Upanishad wie des östlichen und westlichen Buddhismus anklingt: »Ich bin ein anderer. Ich ist ein anderer« (S. 101). In der Auflösung der kriegführenden Charakterpanzer und in der Versöhnung mit der inneren und äußeren Natur wird dem höhenkranken und paranoiden, logo- und egozentrischen Subjekt so ein anziehendes Heilungsversprechen in Aussicht gestellt.

Auf dem Hintergrund dieser Konzeption erhält auch die Zitatstruktur des Romans ihren buchstäblich tieferen Sinn. So wie in Jean Pauls »Selina«[10] das Unbewußte die unsichtbare Vielfalt des »Menschengeistes« impliziert, so soll seine von Sloterdijk unter dem Titel einer »Dämonologie« inszenierte Entdekkung neben und unter den expliziten Texten die Unterstimmen, die Nebenseelen hörbar machen. Gleichzeitig soll jene unbewußte Transplantation der Zeit spürbar werden, die unter der Hülle der Gegenwart und gegen die Vorstellung einer linearen Zeit Früheres, ja, Ältestes mit Aktuellem verknüpft – das ist die Form, die Sloterdijk der von der Romantik bis zu Freud reichenden Lehre von der Zeitlosigkeit des Unbewußten gibt, die eigentlich nicht Zeitlosigkeit, sondern die Beharrlichkeit des Nicht-Vergehenden meint.

Das gestattet es nun zwar sicherlich nicht, die Zitate des *Zauberbaum* als »transplantierte« unbewußte Unterstimmen zu verstehen. Denn es handelt sich ja zunächst wieder um artikulierte, manifeste Texte. Und an der Paradoxie dieses kulturkritischen »kulturkrummen« Zitatromans ändert sich ebenfalls nichts. Gleichwohl intendiert die Zitatstruktur, insofern durchaus schlüssig, statt des Solipsismus eines »Ich«-sagenden Individuums die Vielheit eines Dividuums, das von unterschiedlichen »Transplantaten« lebt und aus dem ein »Ich ist ein anderer« spricht.

Allerdings hat der *Zauberbaum* mit diesem Satz, wenn man ihn programmatisch, nicht analytisch nimmt, kaum noch Freudianische Intentionen im Sinn. Freuds bekannte Maxime »Wo Es war, soll Ich werden« hätte sich mit dem Generalangriff auf das Ich nur schlecht vertragen. Und sein Kulturprogramm für die Trockenlegung der Zuidersee, das noch viel weniger zu Sloterdijks »Abstiegskuren« paßt, wird nicht umsonst der oben erwähnten »trockenen« Philosophen-Karikatur, deutlicher dann einem unsäglich aufgeklärten Bourgeois in den Mund gelegt (S. 144). Schon insofern führt Sloterdijks Roman weit eher auf eine Revision als auf eine Bekräftigung der Freudschen Psychoanalyse.

6.

Noch deutlicher wird das in Sloterdijks Rezeption des Mesmerismus, der im *Zauberbaum* zum wahren Ahnen der Psychoanalyse, und zwar einer nicht kastrierten Psychoanalyse, avancieren soll.

Mit den von Sloterdijk genutzten Historikern, vor allem Ellenberger und Darnton, dazu der neueren Mesmerismus-Forschung (Blankenburg, Bongartz, Cahn, Florey, Kretschmer, Lorenzer, G. Müller, Schott, Steinwachs, Wolters), schließlich der bekannten Darstellung von Stefan Zweig, die allerdings in ihrer Interpretation problematisch ist, weil sie den Mesmerismus kurzschlüssig auf die Psychoanalyse projiziert, sind als die Hauptelemente des Mesmerismus zu nennen: die Vorstellung eines subtilen physikalischen Fluidums, das als »gravitatio universalis«, z. B. in der Form der Elektrizität, des mineralischen oder animalischen Magnetismus, die Gestirne, die Erde, die Natur und die Leiber der Menschen durchdringt; dann die Lehre, daß Gesundheit die gleichmäßige, harmonische Verteilung und der ungehinderte Fluß dieses Fluidums ist, Krankheit hingegen auf seiner Stockung und seinem Ungleichgewicht basiert; schließlich ein therapeutischer »Rapport«, der sich auf die Hervorrufung und die Zuspitzung von »Krisen« in den Patienten durch einen Magnetiseur stützt, der das Fluidum kanalisiert.

Alles das wird in der historisch authentischen, heute eher bioenergetisch anmutenden *Zauberbaum*-Szenerie plastisch faßbar: Die fluidalen Ströme sollen von dem zugleich geerdeten und kosmisierten Baum über die Nabelschnüre der Seile und die magnetische Kanalisation in und zwischen den kreisförmig verbundenen Menschen zirkulieren.

Der spekulative Charakter dieser um 1785 ebenso gefeierten wie umstrittenen Lehre, die derzeit nicht nur bei Sloterdijk wieder Interesse findet, soll an dieser Stelle nicht diskutiert werden. Wichtiger sind die sozialen und politischen Implikationen des Mesmerismus, der zu den einflußreichsten vorrevolutionären Strömungen zählte: Gegen die hier meist übliche geistesgeschichtliche Gleichschaltung muß man betonen, daß der aufklärerisch-vorrevolutionäre und der romantisch-nachrevolutionäre Mesmerismus nicht die gleiche Bedeutung hatten.

Dieser aufgeklärte Mesmerismus ist im *Zauberbaum* geradezu ein psychopolitisches Modell. Was van Leyden von seinen mesmeristischen Lehrern erfährt und dann selber in griffigen Formeln verkündet, ist das Bündnis von neuer Seelenkunde und revolutionärer Politik im Zeichen des Zauber- und Freiheitsbaums. In der Erstürmung der »Bastille des Unbewußten« (S. 18) findet diese Psycho-Politik ihr orientierendes Begriffsbild. In der Verflüssigung der erstarrten gesellschaftlichen Hierarchien sieht sie den Weg der »fluidalen Revolution« (S. 173, 187). Und in der universellen Kommunikation eines »neoheraklitischen Zeitalters« (S. 187) auf dem Boden eines von Elektrizität und Liebe durchströmten sozialokkultistischen Weltstaats glänzt ihr utopisches Ziel (S. 188).

Freilich wird diese fluidale Utopie allzu bald zuschanden: In einem »Staffellauf der Verkümmerung« (S. 177) wird der Weg vom revolutionären »konvulsivischen Überschwang« über die kapitalistische Entfesselung eines »ekstatischen« Geld- und Geschlechtsverkehrs (S. 173 ff.) und die »Vermählung der bürgerlichen Exekutive mit den neuen Produktivkräften« (S. 307) bis zu den Stahlgewittern des Ersten Weltkriegs zurückgelegt. Noch einmal zitiert Sloterdijk hier mit der historischen Seelenwanderung seines Helden den *Zauberberg*, dessen Autor in dem Diabolus ex machina des Weltkriegs das offene Ende seines Steigerungsromans gefunden hatte.

Nicht weniger katastrophal indessen und um so symptomatischer für Sloterdijks Verständnis der Urgeschichte der Psychoanalyse ist die besondere Wendung, die er den fluidalen Verheißungen des Mesmerismus durch seine therapeutische Leitfigur, den Marquis de Puységur, gibt. Diese Transformation ist im wesentlichen methodischer Natur: Es geht um die therapeutische Nutzung des sogenannten »künstlichen Somnambulismus« oder »magnetischen Schlafs«, seit James Braid unter dem Namen »Hypnotismus« bekannt. Dieser »Schlaf« zeichnete sich zugleich durch eine abnorme Wachheit und »Luzidität« aus, eine derartige Wachheit, daß bestimmte Patienten in ihm zur Selbstmedikation imstande waren. Ein entschieden autonomer Impuls verband sich also mit einer durch den Hypnotismus noch über Mesmers magnetischen »Rapport« hinaus gesteigerten Fremdbestimmung.

Konzentriert ist beides an zwei Szenen ablesbar: an der Therapie eines pathologisch ineinander verknoteten Mutter-Tochter-Paares; Puységur *befiehlt* hier der Tochter, *frei* zu sein (S. 262); mehr noch an der Kur von Victor Race, die Sloterdijk bis ins Detail seinen historischen Quellen entnommen hat: Der von seinem feudalen Grundherrn und Arzt wiederholt für Demonstrationszwecke benutzte Leibeigene kuriert sich, indem er sich emanzipiert, aber eben in der Hypnose – so wie die Tochter mit einer weiteren handgreiflichen pragmatischen Paradoxie geheilt wird dank dem imperativischen »Sei frei«. Widersprüchlicher geht es wohl kaum, und diese Widersprüchlichkeit illustriert die von Sloterdijk entdeckte Psychoanalyse.

Um nicht ungerecht zu werden und den *pauschalen* Irrationalismus-Verdacht, unter dem Sloterdijk neuerdings öfters steht, nicht zu erneuern, ist festzuhalten, daß sein Protagonist, historisch ein sozial engagierter Philanthrop, keineswegs ein okkultistischer Dunkelmann ist. Gegenüber van Leydens Zweifeln, in denen sich noch einmal das »autonome kritische Subjekt« zu Wort meldet, vertritt der Marquis de Puységur die Maximen der »Verausgabung« des Widerspruchs, der offenherzig geäußerten Negation. Die hypnotische Trance wird von ihm für ein ersetzbares Kunstmittel erklärt, das ausdrücklich der Selbstfindung des eigenen Willens dienen soll (S. 249). Und vor allem ist er es ja, mit dessen Trennungshilfe sich Victor Race emanzipiert und der diesen Emanzipationsprozeß ohne Vorbehalt akzeptiert.

So weit, so gut. Indessen ist schon in dieser Szene symptomatisch genug, daß der subalterne Victor, den Marquis duzend, die Manieren eines befehlsgewohnten »großen Herrn« annehmen muß, um sich emanzipieren zu können (S. 259f.). Und dieser Umstand konterkariert und bestätigt zugleich jene psychohistorisch so aufschlußreiche Tatsache, die Lorenzer im Anschluß an Ellenberger betont hat: daß Paternalismus und Magnetismus im engsten »Rapport« miteinander standen.[11] Einfache Soldaten und Bauern ließen sich zum Beispiel besonders gut von Offizieren und Grundherren behandeln. Und wie ist die Situation, wenn die hypnotische Manipulation *nicht* von einem aufgeklärten Philanthropen wie dem Marquis vorgenommen, sondern diktatorischen Absichten dienstbar gemacht wird – ein Problem, das van Leyden im Anschluß an die »Kritik der zynischen Vernunft« (S. 109) noch *reflektiert*, aber der *Zauberbaum*, anders als etwa Thümmels *Reise*, E. T. A. Hoffmanns *Magnetiseur* oder Thomas Manns *Mario und der Zauberer*, nicht mehr *zeigt*?

Puységurs letztes Wort ist überdies die Absage an das »hemmende« System der Selbstbeobachtung und das Plädoyer für die »Paradoxien einer radikalen Unterweisung« (S. 248). Die geradezu obsessiv proklamierte »völlige Hingabe« (S. 247, 255), kurz, das guruzentrische »surrender« ist es, das hier regiert. Die paramilitärische Metapher, mit den Widerständen nicht »lange zu verhandeln« (S. 254), hat mit deren therapeutischer und autonomisierender Produktivkraft jedenfalls nur noch wenig im Sinn. Vor lauter hingabefreudiger »Eindeutigkeit« ist auch von der Absage an die Eindeutigkeitsfiktionen der Identität nichts mehr geblieben.

So ist die Botschaft der Methode die einer bloß bedingten Autonomie in einer fremdbestimmten Gesamtsituation. Und diese Situation ist über ihre autoritären Elemente hinaus durch die den Maximen des »surrender« folgende, also nicht bloß therapeutisch-temporäre Regression auf präödipale Abhängigkeiten determiniert. Geschlagen mit dem (von Rank und Grof her inspirierten) »Trauma der Geburt« (S. 241) fällt van Leyden auf symbiotische Verschmelzungswünsche zurück, und zwar dezidiert in einem »Reich ohne Geschichte« (S. 237). Ohne eigenen Willen, ohne eigene Vorstellung, ohne eigene Welt liegt der von aller Freiheit und Selbständigkeit verlassene Psychonaut »wie ein müdes Kind in seinem Bett« (S. 298) – auch wenn sich danach mit dem (*Zauberberg*-) Impuls zur »wilden Abreise« noch einmal das Subjekt gegen den Willen des Magnetiseurs zurückmeldet. Diese symbiotischen wie die guruzentrischen Elemente des Sloterdijkschen Mesmerismus aber führen auf ganz andere psycho-politische Zusammenhänge, als sie der aufgeklärte Mesmerismus im Sinn gehabt haben mag: Restauration des Maternalismus und des Paternalismus, lautet die verschwiegene Maxime.

Zwei instruktive historische Belege dafür: Der Makrobiotiker Hufeland hat den »Rapport« zwischen Magnetiseur und Patient, sichtlich enthusiasmiert, mit der intimen Abhängigkeitsbeziehung zwischen Mutter und Fötus verglichen.[12] Analog hat der Mesmerist Jacques Pierre Brissot unverhohlen das väterliche Vergnügen an den Gefühlen kindlicher Abhängigkeit einbekannt: »... als ein Ärzte fürchtender Vater liebe ich den Mesmerismus, weil er mich mit meinen Kindern vereint. Wie süß ist es für mich, sie meiner Stimme *gehorchen* zu sehen; zu sehen, wie sie sich vorbeugen, in meine Arme gleiten«[13] (Hervorhebung, L. L.).

Auf diesem Hintergrund ist es plausibel genug, was Freuds *Massenpsychologie* im Anschluß an Ferenczis Analyse der väterlich-direktiven und mütterlich-schmeichlerischen Elemente des hypnotischen Schlafgebots beschrieben hat[14]: die Verbindung von Autoritätssucht und verliebter Hingabe in der Hypnose als »Massenbildung zu zweien«. Eben diese Verbindung ist es, was der *Zauberbaum* als Modell für autonomiemüde »Hingabe«-Gelüste im weitesten Sinne empfiehlt: Endlich kann man ebenso harmonisch wie gehorsam mit den Eltern jeder Sorte zusammensein. Erlösungsvorstellungen mögen sich daran orientieren, nicht aber die der Befreiung, die im genauen Widerspruch zum Evangelium Puységurs (S. 254) immer nur »in eigener Regie« herbeigeführt werden kann.

Insofern hat der *Zauberbaum* auch, hinter die *Kritik der zynischen Vernunft* zurückfallend, mit einer Psychoanalyse, die diesen Namen verdient, nichts mehr gemein. So selbstverständlich das sein mag, muß man daran erinnern – und das macht die Konstruktion dieses Bildungs-Romans der Psychoanalyse zu einer Fehlkonstruktion –, daß sich Freuds Methode erst *nach* seinen Frankreich-Reisen, erst *nach* seiner Bekanntschaft mit der dynamischen Psychiatrie und in wesentlichen Punkten *gegen* sie entwickelt hat. In seiner *Massenpsychologie* hat Freud die Gegnerschaft gegen den »tierischen Magnetismus«, gegen Suggestion und Hypnose noch einmal ausdrücklich bekräftigt. Unterm Zauberbaum aber wird dieser epochemachende Weg Freuds in umgekehrter Richtung zurückgelegt. Zwar beruht auch die psychoanalytische Methode, unter anderem, auf jenem »Rapport«, dessen Erfahrung und Nutzung historisch nicht ohne den

Mesmerismus zu denken ist. Doch dieser »Rapport«, konstituiert durch die Dynamik von Übertragung und Gegenübertragung, ist nicht die ganze Psychoanalyse. Ebenso wichtig ist die gleichschwebende Aufmerksamkeit des Therapeuten, die offenbar wieder aus dem »System der Hemmungen« stammt; am wichtigsten aber ist nach wie vor, mit einer Wendung von Peter Szondi gesagt, die *freie* Assoziation. Sie ist, und zwar gerade im Zusammenhang mit der Übertragungs-Dynamik, eine sprengende, jedes Deutungsmonopol, jede Suggestionshierarchie aufsprengende Kraft mit einem auch politisch und gesellschaftlich wichtigen Einübungs-Potential zur Emanzipation von den erlittenen und im elterlich-kindlichen »Rapport« übertragenen Formen der Macht. Jener Macht, die im *Zauberbaum* allen Verheißungen der »fluidalen Revolution« zum Trotz restauriert wird. Das ist es, was diese Entdeckungsgeschichte der Psychoanalyse im Jahre 1985 zu einer Entstellungsgeschichte macht.

1 Seitenangaben nach der Ausgabe Frankfurt/M. 1985. Der Roman hat, nach dem spektakulären Erfolg der *Kritik der zynischen Vernunft*, deren positiv gewendete poetische Fortsetzungsgeschichte er ist, ebenfalls eine Fülle von Besprechungen erhalten, die zwar deutlich verhaltener als die der *Kritik*, aber überwiegend wohlwollend sind. Zu lernen ist am meisten aus den beiden vorzüglichen Rezensionen von Martin Blankenburg (in: *Das Argument*, Jg. 1986), der auch zu Robert Darntons wichtiger Studie (s. Anm. 12) einen lesenswerten Essay beigesteuert hat, und von Hartmut Boehme (in: *Psyche*, Jg. 1986, H. 4).

2 Der Text ist die durchgesehene Fassung eines Vortrags an der Universität Siegen im Mai 1986, dessen Anlaß ein akademischer Initiationsritus war. Das Verhältnis zu dem – in Siegen auch schon vor erhellenden »Spiegel«-Umfragen wohltuend modifizierten – universitären »System der Hemmungen« war »unterm Zauberbaum« naturgemäß mit zu thematisieren.

3 In: *Die Neue Gesellschaft/Frankfurter Hefte«*, Jg. 1986, H. 4, S. 296.

4 Freilich ohne dabei an die Bildungsgeschichte eines sogenannten »In-Dividuums« denken zu lassen, wie es der literaturwissenschaftliche Begriff des »Bildungsromans« will.

5 Hildesheimers *Marbot*, ohne den mir Sloterdijks »Versuch« kaum vorstellbar erscheint, versucht Ähnliches und in ähnlichen Formen: denen einer quasi-biographischen Historizitätsfiktion, obwohl bescheidener, nämlich begrenzt auf die Bildungsgeschichte einer psychoanalytischen Kunstbetrachtung, dafür aber mit größerer Intensität.

6 Er kommt hier mit einer fingierten Korrespondenz zu Ehren. Die erhaltenen Briefe Freuds an Silberstein hat (Frankfurt/M. 1989) Walter Boehlich ediert.

7 Dazu L. Lütkehaus (Hrsg.), *»Dieses wahre innere Afrika«. Texte zur Entdeckung des Unbewußten vor Freud*, Frankfurt/M. 1989.

8 Die Entdeckungsgeschichte des Unbewußten weist ein aufschlußreiches Präludium zu Sloterdijks Turmkomplex auf: In C. G. Carus' *Psyche* wird zwar gerade die »leuchtende Spitze« der gotischen Dome zum Symbol der *Einheit* des Seelenlebens, aber aufgrund eines »unsichtbar tief in der Erde« ruhenden Grundes. Durchaus Konträres hingegen bietet trotz gleicher Szenerie Thümmels *Reise in die mittäglichen Provinzen von Frankreich im Jahr 1785* – deren Held wird bei seiner Besteigung des Straßburger Münsters durch eine entschieden bewußtseinsorientierte Aufklärung kuriert, während van Leyden am selben Platz in die Gefahren der Bewußtseinshöhe eingeweiht wird.

9 Historisch ist es immerhin bemerkenswert, daß im Gegensatz zu dem »vertikalen Prinzip«, dessen sterile Erektionen beim Erdbeben von Lissabon »gleich über der Erde geknickt« werden und dann lautlos im Mutterboden versickern (S. 71), die Ulme von

Buzancy bis 1940, bis zum Jahr der deutschen Okkupation, gestanden hat. Und die Bauern haben auch dann noch die Baumtrümmer aufbewahrt, weil sie heilende Wirkungen mit dem Zauberbaum verbanden.

10 Vgl. dazu Lütkehaus, *»Dieses wahre innere Afrika«*, a. a. O.

11 Alfred Lorenzer, *Intimität und soziales Leid. Archäologie der Psychoanalyse*, Frankfurt/M. 1984, S. 62 ff.

12 Zitiert nach Henry F. Ellenberger, *Die Entdeckung des Unbewußten*, 2 Bde., Bern/Stuttgart/Wien 1973, Bd. 1, S. 224.

13 Zitiert nach Robert Darnton, *Der Mesmerismus und das Ende der Aufklärung in Frankreich*, München 1983, S. 86 f.

14 *Gesammelte Werke*, Bd. XIII, London 1940, S. 96 und 140 ff.

Einsprüche und Nachreden

Dirk Vanderbeke
Blick zurück nach vorn

Caroline Blackwood
Francis Bacon

Ralph-Rainer Wuthenow
Der unvergeßliche Zeitgenosse: Günther Anders

DIRK VANDERBEKE

Blick zurück nach vorn

Time's Arrow *von Martin Amis*

Foto Paul Zsolnay Verlag

Der erste Blick ist nach oben gerichtet. Der Erzähler ist von Ärzten umgeben, die auf ihn herabschauen. Er ist unbeweglich, aber es geht ihm bald besser, bis er schließlich nach einer Beatmung ohnmächtig wird und bei der Gartenarbeit wieder aufwacht. Etwas stimmt hier nicht – und warum bewegt er sich rückwärts auf das Haus zu?

Der Pfeil der Zeit, den Martin Amis als Titel seines Romans gewählt hat, wurde vor etwa hundert Jahren von dem deutschen Physiker Boltzmann als Metapher für das zweite Gesetz der Thermodynamik eingeführt. Er weist in die Richtung der Entropie: auf zunehmende Unordnung, Energieverlust und schließlich den Wärmetod des Universums. In der Literatur taucht er seit einigen Jahren, wenn nicht Jahrzehnten auf, sei es als Symbol einer Ausweglosigkeit im Geschichtsprozeß und allgemeiner kultureller Nivellierung oder als Waffe der Anarchie gegen übermächtige Ordnungssysteme. Dabei stellt sich immer wieder die Frage, ob sich der Pfeil der Zeit auch umkehren ließe und wie die Welt dann aussähe. Eine Idee dazu hatte Lewis Carroll schon im letzten Jahrhundert. In *Alice hinter den Spiegeln* lebt die weiße Königin rückwärts und kann sich in beide Richtungen erinnern, am besten an übernächste Woche. Für sie sitzt der Bote des Königs im Gefängnis, obwohl der Prozeß erst nächsten Mittwoch stattfindet. Und das Verbrechen kommt natürlich ganz am Schluß.

Auch Martin Amis' Erzähler bewegt sich rückwärts in der Zeit, aber er kann sich nur in eine Richtung erinnern, an die Zukunft, die seine Vergangenheit ist. Die Geschichte setzt auf dem Totenbett ein und endet kurz vor der Geburt. Dabei ist der Erzähler nicht der Agent seines eigenen Lebens, er ist der beobachtende Begleiter der Hauptfigur Tod Friendly, eines anfangs pensionierten Arztes in Amerika. Als ohnmächtiger Mitbewohner des Körpers steht er neben den Geschehnissen, die er miterlebt und mitfühlt, zu verstehen sucht und ungehört kommentiert, die sich aber für sein handelndes *alter ego* entlang der üblichen Zeitachse entwickeln.

Damit verkehren sich für die Erzählung alle Richtungen und alle Kausalverbindungen. In dieser Welt ist es schwer, etwas zu zerstören, aber ein einziger Erdstoß kann eine ganze Stadt entstehen lassen. Die Müllmänner bringen den Abfall, aus dem man sich nach und nach alles, was man braucht, heraussucht; Briefe entstehen im Feuer und werden mit dem Stift ausradiert; die Nahrung wird ausgespieen und auf dem Teller zusammengefügt – und wo sie herkommt, ist dann wohl auch klar. Die Bedeutung der Exkremente für diese Welt liegt auf der Hand.

Spiegelungen und Verkehrungen sind in den Romanen von Martin Amis nicht neu. In *Success* kreuzen sich die Erfolgslinien der beiden Hauptfiguren: Der strahlende Held entpuppt sich als Versager, sein ›schäbiger‹ Bruder gewinnt zunehmend an Statur. In *London Fields* erweist sich die ganze Erzählung als irreführend *und* richtig, was nicht zuletzt den Erzähler erstaunt. *Time's Arrow* erscheint zunächst wie eine Studie in Verdrehungen, eine ausgedehnte Spielerei mit absurder Wahrnehmung. Doch schon bald entwickelt sich ein bitterböses Szenario, denn auch die Gewaltverhältnisse sind gedreht. Die Folge ist nicht nur, daß in dieser Welt die Ärzte Schurken sind, die saubere Verbände gegen Schmutz oder rostige Nägel austauschen, daß die Zuhälter ihre Mädchen mit Geld und Wohltaten überhäufen oder daß Autos durch einen ordentlichen Unfall repariert werden, es schleicht sich auch ein schiefer Ton ein. Brutale, zynische, menschenverachtende Aussagen, die so fremd nicht klingen, werden bestätigt: Die Ohrfeige beruhigt tatsächlich das schreiende Kind, und manche Frauen, die bei der Fürsorge auftauchen, um dort ein paar ernsthafte Verletzungen und Ängste zu erleiden, werden durch eine Vergewaltigung kuriert.

Diese Passagen, die zunächst nur in den Text eingestreut sind, bereiten zusammen mit einigen Verweisen auf ein Geheimnis den eigentlichen Kulminationspunkt des Romans vor. Denn die Welt, die auch dem Erzähler verrückt erscheint, beginnt in dem Moment einen Sinn zu ergeben, als der Akteur nach einigen Namensänderungen, langer Reise und Aufenthalten in Verstecken Auschwitz erreicht, wo er unter seinem richtigen Namen, Odilo Unverdorben, dem KZ-Arzt Joseph Mengele bei seinen Experimenten assistiert. Schon früher gab es eine Affinität des Erzählers zu Juden, unter anderem, weil sie in der gleichen Richtung lasen wie er. Nun wird sein *alter ego* ihr demiurgischer Schöpfer, der aus Asche und Kot in den Öfen neues Leben hervorbringt. Martin Amis hat hier eine neue Möglichkeit gefunden, sich mit dem Grauen der Konzentrationslager auseinanderzusetzen. Sein Vorgehen erinnert dabei an Darstellungsformen einer negativen Theologie oder auch der Kabbala, in denen das Unvorstellbare nur durch seine absolute Negation und Umkehrung erkennbar wird. In der gerührten Beschreibung, wie das Gold, das Odilo in ganz Europa angesammelt hatte, nun in die unvollkommenen Zähne der Neugeborenen gepflanzt wird, in dem emphatischen Bild, wie schlichte Soldaten den aus den Gaskammern Kommenden heimlich Ringe zustecken, wird sichtbar, was sich in der direkten Darstellung entzieht. Der Umkehrungsprozeß, den der Leser zu betreiben hat, ist produktiv und unterläuft die Abwehr.

Geburt und Tod, die Spiegelachsen, durchziehen den Text in den jeweils ambivalenten Motiven des furchtbaren Arztes und des zerstörerischen Babys, des *bomb-baby*, die auch immer wieder in Alpträumen auftauchen. Beiden zu eigen ist dabei ein Potential, das in gegensätzliche Richtungen ausschlagen kann, und beide fallen in dem *alter ego* des Erzählers zusammen. Auch wenn das *bomb-baby* aus den Träumen schließlich tatsächlich auftaucht und durch sein Weinen eine Katastrophe auslöst: eigentlich ist Odilo selbst in dieser Figur getroffen – unaufhaltsam steuert er auf sie zu. Wie die Psychoanalyse lehrt: Das Schreckliche ist immer auch das Vertraute.

Time's Arrow hat einen Untertitel, *The Nature of the Offence*, ein Zitat von Primo Levi. In seinem Nachwort schreibt Amis dazu: »Die Natur des Verbrechens war derart, daß wir vielleicht Levis Selbstmord als einen Akt ironischen Heldentums begreifen können, einen Akt, der auf etwas besteht wie: Mein Leben ist meins und nur mir steht es zu, es zu nehmen.« Eines kann es in der Welt von Amis' Erzähler nicht geben: den Selbstmord. Diese Möglichkeit bleibt verwehrt, wer dabei ist, muß dabei bleiben bis zum Tod durch den Vater im Mutterleib.

Walter Benjamins Engel der Geschichte »hat das Antlitz der Vergangenheit zugewendet. Wo eine Kette von Begebenheiten vor *uns* erscheint, da sieht er eine einzige Katastrophe, die unablässig Trümmer auf Trümmer häuft und sie ihm vor die Füße schleudert. Er möchte wohl verweilen, die Toten wecken und das Zerschlagene zusammenfügen. Aber ein Sturm weht vom Paradiese her, der sich in seinen Flügeln verfangen hat und so stark ist, daß der Engel sie nicht mehr schließen kann.« Martin Amis' Erzähler bewegt sich mit dem Rücken voran in die Vergangenheit und blickt auf die Trümmer, die sich in der Zukunft auftürmen werden. Er weckt die Toten und fügt Zerschlagenes zusammen. Aber das Paradies erreicht er nicht, er geht nur zurück auf Los.

CAROLINE BLACKWOOD

Francis Bacon

1909–1992

Ich wurde erstmals kurz nach dem Zweiten Weltkrieg auf Francis Bacon aufmerksam. Ich war damals achtzehn, und ich war zu einem formellen Ball eingeladen, den Lady Rothermere, die später Mrs. Ian Fleming werden sollte, für die Londoner Gesellschaft gab. Prinzessin Margaret war unter den Gästen, und man entdeckte sie sofort in ihrer Krinoline auf dem Parkett, umgeben von ihren sie anbetenden Verehrern, einer Gruppe, die damals als »the smarties« bekannt war. Sie wurde vergöttert und galt als bezaubernd, da sie die einzige unter den »Royals« war, an die man herankam. Princess Margaret rauchte, und sie trank, und sie flirtete. Sie ging in Bars, und sie liebte die Welt des »show business« und der Unterhaltungsmusik.

Als Gast gab Princess Margaret immer verwirrende Signale von sich. Zeitweise schien sie als gewöhnliche junge Frau behandelt werden zu wollen, die vor allem darauf aus war, sich gut zu amüsieren. Aber ihre Vorstellung vom »Gewöhnlichen« ließ sie sich manchmal auf eine Weise benehmen, die ihren Gastgebern eher peinlich war, als daß sie sie beruhigt hätte. Um sie vergessen zu lassen, daß sie ein Mitglied der königlichen Familie am Tisch hatten, nahm Prinzessin Margaret manchmal einzelne in Tomatensoße getränkte Spaghettis und machte laute schlürfende Geräusche, während sie sie mit den Händen aß. Aber eben weil sie der abgeschlossenen Kapsel ihrer königlichen Erziehung mit Vorstellungen vom Gewöhnlichen entschlüpft war, die vollkommen verdreht waren, machte sie ihren Zeitgenossen angst. Sie ermunterte sie zur Nähe und richtete dann, ohne Vorwarnung, ihren kleinen fülligen Körper zu seiner ganzen Größe auf, um eiskalte Rüffel zu verteilen, mit denen sie den gesellschaftlich Ungeübten zu verstehen gab, daß sie gerade die Tochter des Königs von England beleidigt hätten.

Gegen Ende des Balls bei Lady Rothermere, nachdem viel Champagner getrunken worden war, schien Princess Margaret von dem unbesonnenen Verlangen gepackt, sich zur Schau zu stellen. Sie schnappte sich das Mikrophon von dem verblüfften Sänger der Band und gab die Anweisung, Lieder von Cole Porter zu spielen. Alle Gäste, die sich unter den mächtigen Lüstern zu Walzern gedreht hatten, hörten sofort auf zu tanzen. Sie standen da wie die Wachen des Buckingham Palace, die stramme Haltung angenommen hatten, um eine königliche Darbietung zu betrachten. Princess Margaret konnte die Texte der Cole Porter-Lieder auswendig, aber sie sang hoffnungslos falsch. Sie wurde auf unfaire Weise durch die Reaktion ihres Publikums ermuntert. All die Damen, mit Juwelen schwer behängt, all die Herren, pinguinhaft mit ihren weißen Fliegen und perfekten schwarzen Frackschwänzen, applaudierten ihr. Sie riefen ihr zu und feuerten sie an, und sie verlangten nach einer Zugabe. Princess Margaret wurde ein wenig manisch ob solcher Begeisterung über ihre musikalischen Fähigkeiten, und sie begann, in ihrer Krinoline und ihrem Stirnreif herumzuzappeln, während sie versuchte, die erotischen Bewegungen einer professionellen Sängerin nachzuahmen. Ihr Kleid mit den von Holzreifen gestützten Petticoats, die ihre Röcke ballonartig abstehen ließen, war völlig ungeeignet für diese aufreizende Nummer, aber der stürmische Applaus schien sie dies vergessen zu lassen. Gerade als sie mit der Darbietung des Songs »Let's Do It« begonnen hatte, kam überraschend ein sehr störendes Geräusch aus dem hinteren Teil des Ballsaals. Es wurde lauter und lauter, bis es schließlich den Gesang von Princess Margaret übertönte. Es war eine einzelne Männerstimme, die höhnisch lachte, zischte, buhte.

Princess Margaret brach mitten in ihrem Lied ab. Die Demütigung ließ ihr Gesicht erst dunkelrot anlaufen und dann ins Aschfahle verblassen. Den Tränen nahe wirkte sie mit ihrer kleinen Statur plötzlich eher bemitleidenswert. Sie legte das Mikrophon weg, und eine Phalanx von Hofdamen brachte sie rasch aus dem Saal. Die Band hörte auf zu spielen, da es ihr unziemlich erschien, angesichts dieser ungewöhnlichen Situation fortzufahren. Ein Surren geflüsterter Empörung erhob sich, als die Gäste der Lady Rothermere sich dessen bewußt wurden, was da geschehen war.

»Wer war das?« fragte ich den Nächstbesten in weißer Fliege und schwarzem Frackschwanz, der zufällig neben mir stand. Sein Gesicht war bereits rot, aber der Zorn ließ es apoplektisch aussehen. »Es war dieser grauenvolle Mann, Francis Bacon«, sagte er. »Er nennt sich Maler, aber er malt die entsetzlichsten Bilder. Ich kann gar nicht verstehen, daß eine Kreatur wie er hier reingekommen ist. Es ist wirklich eine Schande.«

Später, als ich mit Lucian Freud verheiratet war und Francis Bacon kennengelernt hatte, kam er einmal auf diesen Vorfall zurück, der zu einem Skandal geworden war: »Ihr Gesang war einfach zu furchtbar«, sagte er. »Irgend jemand mußte sie dazu bringen aufzuhören. Ich finde, Menschen sollten nicht auftreten, wenn sie's nicht richtig können.«

Francis hatte eine anarchische Furchtlosigkeit, die einzigartig war. Ich kenne sonst niemanden, der sich getraut hätte, bei einem privaten Anlaß ein Mitglied der königlichen Familie auszubuhen. Unter den Gästen, die sich in Lady Rothermeres Ballsaal zusammengefunden hatten, waren einige, die insgeheim unter Princess Margarets Gesang litten, aber sie litten schweigend, von ihrem Snobismus gezügelt. Francis ließ sich nicht zügeln. Wenn er einen Auftritt armselig fand, konnte keine konventionelle Ängstlichkeit ihn davon abhalten, seine Ansicht zu äußern. Seine Meinungen konnten manchmal voreingenommen und widersprüchlich und ungerecht sein, aber es interessierte ihn nie, ob sie Entrüstung hervorriefen.

Er konnte furchtlos direkt sein und vernichtend, wenn man ihn provozierte. Ich erinnere mich, wie er in einer Bar

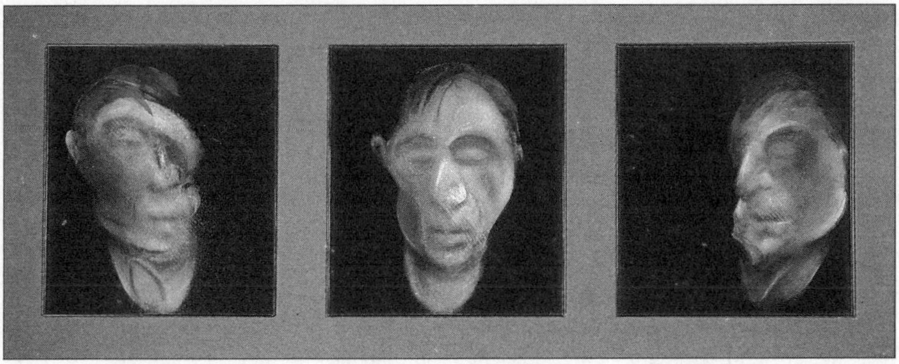

Francis Bacon: *Drei Studien für ein Selbstporträt.* Öl auf Leinwand, 1983.

einmal von einem sehr schlechten, aufdringlichen Künstler belästigt wurde, der versuchte, Francis dazu zu bringen, in sein Atelier zu kommen und sich seine Werke anzusehen. Der Künstler sagte, Francis weigere sich ja nur deshalb mitzukommen und seine Bilder anzusehen, weil sie ihn bedrohten. Francis antwortete, daß er sich nicht im geringsten von den Bildern des Künstlers bedroht fühle. »Ich will nicht in Ihr Atelier kommen, weil ich Ihre Krawatte gesehen habe.«

Dieselbe Furchtlosigkeit zeigte sich auch in seinen Arbeiten. Die Kritiker, die seine Bilder als obszön und häßlich empfanden, schüchterten ihn nicht ein. Mit großen und meisterlichen Pinselstrichen hinterließ er weiterhin auf der Leinwand jene düsteren, aber schönen Bilder, die seine dunkel-irische, pessimistische und äußerst persönliche Sicht der Dinge ausdrückten.

Es gab auch in seiner Haltung gegenüber dem Geld eine Furchtlosigkeit, eine Wildheit in seiner unbekümmerten Großzügigkeit. Als ich ihn erstmals in Soho kennenlernte, war er vierzig und hatte noch keine Galerie gefunden, die bereit gewesen wäre, ihm eine Einzelausstellung zu widmen, da er als zu verstörend empfunden wurde. Francis war zu der Zeit pleite, schaffte es aber auf mysteriöse Weise, immer wieder Runden auszugeben und den Champagner fließen zu lassen. Später, als er weltberühmt und sehr reich wurde, gab es keine grundsätzliche Veränderung in seinem Verhalten. Er ließ weiter den Champagner fließen, mit dem einzigen Unterschied, daß er die Gläser seiner Freunde mit einem Champagner von höherer Qualität füllte.

Seine Großzügigkeit war wie seine Furchtlosigkeit ansteckend. Besonders knickrige und knauserige Menschen, die es haßten, für andere zu bezahlen, boten wie verzaubert plötzlich an, ganze Runden auszugeben, wenn sie in seiner Gesellschaft waren. Er besaß die Gabe, selbst die Geizigen zu beschämen.

In den Fünfzigern aßen Lucian und ich oft mit Francis in seinem Lieblingsfischrestaurant, Wheelers, in Soho. Der Besitzer war scharfsichtig und ließ sich Francis' Rechnungen in Bildern bezahlen, die damals in der Kunstwelt noch verschmäht wurden. Einmal verspätete sich Francis, weil er gerade beim Arzt gewesen war. Er kam mit dem selbstsicheren Schritt eines Piraten herein, der auf dem schaukelnden Deck eines windumtosten Schiffes das Gleichgewicht zu halten sucht. Wie immer gaben seine runden Backen ihm etwas Cherubartiges, aber seine Augen waren viel schlauer als die eines gewöhnlichen

Cherubs. Er sagte, sein Arzt habe ihm gerade eröffnet, daß sein Herz in einem wüsten Zustand sei. Keine der Herzkammern sei intakt. Sein Arzt habe angeblich selten ein so hoffnungslos durchseuchtes Organ gesehen. Francis war gewarnt worden, daß sein Herz versagen und er sterben würde, wenn er auch nur noch ein Glas Alkohol trank oder sich bloß aufregte.

Nachdem er uns die schlechte Nachricht mitgeteilt hatte, winkte er den Kellner heran und bestellte eine Flasche Champagner, und als wir die ausgetrunken hatten, bestellte er hintereinander noch eine ganze Batterie. Er war während des ganzen Abends in überschäumender Stimmung, aber Lucian und ich gingen eher bedrückt nach Hause. Er schien verloren. Wir waren überzeugt, daß er, vierzigjährig, sterben würde. Wir nahmen die Diagnose des Arztes ernst. Niemand würde ihn je vom Trinken abbringen können. Keiner würde ihn je davon abhalten können, sich aufzuregen. Wir fragten uns in jener Nacht, ob wir ihn je wiedersehen würden. Aber er wurde 82 Jahre alt. Seine Haltung gegenüber Ärzten und dem Tod war verächtlich. Sie jagten ihm keine Angst ein. Auf seine Art machte er sich über sie lustig, so wie er sich über die Gesangsdarbietung von Princess Margaret lustig gemacht hatte.

Ein jüngerer englischer Maler, Michael Wishart, sagte mir einmal, daß Francis in seinen Augen zwei Ziele mit großem Ehrgeiz verfolgt habe: er wollte einer der besten Maler der Welt werden und ein in der Welt führender Alkoholiker. Während andere Menschen mit ähnlichen Vorstellungen bald feststellen mußten, daß sie zumindest widersprüchlich, vor allem aber destruktiv waren, fand er, daß Francis es geschafft habe, beide zu verwirklichen. Es gab in Bacons Temperament etwas »Irisches«, obwohl er dies – nach einer traumatischen irischen Kindheit – vehement abstritt. Er konnte einfach nicht nach Irland zurückkehren, obwohl er die Landschaften dort liebte. Jedes Mal, wenn er versuchte, nach Irland zu reisen, wurde er schon im Flugzeug von einem neurotischen Asthma-Anfall heimgesucht. Er konnte in jedes Land der Welt fliegen, ohne ein physisches Leiden zu entwickeln, aber ein Flug in seine Heimat wurde immer zur Katastrophe.

»Mein Vater war Pferdetrainer«, sagte er einmal zu mir und erschauerte. »Ein *gescheiterter* Pferdetrainer«, und er betonte das »gescheitert« mit solchem Ekel und solcher Wut, daß es ganz und gar abstoßend klang. Als kleiner Junge hatten seine Eltern ihn auf ein Pony gesetzt und gezwungen, bei der Fuchsjagd mitzureiten. Er haßte den »königlichen Sport« und entwickelte eine heftige Allergie gegen Pferde. Er lief, sobald er sich auf Jagdgelände befand, blau an und erstickte gleichsam unter chronischen Asthma-Anfällen. Seine Eltern mußten sehr bald feststellen, daß er niemals der Sohn sein würde, den sie sich wünschten.

»Es kann nichts Scheußlicheres geben«, sagte Francis einmal zu mir, »als einen staubigen Sattel in der Diele.«

Da ich selbst aus Irland stamme, versuchte ich ihm noch mehr über seine merkwürdige irische Kindheit unter Pferden zu entlocken. Ich wollte, daß er weitererzählte, ich war versessen darauf, mehr über seine Abscheu gegen die furchtbaren staubigen Sättel, die symbolisch in der irischen Diele herumliegen, zu erfahren. Aber das Thema ließ ihn erstarren. Er wurde sehr aufgeregt, sobald ich darauf zu sprechen kam. Er begann, an seinem Hemdkragen herumzuzerren, als wollte er irgendeine Schlinge lockern, die ihm die Luft abzuschnüren schien; einen Augenblick lang glich er den gequälten Figuren in seinen Gemälden, deren Gesichter zu einem wirklich gefährlichen, dunklen Pur-

pur angelaufen sind, während sie in die letzte Phase des Erstickungstodes hinübergleiten. Ich fragte nicht weiter – es schien grausam und auch taktlos, ihn zu verletzen. Mir wurde von einem homosexuellen Freund von Francis erzählt, daß er einmal zugegeben habe, sein Vater, der gefürchtete und gescheiterte Pferdetrainer, habe dafür gesorgt, daß sein kleiner Sohn von den irischen Pferdepflegern immer wieder fürchterlich mit der Reitpeitsche geschlagen wurde.

Aber bei allem Schrecken vor Irland besaß er die traditionelle Abneigung des intellektuellen Iren gegen den Katholizismus. Die Päpste, die er malte, waren alle schreiende und verzerrte Gestalten. Einige von ihnen sitzen auf der Toilette. Obwohl er hartnäckig leugnete, von seiner irischen Erziehung beeinflußt gewesen zu sein, war die Trostlosigkeit seiner Weltansicht der Becketts sehr ähnlich.

Es gab nichts Tragisches oder Verfrühtes an seinem Tod, obwohl seine Tapferkeit sowie das Furchtlose und Ausgelassene in seiner Person einem das Gefühl gaben, daß es ihn, Champagner-trinkend, ewig geben könnte. Fasziniert von der Unausweichlichkeit des körperlichen Verfalls, glaubte Bacon selbst nie einen Augenblick lang daran, daß es ihn für immer geben würde.

[Aus dem Englischen von Fredeke Arnim]

RALPH-RAINER WUTHENOW

Der unvergeßliche Zeitgenosse

Nachruf auf Günther Anders

Foto Hermann Dornhege

Günther Anders, der am 17. Dezember 1992, hochbetagt, nach langer Krankheit in Wien gestorben ist, war ein Außenseiter und stand doch wie wenige nur in seiner Zeit, so sehr, daß er ihr die Diagnose zu stellen vermochte, als Endzeit nämlich. Diese war für ihn angebrochen, als im August 1945 über Hiroshima und Nagasaki jene Atombomben gezündet wurden, die den Großen Pazifischen Krieg beendeten und eine neue Epoche, die des frostigen Friedens unter der permanenten Drohung der Bombe, markierten. Was damals geschehen war, das blieb unumkehrbar, denn auch eine Menschheit, die sich verspricht, alle Atomwaffen abzuschaffen und zu ächten, kann doch nicht mehr vergessen, wie man sie herstellt. Also bleibt ihr möglicher Gebrauch, allen Versicherungen zum Trotz, fortan erhalten. Seit dem Jahr 1945 ist die vollständige Zerstörung des Globus denkbar geworden, Grund genug für Günther Anders, von einer neuen Zeitrechnung zu sprechen.

Damit ist die Frage nach der Technik und der mit ihrer Hilfe vom Menschen hervorgebrachten zweiten Welt gestellt, und zwar in einer Situation, in der das Produkt beginnt, sich von dem, der es hervorgebracht hat, gleichsam zu emanzipieren und diesem durch die in ihm angelegten Möglichkeiten und Gefahren ein anderes Verhalten aufzuzwingen, einem Schöpfer, der alles zu machen, aber die Wirkungen und Folgen davon sich nicht mehr vorzustellen vermag.

Mit einer Unerbittlichkeit, die ihresgleichen nicht hatte, legte Günther Anders diese Sachverhalte in immer wieder neuen Zusammenhängen bloß, nicht einfach als ein Warner und Richter, der die Umkehr pries und predigte, nein, eher mit der Strenge eines Propheten, der nun freilich nicht mehr von Zukunft sprechen mochte, sondern von den Zeichen einer Gegenwart, die unentrinnbar war; die Menschheit retten zu wollen, maßte er sich nicht an: sie sollte nur endlich erkennen, daß sie sich unrettbar in ein selbstgemachtes Unheil verstrickt hatte.

Provozieren war eigentlich sein Beruf, nicht um der oberflächlichen Wirkung willen, die der Eitelkeit Genüge tut, sondern um jener tieferreichenden willen, die Einsichten fördert. So brachte er die Welt auf den Begriff, den sie von sich nicht haben wollte, und beschrieb sie mit einer Radikalität, die wohl die Kehrseite wachsender Verzweiflung war. Denn nicht um die Gestalt der Zukunft war es ihm zu tun, sondern um die Möglichkeit von Zukunft überhaupt.

Was von Nietzsche bereits erkannt, was von Horkheimer und Adorno als »Dialektik der Aufklärung« skizziert worden war, das hat Günther Anders in seinen Schriften voll entfaltet und als jenen Vorgang genau analysiert, in dem die Menschen gleichsam subjektlos und zu bloßen Funktionen dessen werden, was sie, um aus der Abhängigkeit von der Natur herauszutreten, hervorgebracht haben. Prometheus bringt dann nicht nur das Feuer, er lehrt auch, in seiner Glut das Erz zu schmelzen, aus dem die Menschheit sich wieder Ketten schmieden kann, Ketten schmieden wird …

Es irrt aber, wer meint, das Ende der Bedrohung durch einen anhaltenden Welt-Bürgerkrieg habe auch der in diesem liegenden Gefährdung ein Ende gesetzt, es hat sie lediglich ein wenig verschleiert. Hinter das, was wir geschaffen haben, können wir nicht mehr zurück. Deshalb gibt es im genauen Sinne gar keine Lösung für diese Situation, es gibt nur die Möglichkeit, in ihr bewußt zu existieren, das heißt: wachsam zu bleiben gegenüber dem Mißbrauch, der schon mit den Produkten selbst gegeben ist, mit denen wir zwar Natur beherrschen (oder doch meinen es zu tun), über welche aber uns die Herrschaft immer wieder entgleitet. Dagegen handelnd anzugehen ist gar nicht mehr möglich, nur noch, so scheint es, dagegen anzudenken: Einsicht macht bescheiden.

Günther Anders, der Philosoph, der Kritiker, der unermüdlich tätige Warner und Verfasser von Verlautbarungen, Artikeln, Pamphleten, Untersuchungen, der Erzähler und Aphoristiker, Erfinder von Fabeln und Gesprächen, war nicht nur ein Zeuge des Jahrhunderts der dritten industriellen Revolution, er war auch dessen Protokollant. Er hat die Protokolle nicht bloß aufgezeichnet, er hat sie auch analysiert und gedeutet. Das erklärt die Titel, unter denen er seine Bücher in die Welt schickte, bevor diese das Lesen verlernte, Titel wie *Die Antiquiertheit des Menschen*, *Besuch im Hades* oder auch *Die Schrift an der Wand*. Aber er war nicht nur der größten Konsequenz und Schärfe fähig, er war nicht nur beharrlich, rechtlich und unbeirrbar, auch Anmut und Zärtlichkeit waren ihm nicht fremd. Sein Denken drang durch die Verschleierungen, mit denen die Erscheinungen der modernen Welt als harmlos, ja als wohltätig sich darstellen sollten. An den Benennungen enthüllte er die programmatische Verlogenheit. Seine Sprache war klar und genau, seine Dialoge waren von unnachsichtiger Folgerichtigkeit, einiges von dem, was er geschrieben hat, gehörte in die deutschen Lesebücher, nicht allein aus seinen Beschreibungen, Reflexionen und Anaylsen, sondern vielleicht sogar Verse wie die mahnenden aus dem Gedicht *Die Meldung* von 1944, das so endet:

»Doch wenn Ihr uns den Tod nach diesem Gange
nicht ganz mißgönnt, dann steigt in unser Grab,
und nehmt die Meldung uns vom Munde ab
und reicht sie fort und weiter. Denn solange

solang man uns die Öfen noch nicht glaubt,
und nicht die Mühlen, die uns durchgebrochen,
so lange bleibt uns Asche und uns Knochen
das Totsein nicht erlaubt.«

Die Autoren

JESSICA BENJAMIN, arbeitet als Psychoanalytikerin in New York und lehrt im ›Postdoctoral Programme Psychology Programme in Psychoanalysis‹ an der New York University. Zuletzt veröffentlichte sie auf deutsch *Die Fesseln der Liebe* (1991).

JORGE LUIS BORGES, geboren 1899 in Buenos Aires, gestorben 1986 in Genf, ist einer der bedeutendsten Schriftsteller des 20. Jahrhunderts. Seit 1991 erscheint, herausgegeben von Gisbert Haefs und Fritz Arnold, die deutsche Ausgabe seiner *Werke in 20 Bänden.*

CAROLINE BLACKWOOD, in Ulster geboren, lebt heute im Staat New York. Zu ihren Veröffentlichungen zählen die Romane *The Stepdaughter* und *Corrigan* sowie der Erzählungsband *Goodnight, Sweet Ladies* und die Essaysammlung *For All That I Found There.*

PETER BÜRGER, 1936 geboren, lehrt Literaturwissenschaft an der Universität Bremen. In seiner letzten, 1992 veröffentlichten Essaysammlung *Das Denken des Herrn* geht er den Beziehungen des französischen Poststrukturalismus zu Hegel nach.

HELMUT DAHMER, 1937 geboren, lehrt Soziologie an der Technischen Hochschule Darmstadt. Von 1968 bis 1991 redigierte er die psychoanalytische Monatszeitschrift *Psyche*. Von 1984 bis 1987 gehörte er dem Gründungsbeirat des »Hamburger Instituts für Sozialforschung« an. Zuletzt erschienen *Psychoanalyse ohne Grenzen* (1989) und Ernst Simmel (Hg.), *Antisemitismus,* mit einem Nachwort von Helmut Dahmer (1993).

ROBERT GERNHARDT, 1937 in Reval (Estland) geboren, lebt in Frankfurt am Main. Mitbegründer und Mitarbeiter des Satiremagazins *Titanic.* Zuletzt veröffentlichte er *Gedanken zum Gedicht* (1990) und *Lug und Trug* (1991).

IRINA GRIWNINA, 1945 in Moskau geboren. Seit 1977 war sie redaktionell an der Moskauer Untergrundzeitschrift *Samisdat* beteiligt. 1980 wurde sie vom KGB verhaftet und zu drei Jahren Gefängnis verurteilt. 1985 emigrierte sie in die Niederlande, wo sie seitdem in Amsterdam als freie Autorin lebt.

CHRISTOPHER HOPE, in Johannesburg geboren, lebt seit fünfzehn Jahren in London. Auf deutsch erschien zuletzt *Moskau! Moskau!,* eine Serie von Porträts aus dem sowjetischen Alltag. Sein 1992 veröffentlichter Roman *Serenity House* wurde für den Booker Prize vorgeschlagen.

STEFFEN JACOBS, 1968 in Düsseldorf geboren, studiert Germanistik und Theaterwissenschaft in Berlin.

VIKTOR JEROFEJEW, 1947 in Moskau geboren, ist als Gastprofessor u. a. in Los Angeles und Boston tätig und lebt in Moskau. Auf deutsch liegen sein erster Roman *Die Moskauer Schönheit* (1990) und der Erzählungsband *Leben mit einem Idioten* (1991) vor.

BARBARA KLEMM, 1939 in Münster geboren, ist seit 1970 bei der *Frankfurter Allgemeinen Zeitung* als Fotografin tätig. Neben anderen Auszeichnungen erhielt sie 1989 den Dr.-Erich-Salomon-Preis der Deutschen Gesellschaft für Fotografie. Barbara Klemm ist Mitglied der Akademie der Künste in Berlin.

ALEXANDER KLUGE, geboren 1932, ist Rechtsanwalt, Schriftsteller und Filmregisseur. Zuletzt veröffentlichte er (zusammen mit Oskar Negt) *Maßverhältnisse des Politischen. 15 Vorschläge zum Unterscheidungsvermögen* (1992).

KLAUS LAERMANN, 1939 in Wiesbaden geboren, ist Professor für Neuere Deutsche Literaturwissenschaft an der Freien Universität Berlin.

LUDGER LÜTKEHAUS, geboren 1943, hat als Dozent für Neuere Germanistik und Visiting Professor für deutsche Geistes- und Kulturgeschichte des 19. Jahrhunderts an den Universitäten London, Freiburg i. Br., Siegen und an der Emory University, Atlanta/USA, gelehrt. Heute lebt er als wissenschaftlicher Publizist in Freiburg i. Br. Zuletzt erschienen *Philosophieren nach Hiroshima. Über Günther Anders* (1992) und *»O Wollust, o Hölle«. Die Onanie – Stationen einer Inquisition* (1992).

CHRISTIAN MEIER, geboren 1929 in Stolp (Pommern), lehrt Geschichte in München. Er veröffentlichte unter anderem *40 Jahre nach Auschwitz* (1987), *Deutsche Einheit als Herausforderung* (1990) und *Die Nation, die keine sein will* (1991).

REINHARD MOHR, geboren 1955, lebt in Frankfurt am Main. Gemeinsam mit Daniel Cohn-Bendit schrieb er das Buch *1968. Die letzte Revolution, die noch nichts vom Ozonloch wußte* (1988). Zuletzt veröffentlichte er *Zaungäste. Die Generation, die nach der Revolte kam* (1992).

HEINZ SCHLAFFER, geboren 1939, ist Professor für Literaturwissenschaft an der Universität Stuttgart. Zuletzt veröffentlichte er *Poesie und Wissen* (1990) und *Borges* (1993).

KLAUS THEWELEIT, geboren 1942 in Ostpreußen, lebt als Schriftsteller in Freiburg i. Br. Zuletzt erschien: *Objektwahl. (All You Need Is Love...) Über Paarbildungsstrategien & Bruchstück einer Freudbiographie* (1990).

DIRK VANDERBEKE, 1958 geboren, Studium der Germanistik und Anglistik, lebt und arbeitet in Frankfurt am Main.

RALPH-RAINER WUTHENOW, 1928 in Rendsburg geboren, lehrt Deutsche und Vergleichende Literaturwissenschaft an der Universität Frankfurt am Main. Veröffentlichungen über Autobiographien, Reiseliteratur, Übersetzungsprobleme, Jean Paul, Georg Forster. Zuletzt erschien *Europäische Tagebücher. Eigenart – Formen – Entwicklung* (1990).

HARTMUT ZWAHR ist Geschichtsprofessor an der Universität Leipzig und zur Zeit Fellow am Wissenschaftskolleg zu Berlin. Zuletzt erschien *Herr und Knecht. Figurenpaare in der Geschichte* (1990).